Jude Deveraux

# Jude Deveraux

# El Corsario

RBA

Título original: *The Raider*

Traducción: Edith Zilli



*Diseño de cubierta:* Grey & Trace
*Ilustración de cubierta:* José del Nido

ISBN: 84-473-4455-X
Depósito legal: M-36941-2005

*Impresión y encuadernación:*
Mateu Cromo Artes Gráficas, S.A.
Ctra. de Fuenlabrada, s/n. Pinto (Madrid)



Impreso en España – Printed in Spain

# Nota del autor

La ciudad ficticia de Warbrooke está situada en lo que es actualmente el estado de Maine. Sin embargo, durante la década de 1760, época en que ocurre lo narrado en *El Corsario,* esa zona formaba parte de lo que ahora se denomina Massachusetts Commonwealth. Más adelante fue separada de Massachusetts e ingresó en la Unión con el nombre de Maine, vigésimo-tercer estado, el 15 de marzo de 1820.

# 1

*1766*

Alexander Montgomery se reclinó en la silla, estirando sus piernas largas y esbeltas sobre la alfombra que cubría el suelo del camarote del capitán, a bordo de *La gran duquesa,* mientras Nicholas Ivanovitch regañaba a uno de los sirvientes. Alex no recordaba haber visto a nadie tan arrogante como ese ruso.

—Si vuelves a guardar mal mis hebillas te haré cortar la cabeza —aseguró Nick, con su fuerte acento y su voz ronca.

Alex se preguntó si los duques rusos aún tenían permiso para decapitar a quien les disgustara.

—Ahora vete. Fuera de mi vista —exclamó Nick, agitando su muñeca envuelta en encajes hacia el acobardado sirviente, y agregó, dirigiéndose a Alex, en cuanto quedaron solos en el camarote—: Ya ves las cosas que debo soportar.

—Es demasiado, lo reconozco —concordó el joven.

Nicholas lo miró arqueando una ceja y volvió a concentrarse en las cartas marinas desplegadas en la mesa.

—Amarraremos a unos doscientos veinte kilómetros de tu Warbrooke, por el sur. ¿Crees que hallaras a alguien dispuesto a llevarte hacia el norte?

—Ya me las arreglaré —dijo Alex, despreocupado, mientras se estiraba aún más, con las manos bajo la nuca. Su largo cuerpo ocupaba casi todo el camarote.

Mucho tiempo atrás había adiestrado sus apuestas facciones para que ocultaran sus pensamientos. Nicholas conocía en parte sus ideas, pero Alex no permitía a nadie apreciar la profundidad de su preocupación.

Meses atrás, estando Alex en Italia, había recibido una carta de su hermana Mariana, donde le rogaba que volviera al hogar. Decía en ella que se le necesitaba desesperadamente, y contaba lo que su padre le había prohibido revelarle: que él, Sayer Montgomery, había resultado gravemente herido en un accidente a bordo de un barco y tenía las piernas destrozadas. Había sobrevivido, contra todos los pronósticos, y estaba ahora condenado a vivir en su lecho, inválido.

Mariana decía también que ella se había casado con un inglés, el inspector de aduanas de la pequeña ciudad de Warbrooke, quien era... No entraba en detalles sobre las actividades de su esposo, probablemente estaba en conflicto entre la lealtad a su esposo y la fidelidad a su familia y al pueblo que conocía desde que había nacido, pero Alex se había dado cuenta de que ella callaba muchas cosas.

Mariana había entregado la carta a uno de los muchos marineros que pasaban por Warbrooke, con la esperanza de que llegara a manos de Alex y lo hiciera volver a su casa. Su hermano había recibido la carta poco después de atracar en Italia. La goleta en la que partiera de Warbrooke cuatro años atrás se había hundido hacía ya tres semanas, él esperaba en la soleada costa italiana, sin empeñarse mucho en conseguir otro puesto de oficial.

Fue en Italia donde conoció a Nicholas Ivanovitch. En Rusia, la familia de Nick tenía un estrecho parentesco con la zarina, motivo por el cual Nick esperaba que todo el mundo lo tratara con el respeto propio de su rango.

Alex había intervenido para salvarle su grueso cuello de una banda de marineros a quienes no les gustó lo que Nick decía de ellos. El joven Montgomery había sacado su espada, la había arrojado a manos del ruso y había extraído de su cinturón dos cuchillos, uno para cada mano.

Los dos combatieron juntos durante una hora. Al terminar estaban cubiertos de sangre y con las ropas hechas jirones, pero eran amigos. Alexander fue objeto de la hospitalidad rusa, tan generosa como la arrogancia de ese pueblo. Nick le llevó a bordo de su barco privado; era un lugre, un tipo de barco tan veloz que estaba prohibido en casi todos los países, puesto que era capaz de dejar atrás a cualquier otra embarcación. Pero nadie molestaba a los aristócratas rusos, que no obedecían ninguna ley sino la propia.

Alex se instaló en el opulento navío y, por un par de semanas, disfrutó de que le sirvieran. El ejército de sumisos sirvientes que Nick había traído de Rusia anticipaba y satisfacía cada uno de sus deseos.

—En América no somos así —había dicho Alex a Nick, tras la quinta jarra de cerveza.

Le habló sobre la independencia de los norteamericanos, de la capacidad con que creaban un país propio a partir del páramo.

—Hemos combatido contra los franceses y los indios; hemos combatido contra todo el mundo. ¡Y siempre ganamos! —se jactó.

Cuanto más bebía, más ponderaba las glorias de Norteamérica. Después de que Nick y él hubieron consumido la mayor parte de un tonel, el ruso sacó un líquido claro al que llamó vodka y ambos empezaron a beber de esa botella. «Aunque no se diga otra cosa de los rusos», pensó Alex, «es preciso reconocer que beben como el mejor.»

A la mañana siguiente, cuando a Alex se le partía la cabeza y su lengua daba la sensación de haber limpiado el fondo del barco, llegó la carta. Nick estaba arriba, descargando su dolor de vientre contra los acobardados sirvientes. Cuando Elías Downey pidió permiso para subir a bordo y hablar con Alexander, Nick dejó de gritar y de quejarse para acompañar al hombre a los camarotes. Se moría de curiosidad por saber qué mensaje de gran importancia traía ese hombre.

Nick sirvió tres vasos de vodka y los puso en la mesa. Alex se limitó a poner los ojos en blanco. Pasando por alto los zumbidos que sentía en la cabeza, escuchó los relatos de Elías sobre cuanto pasaba en Warbrooke. Echó un vistazo a la carta de su hermana, pero callaba muchas cosas.

—Se ha casado con un hombre muy malo. Nos roba a todos —estaba diciendo Elías—. Le quitó el barco a Josiah, aduciendo que había contrabando a bordo. Y como lo hizo todo legalmente, nadie pudo impedírselo. Si Josiah pudiera reunir sesenta libras entablaría un juicio para recobrar su barco. Era todo cuanto tenía en el mundo y ahora lo ha perdido.

—¿Y qué hizo mi padre? —preguntó Alex, inclinándose hacia adelante—. No lo imagino dejando que su yerno robe el barco a otro hombre.

A Elías se le cerraban los ojos por efecto del vodka.

—Sayer no tiene piernas. Es como si se las hubieran cortado. No puede moverse de la cama. Todos pensábamos que iba a morir, pero vive... si a eso se le puede llamar vivir. Apenas come. Eleanor Taggert se hace cargo de la casa.

—¡Los Taggert! —exclamó Alex—. ¿Todavía viven en ese cobertizo, tratando de dominar a esos hijos terribles?

—James se hundió con su barco, hace un par de años, y Nancy murió al nacer el menor. Algunos de los muchachos se han embarcado, pero todavía quedan unos cuantos. Eleanor trabaja para su padre y Jess circula con un bote por el puerto. Con eso mantienen a la familia. Usted conoce a los Taggert: no aceptan limosnas. Esa Jess vale la pena; fue la única que se enfrentó a su cuñado, señor Montgomery. Claro que los Taggert no tienen nada que perder si se enemistan con él. No poseen nada que otros puedan desear.

Alex intercambió una sonrisa con Elías. Los Taggert eran verdaderos personajes en la ciudad, a los que se usaba para medir la propia mala suerte. Por mal que le fueran las cosas a uno, siempre había uno de ellos que estaba peor. Eran los más pobres y los más sucios... y disimulaban su miseria con orgullo.

—¿Sigue Jessica tan temperamental como siempre? —murmuró Alex, sonriendo ante el recuerdo de una mocosa flaca y sucia que, por motivos inescrutables, lo había elegido para complicarle la vida—. Ahora ha de tener unos veinte años, calculo.

—Más o menos. —A Elías se le estaban cerrando los ojos.

—¿Y no se ha casado?

—Nadie quiere a esos críos —aseguro Elías, ya gangoso—. Usted lleva mucho tiempo sin ver a Jess. Esa muchacha ha cambiado.

—No se por qué, pero lo dudo —comentó Alex, en el momento en que a Elías se le caía la cabeza contra el pecho. Viendo que su interlocutor estaba dormido, miró a Nick—. Tendré que ir a ver de qué se trata. Mariana me pide que vaya a casa a ayudarlos. Dudo de que las cosas estén tan mal como ellos las pintan. Mi padre siempre ha creído que la ciudad de Warbrooke es su pequeño feudo personal; ahora tiene que compartir la autoridad con otra persona y eso no le gusta. Y si alguno de los Taggert ha metido la nariz para provocar disturbios, no me extraña que todo esté alborotado. Iré a ver de qué se trata. Hay un barco que parte hacia Norteamérica dentro de seis semanas. Tal vez el capitán aún no tenga tripulación.

Nick se echó a la garganta el resto del vodka.

—Te llevaré yo. Mis padres querían que yo visitara América y allá tengo primos. Te llevaré a esa ciudad para que averigües qué pasa. Todo hijo debe obedecer a su padre.

Alex sonrió para no demostrar lo mucho que le preocupaba la herida de su padre. No lograba imaginar a ese hombre corpulento, estentóreo y exigente convertido en un inválido.

—Está bien —dijo—. Será un placer ir contigo.

Desde entonces habían transcurrido varias semanas; ahora faltaban pocas horas para llegar al muelle y Alex estaba ansioso por ver otra vez su patria.

La ciudad de Nueva Sussex estaba floreciente. Se oía el ruido de los barcos al amarrar, los gritos de las personas que pregonaban su mercancía, discusiones y regateos. Y el aire puro del mar se mezclaba con el olor a pescado y a gente sucia.

Nick estiró su cuerpo grandote y bostezó; el sol arrancaba reflejos al hilo de oro que bordaba su chaqueta.

—Mi primo te recibirá de buen grado. No tiene casi nada que hacer y le servirás de distracción.

—Te lo agradezco, pero prefiero iniciar el trayecto hacia mi casa —respondió Alex—. Tengo muchos deseos de ver otra vez a mi padre y de averiguar en qué problemas se ha metido mi hermana.

Se separaron en el muelle. Alex cargaba sólo un saco al hombro. Ante todo pensaba comprar un caballo; después, ropas nuevas. Cuanto poseía se había perdido en el naufragio, allá en Italia; en el barco de Nick no había usado sino las cómodas y ligeras ropas de los marineros comunes.

—¡Eh! ¡Mirad! —gritó un soldado británico, que formaba parte de un grupo de seis—. ¡Oye, tú! La escoria como tú debe mirar con respeto a sus superiores.

Alex no tuvo tiempo de defenderse; uno de los hombres lo empujó desde atrás, haciéndole caer el saco, y volvió a empujarlo. El joven cayó de bruces en el suelo. Mientras escupía tierra y guijarros, las carcajadas le resonaron en los oídos.

En cuestión de segundos estaba en pie, dispuesto a arrojarse contra los soldados, que ya le habían vuelto la espalda, pero una mano fuerte lo detuvo.

—En tu lugar no haría eso.

Alex estaba tan furioso que tardó en distinguir al marinero que se había detenido a su lado.

—Ellos están en su derecho. Si los atacas no harás sino meterte en más problemas.

—¿Cómo que están en su derecho? —acusó Alex, con los dientes apretados.

Ahora que estaba de pie comenzaba a recobrar el buen tino. Ellos eran seis. Él, sólo uno.

—Son soldados de Su Majestad y tienen derecho a hacer lo que les plazca. Si cometes tonterías con gente como ésa, terminarás en la cárcel.

Como Alex no contestara, el marinero se encogió de hombros y siguió su camino. Alex, después de echar un vistazo fulminante a las espaldas de los soldados que se retiraban, volvió a cargar su saco y continuó caminando. Trató de volver a pensar en ropa limpia y un buen caballo entre las piernas.

Al pasar frente a una taberna le llegó un vaho de aroma a guiso de pescado y se dio cuenta de que estaba hambriento. Pocos minutos después estaba sentado en torno a una sucia mesa, comiendo un sabroso guiso en un cuenco de madera, mientras recordaba las comidas que había compartido con Nick, utilizando cubiertos de oro y platos de porcelana tan fina que eran casi traslúcidos.

No estaba alerta y la punzada de una espada en el cuello lo tomó por sorpresa. Al levantar la vista se encontró con el mismo soldado que lo había arrojado a tierra, momentos antes.

—Conque aquí está otra vez nuestro pequeño marinero —lo provocó el hombre—. Te creía muy lejos de aquí. —La cara del joven soldado perdió su aire de broma—. Levántate. Esta mesa es nuestra.

Las manos de Alex salieron lentamente de debajo de la mesa. No llevaba armas, pero tenía destreza y celeridad. Antes de que los soldados se dieran cuenta de nada, arrojó la mesa contra ellos; con eso derribó al primero, aplicándole un golpe tan fuerte en la pierna que lo hizo gritar de dolor. Los otros cinco atacaron a Alex de inmediato.

Logró derribar a otros dos. Luego tomó por el asa el pesado caldero que pendía sobre el fuego. Se quemó las manos, pero también quemó todo el vientre al hombre contra el cual lo arrojó. Iba a estrellar una silla contra la cabeza del quinto cuando el posadero le golpeó en la coronilla con un jarro de cerveza.

Alex cayó graciosamente al suelo.

Un cántaro de agua fría y sucia le dio contra la cara. Alex se levantó penosamente. Le bramaba la cabeza y tenía mucha dificultad para abrir los ojos. A juzgar por el olor de ese lugar, tuvo la seguridad de estar en el infierno.

—Levántate. Estás en libertad —dijo una voz gruñona, mientras él trataba de incorporarse.

Logró abrir un ojo, pero ciertos fulgores se lo hicieron cerrar otra vez.

—Alex —dijo una voz, que él reconoció como la de Nick—, he venido a sacarte de este lugar mugriento, pero que me maten si pienso llevarte en brazos. Levántate y ven conmigo.

El fulgor provenía de uno o dos kilos de oro incluidos en el bordado del uniforme ruso. Alex se dio cuenta de que su amigo lucía uno de los atuendos que solía ponerse para impresionar a alguien y obtener cuanto deseaba. Y comprendió que su amigo no ensuciaría esa chaquetilla por ayudarlo a caminar.

Aunque tenía la impresión de que iba a caérsele la cabeza, consiguió sujetarla y mantenerse en pie. Empezaba a darse cuenta de que estaba en una cárcel; aquello era un calabozo repulsivo, con paja viejísima en el suelo y vaya a saber qué cosa en los rincones. La pared que tocó estaba fría y viscosa; aquella viscosidad se le quedó en la mano.

De algún modo se las compuso para seguir a Nick, que salió del edificio con la espalda perfectamente recta. Fuera los esperaba la luz del día, ya mortecina, y un carruaje magnífico, con caballos que no le iban a la zaga. Uno de los criados de Nick le ayudó a subir al coche.

Apenas se había sentado cuando Nick inició su diatriba.

—¿Sabías que planeaban ahorcarte por la mañana? Me enteré sólo por casualidad. Un viejo marinero te vio bajar de mi barco y presenció tu pelea. ¿Tienes conciencia de que le fracturaste la pierna a uno? Es posible que la pierda. Quemaste a otro y el tercero aún no ha reaccionado después de tu golpe. Mira, Alex: una persona de tu condición social no puede hacer ese tipo de cosas.

Esa afirmación hizo que Alex arqueara una ceja. Sin duda alguna, Nick estaba en una condición social que le permitía hacer lo que se le antojara.

Se reclinó en el asiento para mirar por la ventanilla, mientras su amigo continuaba diciéndole que no podía hacer lo que había hecho. De pronto, Alex vio que un soldado inglés tomaba a una jovencita por el brazo y la llevaba a tirones hasta la parte de atrás de un edificio.

—Detente —pidió.

Nick, que también había visto la escena, se negó a dar orden de que el cochero detuviera los caballos. Como Alex tratara de bajar igual, lo empujó con fuerza contra los almohadones. Alex se apretó la cabeza dolorida.

—Son sólo campesinos —observó Nick, como si le costara creer en esa reacción.

—Sí, pero son mis campesinos —susurró el joven.

—Ah, sí, comienzo a comprender. De cualquier modo siempre tendrás otros. Se reproducen con celeridad.

Alex no se molestó en contestar a esos absurdos. La cabeza le dolía tanto por el golpe recibido como por lo que acababa de ver. Había oído rumores sobre las cosas horrendas que pasaban en América, pero sin creerlas del todo. En Inglaterra se hablaba de los ingratos colonos como si fueran niños delincuentes que necesitaban una mano firme. Hasta había visto que se descargaba e inspeccionaba a los barcos norteamericanos antes de permitirles regresar. Pero por algún motivo no llegaba a convencerse de que eso fuera cierto.

Se recostó contra los almohadones, en silencio, y no quiso volver a mirar por la ventanilla.

Cuando llegaron a la gran casa edificada en las afueras de la ciudad, Nick bajó de un salto, dejando que Alex se las arreglara solo. Estaba obviamente encolerizado con su amigo y no tenía intenciones de seguir ayudándolo.

Alex descendió. El ayuda de cámara del ruso lo precedió hasta un cuarto en donde le esperaba una tina llena de agua caliente. Alex se quitó la ropa y se lavó; el agua caliente le calmó el dolor de cabeza. Pero al despejarse empezó a pensar en la carta de su hermana. Él la había descartado, tomándola como una reacción emotiva de mujer; ahora se preguntaba si acaso ella se había referido a ese tipo de cosas al decir que Warbrooke necesitaba ayuda. Según Elías, a Josiah le habían quitado el barco por sospecharse que vendía mercancía de contrabando. Si los soldados se sentían tan superiores como para atacar a un indefenso marinero en la calle y molestar a una muchachita sin temor al castigo: ¿qué harían los oficiales, los hombres que detentaban el poder?

—Veo que sigues pensando en lo que ocurrió hoy —comentó Nick, al entrar—. ¿Qué esperabas, considerando que habías salido al muelle vestido de esa manera?

—Todo hombre tiene derecho a vestir a su antojo sin correr peligro por eso.

—Ésa es la doctrina de todos los campesinos —dijo Nick, suspirando, mientras hacia señas a un sirviente para que empezara a desempaquetar sus numerosos baúles—. Por esta noche puedes ponerte las ropas de mi primo. Mañana nos encargaremos de vestirte adecuadamente. Entonces podrás viajar a casa de tu padre sin temores.

Como de costumbre, Nick hizo que sus palabras sonaran a orden, no a sugerencia. Se había pasado la vida dando órdenes que todos obedecían.

Cuando Nick se marchó, Alex despidió al criado que le ofrecía una de las toallas bordadas de su amigo, con intención de secarlo. Se envolvió la toalla a la cintura y se acercó a la ventana. Afuera ya había oscurecido por completo, pero las lámparas ya estaban encendidas y se veía a los soldados vagando por las calles. Como se alojaban en la casa de los pobladores, iban y venían a placer. A poca distancia se oyeron carcajadas estruendosas y ruido de vidrios rotos.

Esos hombres no temían a nada. Contaban con la protección del rey de Inglaterra. Si alguien les hacía frente, como había hecho Alex, tenían todo el derecho de ahorcarlo. Eran ingleses; los norteamericanos también eran ingleses, pero se les consideraba salvajes e ignorantes, necesitados de disciplina.

Alex se apartó de la ventana, disgustado, y echó un vistazo al baúl entreabierto de Nick. En la parte de arriba había una camisa negra.

¿Y si alguien pagaba a esos hombres con la misma moneda? ¿Y si un hombre, vestido de negro, salía de la noche para hacer saber a esos arrogantes soldados que no podían hacer daño a los colonos sin miedo al castigo?

Revolvió el baúl de Nick hasta hallar un par de pantalones negros.

—¿Puedo preguntarte qué estas haciendo? —inquirió Nick, desde la puerta—. Si buscas joyas, te aseguro que están bien ocultas.

—Calla, Nick, y ayúdame a encontrar un pañuelo negro.

El ruso cruzó el cuarto y apoyó una mano en el brazo de su amigo.

—Quiero saber qué estas haciendo.

—Se me ocurrió dar un dolor de cabeza a esos ingleses. Quizá con un fantasma negro salido de la noche.

—Ah, sí... comienzo a entender. —Los ojos de Nick brillaban. Esa ocurrencia atraía a su temperamento ruso. Abrió un segundo baúl—. ¿Nunca te hablé de mi primo, el que bajó a caballo la escalinata de nuestra casa de campo? El animal se fracturó las dos patas delanteras, por supuesto, pero fue un momento magnífico.

Alex apartó la vista de la camisa que tenía en las manos.

—¿Y qué fue de tu primo?

—Murió. Todos los buenos mueren jóvenes. En otra oportunidad, estando ebrio, decidió salir con su caballo por una ventana del piso alto. Tanto él como el caballo murieron. Era un buen hombre.

Alex calló sus comentarios sobre el primo de Nick y se puso los ajustados pantalones de montar negros. Su amigo era más bajo y más robusto que él, pero Alex tenía las piernas gruesas por haber pasado varios años compensando el bamboleo de los barcos; por eso aquellos pantalones, que habrían debido quedarle holgados, se le ceñían como la piel. La camisa de amplias mangas se ablusaba sobre ellos.

—Toma esto —dijo Nick, ofreciéndole botas altas—. Y aquí tienes un pañuelo. —Abrió la puerta—. ¡Traedme una pluma negra! —gritó hacia el pasillo.

—No tienes por qué divulgar la noticia —observó Alex, mientras se ponía las botas.

Nick se encogió de hombros.

—Aquí no hay nadie, descontando a mi primo y a su esposa.

—Y un centenar de criados.

—Ellos no cuentan. —El ruso levantó la vista hacia el sirviente que le ofrecía una pluma de avestruz grande, teñida de negro.

—La condesa envía sus saludos —dijo el criado, antes de retirarse.

En pocos minutos Nick vistió a Alex de negro. Abrió agujeros al pañuelo y cubrió con él la mitad superior de la cara de su amigo. Luego le puso un gran tricornio en la cabeza. La pluma se rizaba alrededor del ala, dejando caer algunos mechones sobre la frente.

—Sí —aprobó Nick, retrocediendo para admirar su obra—. Y ahora ¿qué piensas hacer? ¿Cabalgar por las calles, asustando a los hombres y besando a las muchachas?

—Algo así.

Ahora que estaba vestido, Alex no estaba seguro de lo que había pensado en un principio.

—En los establos hay un hermoso caballo negro. Está en el último pesebre. Cuando vuelvas brindaremos por... el Corsario. Sí, eso es, brindaremos por el Corsario. Ahora sal a divertirte y no tardes, que tengo hambre.

Alex, sonriendo, siguió las indicaciones de su amigo para llegar a los establos. La vestimenta negra lo ocultaba bajo la oscuridad. Mientras avanzaba comenzó a adquirir cierta decisión. Pensó en los soldados a los que había visto arrastrar a aquella muchachita hasta el callejón; pensó en Josiah, el que había perdido su barco. Josiah había enseñado a los tres muchachos Montgomery a hacer nudos marineros.

El caballo que Nick había recomendado era un demonio furioso que no estaba dispuesto a dejarse montar. Alex lo sacó del establo y lo montó. Tuvo que luchar bastante para dominarlo, pero al fin salieron a todo galope hacia las calles.

Alex condujo silenciosamente al animal por los alrededores de la calle principal, en busca de un lugar donde pudiera ser útil. No tardó en presentarse la ocasión. Ante una taberna había una bonita joven, con los brazos cargados de pequeños barriles de cerveza, rodeada por siete soldados ebrios.

—Danos un beso —dijo uno de ellos—. Sólo un besito.

Alex no perdió tiempo en espolear a su cabalgadura para sacarla de entre las sombras y atacar al grupo. Su caballo, lanzado a todo galope, habría bastado para que los hombres se sobresaltaran, pero el jinete vestido de negro, cuya silueta se dibujaba ante la lámpara de alumbrado público, hizo que retrocedieran, atemorizados.

El joven no se había detenido a pensar cómo iba a disimular su voz, pero al hablar lo hizo con el acento del inglés de la clase alta y no con las vocales cerradas que se habían impuesto en Norteamérica en los últimos cien años.

—Meteos con hombres, no con mujeres —dijo.

Y sacó la espada, avanzando hacia dos de los hombres, que retrocedían ante la presencia y el nerviosismo del caballo.

Con un movimiento diestro, cortó los botones al uniforme del primer hombre; luego, los del otro. Los trocitos de metal pulido cayeron repiqueteando en los adoquines. El caballo aplastó uno bajo la herradura.

Alex lo hizo retroceder, ya perdiéndose en las sombras. Sabía que la sorpresa contaba en su favor, pero en cuanto esos hombres recobraran el sentido común lo atacarían o pedirían ayuda a gritos.

Cortó el aire con la espada sibilante y apoyó la punta bajo el mentón de otro soldado.

—Antes de molestar otra vez a un americano, pensadlo bien, si no queréis que el Corsario os busque.

Y movió la punta de la espada hacia abajo, cortando el uniforme del hombre hasta la piel, pero sin siquiera hacerle un rasguño. Por fin soltó una carcajada. Era una carcajada de puro placer, nacido del triunfo que lo inundaba por haber sometido a esos patanes autoritarios, que sólo tenían valor cuando estaban en grupos. Aún sonriente bajo la máscara, hizo girar a su caballo y galopó calle abajo, veloz como el viento.

Pero toda su velocidad no le permitió esquivar la bala que dispararon contra su espalda. Sintió que algo caliente le desgarraba el hombro. Su cabeza cayó hacia atrás y el caballo se alzó de manos, pero él logró sostenerse.

Entonces giró hacia la mujer y los soldados que aún permanecían ante la taberna; uno de los hombres tenía en la mano una pistola humeante.

—Jamás atraparéis al Corsario —dijo, con voz triunfal—. Os perseguirá día y noche, sin que podáis libraros de él.

Tuvo la prudencia de no abusar de su suerte: cambió de dirección y siguió calle abajo a galope tendido. En las casas empezaban a abrirse las persianas. Los que se asomaron pudieron ver a un hombre de negro que volaba bajo sus ventanas. Alex oyó a sus espaldas los gritos de una mujer, probablemente la moza que acababa de rescatar, pero estaba demasiado preocupado por la herida de su hombro y no llegó a entender lo que ella decía.

Al llegar a los límites de la ciudad comprendió que debía deshacerse del animal. A lomos de ese demonio negro era demasiado visible. Desmontó cerca de los muelles, protegido por la confusión de barcos y sogas. Dio al caballo una palmada en la grupa y le vio alejarse hacia los establos.

Aunque no podía verse la herida, sentía que estaba perdiendo mucha sangre y que se debilitaba con celeridad. El refugio más próximo era el barco de Nick, anclado a poca distancia y custodiado por la tripulación del ruso.

Mientras se abría paso entre los barcos, siempre oculto, escuchó el griterío creciente de la gente en las calles. Al parecer, todos los habitantes de la ciudad habían salido de sus casas para participar en la búsqueda.

Al llegar al lugre de Nick rezó por que la tripulación rusa le permitiera subir a bordo. Ese pueblo era tan celoso en su ferocidad como en su amor.

Pero su preocupación era injustificada. Uno de los tripulantes lo vio y bajo al muelle para ayudarle a abordar. Quizás estaban habituados a que los amigos de su amo llegaran en medio de la noche, con la camisa ensangrentada. Alex no recordó nada más a partir del momento en que los marineros le ayudaron a subir a bordo y lo llevaron, medio en vilo, a la bodega.

Al abrir los ojos vio el vaivén familiar de una lámpara mecida por el ritmo del mar.

—Bueno, parece que vas a sobrevivir.

Alex movió un poquito la cabeza. Nick estaba sentado junto a él, sin chaqueta y con la camisa manchada de sangre en la pechera.

—¿Qué hora es? —preguntó Alex, tratando de incorporarse.

El esfuerzo le provocó mareos y lo obligó a recostarse otra vez.

—Está por amanecer —replicó su amigo, levantándose para lavarse las manos en un cuenco de agua—. Anoche estuviste a punto de morir. Costó bastante extraerte la bala.

Alex cerró los ojos por un momento, pensando en aquella tontería de presentarse como el Corsario.

—Ojalá no te moleste que abuse un poco más de tu hospitalidad, pero por un par de días no estaré en condiciones de viajar a Warbrooke.

Nick se secó las manos con una toalla.

—Creo que ni tu ni yo teníamos idea de las consecuencias de lo que hiciste anoche. Al parecer, esta ciudad estaba buscando un héroe y te ha elegido como tal. No se puede salir a la calle sin oír hablar de las hazañas del Corsario. Se le atribuyen todas las acciones que se han perpetrado contra los ingleses en los últimos diez años.

Alex emitió un gruñido de disgusto.

—Y eso es lo de menos. Los ingleses han enviado a todos los soldados disponibles en tu búsqueda. Ya hay letreros pidiendo tu arresto. Se ordena matarte a primera vista. Esta mañana han venido dos veces, pidiendo revisar mi barco.

—Entonces me iré —resolvió Alex.

Trató de sentarse, pero estaba muy débil por la pérdida de sangre y el hombro le dolía abominablemente.

—Los he mantenido fuera de mi cubierta amenazándoles con que mi país les declararía la guerra. Si pisas esa planchada, Alex, te mataran en segundos. Buscan a alguien alto y delgado, de pelo negro. —Los ojos del ruso se clavaron en los de su amigo, ardorosos—. Y saben que estás herido.

—Comprendo.

Alex, aún sentado en el borde de la cama, comprendió. Sabía que se enfrentaba a la muerte, pero no podía permanecer a bordo y arriesgar a su amigo. Trató de levantarse, apoyándose con fuerza en la silla que tenía ante sí.

—Tengo un plan —dijo Nick—. Como no quiero que me persiga la marina inglesa, me gustaría que revisaran mi barco.

—Sí, por supuesto. —Alex trato de sonreír—. Al menos eso me evitará tener que caminar por la planchada. La idea no me gusta nada.

Nicholas pasó por alto ese toque de humor.

—He mandado buscar alguna ropa a casa de mi primo, que es hombre obeso y afecto a las prendas vistosas.

Al oír eso, Alex arqueó una ceja. A su modo de ver, la vestimenta de Nick hubiera avergonzado a un pavo real. ¿Como serían las de su primo?

El ruso continuó:

—Creo que, si te ponemos una almohadilla para que rellenes las prendas, te fortificamos con un poco de whisky y te ponemos una peluca empolvada en esa masa de pelo negro, puedes pasar la inspección de los soldados.

—¿No basta con que me ponga el disfraz y salga caminando del barco?

—Y después, ¿qué harías? Necesitas ayuda, pero quien te la dé arriesgará su vida. Además, ¿cuántos de estos norteamericanos pobres podrán resistir la recompensa de quinientas libras que ofrecen por tu cabeza? No, permanecerás a bordo de mi barco, conmigo, y después navegaremos hasta tu ciudad. ¿Habrá allí alguien que te atienda?

Alex se recostó contra la pared, sintiéndose aún más débil que al despertar. Pensaba en la ciudad de Warbrooke, establecida por su abuelo, de la que su padre era ahora casi propietario. Estaba habitada por amigos suyos, personas que lo conocían desde siempre... y él era un producto de ese pueblo. Si él era valiente, ellos lo eran el doble. Ningún soldado inglés asustaría a la ciudad de Warbrooke.

—Sí, allí hay gente que me ayudará —dijo, por fin.

—En ese caso, debemos vestirte.

Nick abrió la puerta del camarote y llamó a un sirviente para que trajera las ropas necesarias.

—Hemos llegado, Alex —dijo Nick, con suavidad. Miró a su amigo con simpatía. Alex había tenido alta temperatura durante toda la semana; su aspecto era el de quien ha pasado varios días en estado de ebriedad: ojos hundidos, piel seca y enrojecida, músculos débiles y lentos.

—Tendremos que volver a vestirte con las ropas de mi primo. Los soldados siguen buscando al Corsario y temo que han llegado hasta aquí. ¿Me comprendes?

—Sí —murmuró Alex—. En Warbrooke me cuidarán. Ya verás.

—Espero que no te equivoques, pero bien pueden dar crédito a lo que vean.

Se refería al ridículo espectáculo que presentaba el joven, con sus falsas almohadillas, la chaqueta de brocado y la peluca empolvada. No se parecía en nada al apuesto mozo que debía volver a su ciudad natal para salvar a una muchacha de un malvado pariente.

—Ya verás —repitió Alex, gangoso por el coñac que Nick le había dado para ayudarlo a soportar el esfuerzo inminente—. Me conocen. Cuando me vean así se echaran a reír, pues comprenderán que ha pasado algo. Ellos me cuidarán hasta que cicatrice este maldito hombro. Sólo ruego que no me delaten frente a los soldados. Porque nunca se ha visto a un Montgomery vestido de pavo real, ¿comprendes? De inmediato se darán cuenta de que hay un motivo.

—Sí, Alexander —dijo Nicholas, tranquilizador—. Espero que tengas razón.

—La tengo. Ya verás. Conozco a estas gentes.

# 2

—No sé por qué tengo que ir a esperarlo, justamente yo —adujo Jessica Taggert por milésima vez, ante su hermana Eleanor—. Alexander nunca ha representado nada para mí... al menos, nada bueno.

Eleanor ajustó los cordones del corsé de su hermana. Aunque era bastante bonita, en presencia de Jessica nadie se fijaba en ella, y lo mismo ocurría con todas las mujeres de la ciudad.

—Debes estar presente porque la familia Montgomery siempre se ha comportado muy bien con nosotros. ¡Baja de ahí, Sally! —ordenó, dirigiéndose a la hermanita de cuatro años.

La casa de los Taggert era apenas más que un cobertizo, de reducido espacio, al que sólo se dedicaba la atención que podían dedicarle dos mujeres con empleo de tiempo completo y con siete hermanos menores que atender. Estaba en el límite de la ciudad, oculta en una diminuta ensenada, sin vecinos cercanos... no porque a la familia le gustara vivir en el aislamiento, sino porque dieciocho años atrás, al llegar al mundo el quinto de los niños, tan estentóreo y sucio como los anteriores, sin que la multiplicación pareciera tener fin, los vecinos habían dejado de construir en las proximidades.

—¡Nathaniel! —gritó Jessica al de nueve años, que balanceaba tres gordas arañas frente a la cara de su hermanita.

—Quédate quieta, Jess —protestó Eleanor—. ¿Cómo quieres que te abroche este vestido si te sacudes así?

—Es que no quiero que me lo abroches. En verdad, no veo ninguna necesidad de que yo vaya. No necesito limosnas de gente como Alexander Montgomery.

Eleanor soltó un sincero suspiro.

—No lo has visto desde que éramos niños. Tal vez haya cambiado.

—¡Ja! —bufó Jess, apartándose de su hermana para levantar a Samuel, el bebé, que estaba tratando de comer alguna sustancia imposible de identificar, recogida del suelo. Una de las arañas de Nathaniel había ido a parar a su manita sucia y regordeta—. Cuando se es tan malo como Alexander no se cambia. Hace diez años era un sabelotodo pomposo, y estoy segura de que no ha cambiado. Si Mariana tenía que llamar a uno de sus hermanos para que la ayudara a librarse de ese hombre con quien cometió la estupidez de casarse, ¿por qué no llamó a uno de los mayores, a uno de los Montgomery buenos?

—Creo que escribió a cada uno de ellos, pero Alex fue el que primero recibió la carta. Quédate quieta, que voy a desenredarte un poco el pelo.

Eleanor tomó con las manos la cabellera de su hermana, sin poder dominar cierta envidia. Otras mujeres pasaban muchas horas tratando de hacer lo posible por su pelo. Jessica, en cambio, exponía el suyo al sol, al aire salitroso, al agua de mar y a su propio sudor; sin embargo lo tenía más hermoso que nadie. Era una densa masa rubia y suave que brillaba a la luz.

—Oh, Jess, si te esforzaras un poquito podrías tener a cualquier hombre...

La hermana la interrumpió:

—No empecemos otra vez, por favor. ¿Por qué no buscas tú marido? Un marido rico, que nos mantenga a las dos y a todos los niños.

—¿En esta ciudad? —resopló Eleanor—. Una ciudad que tiene miedo de un solo hombre? ¿Una ciudad que se deja dominar por un tipo como Pitman?

Jessica se levantó, apartando la cabellera de su cara. Había muy pocas mujeres que pudieran recogerse el pelo tan apretadamente y seguir siendo hermosas, pero ella lo conseguía.

—Si tú no quieres a ninguno de estos cobardes, yo tampoco. —Dejó otra vez en el suelo al pequeño Samuel—. Pero al menos no cometo la tontería de confiar en un solo hombre para que nos salve, sobre todo si ese hombre es Alexander. Creo que todos vosotros recordáis a los Montgomery como grupo, no como individuos. Estoy muy de acuerdo en que nunca existió un grupo de hombres más estupendo que Sayer y sus dos hijos mayores; lloré tanto como cualquiera de vosotras cuando los muchachos se embarcaron... pero no cuando se fue Alexander.

—Me parece que eres injusta, Jessica. ¿Qué te hizo Alex, en el nombre de Dios, para que le tengas tanta antipatía? No puedes tener en cuenta las travesuras que hacía de muchacho. Si así fuera, a Nathaniel lo habrían ahorcado hace cuatro años.

—Es por su actitud. Siempre se creyó mucho mejor que cualquiera. Sus hermanos y su padre trabajaban con todo el mundo, pero Alexander se consideraba muy por encima de los demás. Su familia era la más rica de la ciudad, pero sólo él lo tenía en cuenta.

—¿Estás hablando de las limosnas? ¿De la vez en que le arrojaste a la cara las langostas que nos traía? Nunca he podido comprenderlo. ¡Si todos los de la ciudad nos daban cosas!

—¡Bueno, pues ahora no lo hacen! —le espetó Jessica, enojada—. Sí, me refiero a las limosnas, a vivir sin saber qué comeríamos al día siguiente, siempre sin tener nada, siempre necesitados. Y papá, que volvía a casa cada nueve meses, justo a tiempo para dejar a mama... —Hizo una pausa para calmarse—. Alexander era el peor. ¡Qué aires se daba cada vez que nos traía un saco de cereal! ¡Con qué superioridad nos miraba! Cada vez que un bebé de nuestra familia se le acercaba, se sacudía los pantalones.

Eleanor sonrió.

—Pues era necesario sacudir los pantalones o las faldas, Jess, cada vez que se acercaba a un bebé de nuestra familia. Me parece que eres injusta. Alexander no era mejor ni peor que los otros de esa familia. Lo que ocurre es que sólo os lleváis dos años y, por lo tanto, tenías más afinidad con él.

—Pues preferiría tener afinidad con un tiburón.

Eleanor puso los ojos en blanco.

—Recuerda que ayudó a Patrick para que lo emplearan como grumete en el *Rubia Doncella.*

—Habría hecho cualquier cosa para tener un Taggert menos en la ciudad. ¿Estás lista?

—Desde hace rato. Haré un trato contigo: si Alexander resulta ser el vanidoso que tú dices, te amasaré tres pasteles de manzana la semana que viene.

—Ganaré sin el menor esfuerzo. Arrogante como es, probablemente pretenda que le besemos la mano. Dicen que estuvo en Italia. Probablemente conoció al Papa y aprendió algunas cosas de él. ¿Usará ropa interior de encaje perfumado?

Eleanor no le prestó atención.

—Pero si gano yo —continuó—, tu tendrás que llevar vestido toda la semana y ser amable con el señor Clymer.

—¿Ese viejo con aliento a pescado? Oh, bueno, no importa, porque de cualquier modo voy a ganar. Esta ciudad tendrá que verlo: cuando Alexander está solo, sin sus hermanos y su padre, es un crío perezoso, lleno de vanidad y condescendencia...

Se interrumpió porque Eleanor la empujaba hacia la calle.

—Y tú, Nathaniel, cuida a esos niños o te las verás conmigo —amenazó la mayor.

Cuando llegaron al muelle, Jessica iba ya a la rastra, enumerando todo lo que era preciso hacer: remendar las velas, reparar las redes de pesca...

—Bueno, Jessica —comentó Abigail Wentworth, en cuanto las hermanas Taggert pisaron el muelle—, veo que no soportaste la ansiedad de ver nuevamente a Alexander.

Jessica vaciló entre el deseo de dar una bofetada a esa muchacha y el de abandonar el puerto. Abigail era la segunda entre las jóvenes bonitas de la ciudad y odiaba a Jessica por ser la primera. Por eso le encantaba recordar que ella, con sus dieciséis años, estaba en la flor de la edad, mientras que Jess podía considerarse una solterona de veintidós años. Dedicó a Abby su más dulce sonrisa, dispuesta a decirle lo que de ella pensaba, pero Eleanor la tomó del brazo para apartarla.

—No quiero que hoy te líes en una riña. Quiero que los Montgomery pasen bien el día sin que Sayer tenga que sacarte del cepo. Buenos días, señora Goody —agregó, con dulzura—. Allí esta el barco en donde viaja Alex.

Al ver la nave, Jessica quedó boquiabierta.

—¡Esa manga es muy estrecha! Estoy segura de que eso va contra los estatutos. ¿Lo habrá visto Pitman? Probablemente confiscaría el barco. Y entonces ¿qué haría tu precioso Alexander?

—No es mío. Si fuera de alguien, Abigail no lo estaría esperando aquí.

—Muy cierto —suspiró Jess—. ¿Verdad que le encantaría echar mano de los dos mil cuatrocientos metros de anclaje que tienen los Montgomery? Oye, ¿qué miran todos hacia allí?

Eleanor se volvió en esa dirección. Un grupo de personas miraban algo, petrificadas y boquiabiertas. Empezaron a abrirse, pero sin pronunciar palabra.

Un hombre caminaba hacia las muchachas. Vestía una chaqueta de color amarillo canario, con un ancho borde de flores y hojas bordadas en el ruedo. La chaqueta cubría una panza enorme, y el sol se reflejaba en los múltiples colores del bordado de seda. Los pantalones que cubrían sus gordas piernas eran de color verde esmeralda; llevaba también una peluca entera cuyos rizos le cubrían los hombros. Caminaba por el muelle tambaleándose de vez en cuando, por evidente efecto de la bebida.

Los pobladores parecían tomarlo por otro funcionario enviado desde Inglaterra, pero Jessica lo reconoció de inmediato. Ni la obesidad ni la peluca podían disimular por completo esa imperiosa expresión de los Montgomery. Pese a los kilos en exceso aun se veían los pómulos que Alexander había heredado de su abuelo.

Jessica se adelantó, meneando sus faldas para que todos la vieran. Siempre había tenido la seguridad de que Alexander Montgomery era una bazofia y allí estaba la prueba. En eso se había convertido apenas escapado del mando paterno.

—Buenos días, Alexander —dijo, en voz alta y con sorna—. Bienvenido al hogar. No has cambiado ni un poquito.

Él se detuvo a mirarla, parpadeando, sin comprender. Tenía los ojos enrojecidos por el alcohol; se tambaleaba tanto que su acompañante, un hombre moreno y corpulento, tuvo que sostenerlo.

Jessica dio un paso atrás para mirarlo de pies a cabeza. Luego puso los brazos en jarras y se echó a reír. Momentos después, los de la ciudad comenzaban a imitarla.

No pudieron dejar de reír ni siquiera cuando Mariana Montgomery llegó corriendo al muelle. Al ver a su hermano se detuvo en seco.

—Hola, Mary, tesoro —dijo Alex, con una sonrisa torcida.

Una vez más, el hombre de la camisa sucia tuvo que sujetarlo.

Mariana miro a su hermano, incrédula. La multitud dejó de reír.

Alex no dejaba de sonreír, pero la boca de la mujer se iba abriendo más y más. Por fin se echó el delantal sobre la cara y rompió a llorar. Huyó a toda carrera de los muelles, con los talones asomando por debajo de sus faldas y los sollozos arrebatados por el viento.

Ante eso, la multitud quedó en sosiego. Todos echaron una mirada despectiva a Alex, con su vistosa chaqueta, y comenzaron a retomar sus trabajos. En el viento resonaban las palabras:

—Pobre Sayer...

—¡Y los hermanos, tan buena gente!

A los pocos minutos sólo quedaban cuatro personas en el muelle: Jessica, que disfrutaba sumamente de todo aquello, pues había dicho a todos que Alex no servía de nada; Eleanor, con el ceño fruncido; el aturdido Alexander y el hombre corpulento de la camisa sucia.

Jessica se limitaba a sonreír triunfalmente, mientras Alex trataba de despejarse. Por fin se volvió a mirarla.

—Todo esto es culpa tuya —susurró.

Jess ensanchó su sonrisa.

—Oh, no, Alexander. La culpa es tuya, por mostrar al fin tu verdadera personalidad. Los engañaste a todos por muchos años, pero a mí no. Oh, te agradecería que me dieras la dirección de tu sastre. —Se volvió hacia su hermana—. ¿No te encantaría tener una enagua de ese color?

Eleanor la miró bizqueando.

—Basta ya, Jessica.

Jess dilató los ojos con aire inocente.

—No sé de qué estas hablando. No hago más que admirar sus ropas... y su peluca. Hace años que nadie usa peluca aquí, en Warbrooke. —Dedicó al viajero la más dulce de sus sonrisas—. Oh, caramba, te estoy demorando cuando debes de estar hambriento. —Miró malignamente aquel vientre enorme—. Una cosa como ésa ha de requerir un esfuerzo constante.

Alexander quiso arrojarse contra ella, pero Nick se lo impidió.

—Buen Dios —se burló Jessica—. El lechoncito tiene garras.

—Ya me pagarás por esto, Jessica Taggert —aseguro Alexander, por lo bajo.

—¿Con qué? ¿Con tortas de crema?

Eleanor se interpuso antes de que Alex pudiera decir una palabras más.

—Bueno, Alexander, es hora de que vuelvas a tu casa. A ver, tú —ordenó, dirigiéndose a Nicholas—, encárgate de traer su equipaje. Una vez que estemos en la casa, te ocuparas de atender a tu amo. Y tú, Jessica, ve a buscar algo para la cena.

—Sí, señorita —dijo Jess—. No sabes cómo me alegro de no ser pariente de los Montgomery. Puedo alimentar a seis o siete niños, pero a eso... —Y miró la enorme panza de Alex.

—¡Vete! —ordenó Eleanor.

Jessica abandonó el muelle, silbando alegremente y hablando de los pasteles que comería esa semana. Eleanor tomó a Alex del brazo, sin mencionar el hecho de que estaba obviamente ebrio y no podía caminar sin ayuda. El supuesto sirviente de Alex permaneció en el muelle.

—¿Cómo se llama? —preguntó la muchacha a Alex.

—Nicholas —dijo el joven, con los dientes apretados. El enojo enrojecía su cara y hacía más negros sus ojos.

Eleanor se detuvo, siempre sujetando el brazo de Alex.

—Haz lo que te digo, Nicholas. Trae las pertenencias de tu amo y acompáñame. Y hazlo ahora mismo.

Nick espero un momento. Después miro a Eleanor de pies a cabeza, lascivo. Sonriendo apenas, se inclinó para recoger el pequeño bolso con ropas prestadas por su primo.

—Sí, señorita —dijo con suavidad, mientras echaba a andar tras ellos, contemplando el vaivén de las faldas.

—Ciento veinte kilos, cuanto menos —reía Jessica, sentada a la cabecera de la mesa. Eleanor ocupaba el otro extremo. Entre ambas se habían sentado siete pequeños Taggert, de distintos tamaños y edades y con diversos grados de suciedad. Cada uno tenía un cuenco de madera, lleno de humeante guiso de pescado, y una cuchara de madera. Eran utensilios preciosos, tratados con tanta delicadeza como si se tratara de plata fina. El guiso era muy sencillo, sin ningún condimento: sólo pescado hervido por largo rato. Ya se habían acabado las pocas hortalizas restantes del verano y la nueva huerta aún no rendía frutos.

—¿Qué dijo Sayer? —preguntó Jessica, siempre riendo.

Eleanor la fulminó con la mirada. Llevaba cuatro años trabajando en casa de los Montgomery; al morir la madre de Alex, dos años atrás, se había hecho cargo de la dirección doméstica. Mariana, la mayor de los hijos, se había quedado solterona, ya por su corpulencia o por sus aires dominantes; aunque era ella quien estaba al mando de la enorme casa y encargada de cuidar al padre inválido, lo había olvidado todo al llegar el nuevo funcionario de aduanas, John Pitman. Naturalmente, media ciudad trató de explicarle que el inglés sólo la cortejaba por el dinero de su padre, pero Mariana, arrogante, se negó a escuchar. A las dos semanas de casada comprendió que la gente tenía razón; ahora cargaba con el remordimiento de saberse responsable por muchos de los problemas de Warbrooke. Entregó el manejo de la casa a Eleanor y se encerró en su cuarto, donde ahora pasaba la mayor parte de sus horas, bordando una labor tras otra. Si no podía curar la enfermedad que había provocado, al menos quería disociarse de ella por completo.

—Me parece que no es momento para hablar de eso. —Eleanor echó una mirada expresiva a los niños, que estudiaban atentamente sus platos de guiso; en realidad, escuchaban con tanta atención que casi se les veía mover las orejas.

—El señor Montgomery dice que su esposa siempre malcrió al menor y que él le había anunciado algo así —intervino

Nathaniel—. Creo que se refería a la ropa del señor Alex y a lo gordo que está. La señorita Mariana lloró muchísimo. ¿Quién es ese tal Nicholas, Eleanor?

La mayor fulminó con la mirada al joven Taggert.

—Nathaniel, ¿cuántas veces te he dicho que no debes entrometerte en las conversaciones de los mayores?, ¿y que no escuches detrás de las puertas? Además, te había encargado cuidar a Sally.

—Yo también fui —aclaró la pequeña—. Nos escondimos en el...

Nathaniel le tapó la boca.

—¡Si yo la estaba cuidando! Pero quería enterarme. ¿Y quién es ese Nicholas?

—El sirviente de Alex, supongo —dijo Eleanor—. Y no trates de cambiar el tema. Te he dicho mil veces...

—¿No hay pastel de manzana en esta casa? —preguntó Jessica—. No quiero oír una palabra más sobre Alexander Montgomery. Es una ballena vieja que se ha quedado varada y por fin muestra la hilacha. Mañana, Nate, quiero que vayas a la ensenada con una bolsa y recojas algunas langostas.

—¡Otra vez! —gruñó él.

—Tú, Henry —continuó la muchacha, dirigiéndose al de doce años—, irás a ver si ya han madurado las zarzamoras; lleva contigo a Sam. Philip e Israel, tendréis que venir mañana conmigo; haremos una recorrida por la costa juntando leña.

—¿Leña? —se extrañó Eleanor—. ¿Te parece que el *Mary Catherine* puede cargar tanto peso?

Jessica irguió la espalda, como siempre que alguien hacía comentarios sobre su barco. La embarcación no era gran cosa; tal vez Jahleel Simpson tenía razón cuando decía: «El *Mary Catherine* puede flotar, pero es obvio que no le gusta». De cualquier modo era su barco, única herencia que le dejara su padre, aparte de varias bocas que alimentar, y ella estaba orgullosa de tenerlo.

—Puede. Además, necesitamos dinero. Alguien tendrá que pagar tantas manzanas.

Eleanor bajó la vista a su cuenco, en donde había ahora una porción de pastel de manzanas. A veces «tomaba prestadas» algunas provisiones de la cocina de Sayer Montgomery. Lo hacía rara vez, siempre en pequeñas cantidades, e invariablemente las devolvía en cuanto le era posible, pero aun así se sentía culpable. Sin duda alguna, Sayer o Mariana le habrían dicho que tomara todo lo necesario si hubieran pensado en eso. Pero Sayer estaba demasiado ocupado en compadecerse a sí mismo, como Mariana lo estaba en llorar por los males que acarreaba sobre sus vecinos, y ninguno de los dos tenía en cuenta a los demás.

Samuel, el de dos años, decidió envolver la cuchara pegajosa en el pelo de Molly y tiró con todas sus fuerzas. Eso puso fin a cualquier conversación adulta.

A la mañana siguiente, Alexander despertó con la mandíbula dolorida por tanto apretar los dientes durante la noche. El enojo le duraba hasta dormido. El día anterior había sufrido lo que le parecía insoportable. Después de desembarcar, preocupado por la posibilidad de que volviera a sangrarle la herida, viendo el muelle rodeado de soldados ingleses a lomos de caballos espumajosos, obviamente a la busca de alguien, tener que enfrentarse a esa malcriada de Jessica Taggert, que se reía abiertamente de él. ¡Con qué facilidad se habían convencido sus vecinos de que él era un cobarde como la muchacha afirmaba! ¡Con cuánta celeridad se habían olvidado de lo que él había sido!

Al llegar a casa de su padre, la noticia ya se había esparcido. Mariana tenía la cabeza apoyada en la cama de su padre y lloraba ruidosamente.

Sayer se limitó a echar un vistazo a su hijo y le hizo señas de que se retirara, como si el ver así al menor de sus vástagos lo disgustara al punto de dejarlo sin palabras.

Alexander estaba muy débil por la pérdida de sangre y tan furioso por lo ocurrido en el muelle que ni siquiera intentó defenderse. Siguió a Nicholas hasta su propio cuarto y se dejó caer en la cama.

Ni siquiera lo animó el ver a Nicholas Ivanovitch, duque de Rusia, cargando con su equipaje. Cayó en un sueño liviano, en el que se imaginó estrangulando a Jessica Taggert; pero en otra parte del sueño le hacía el amor como un loco. ¿Cuando se había vuelto tan hermosa?

El espanto de verse tentado por una mujer bonita no lo dejaba en paz.

Y ahora, con la cabeza dolorida y el hombro palpitante, seguía tendido en la cama, mirando el techo. Una parte de su cerebro, la única que no había sido invadida por la furia, comenzaba a funcionar. Tal vez era mejor que todos se hubieran tragado su disfraz. Él ya había visto lo que pasaba en Nueva Sussex y el modo en que los soldados gobernaban la ciudad. Había oído hablar de las atrocidades cometidas contra los americanos, a los que se trataba como a niños malos. También había visto los precios de mercancías que en Inglaterra se vendían por la mitad de ese valor... aunque eran productos de América.

Quizás en Warbrooke también ocurría ese tipo de cosas.

Su primera idea, al despertar, había sido llamar a Mariana para mostrarle la herida y revelarle su identidad del Corsario. Sabía que su hermana lo ayudaría hasta que se recuperara y lo protegería de la cólera británica. Además, le habría gustado verle la cara cuando se enterara de que él no era un gordo alcohólico. Pero ahora comprendía que con eso podía ponerla en peligro.

Nick, soñoliento, entró en el cuarto y se dejó caer en una silla.

—Esa mujer me hizo levantar antes del amanecer para que cortara leña —dijo, mohíno y con cierta extrañeza en la voz—. Sólo gracias a que he observado atentamente a mis propios peones tuve alguna idea de lo que debía hacer. Sin embargo, esa mujer no tolera la menor vacilación.

—¿Jessica? —preguntó Alexander, con aire bastante burlón. El sólo pensar en ella le despertaba muchas ganas de aferrarla por el cuello.

—No, la otra. Eleanor. —Nick dejó pender la cabeza entre las manos.

Alex había visto los cambios de humor de su amigo y sabía que lo mejor era no permitirle autocompadecerse. Logró incorporarse. La sábana, al caer, dejó al descubierto el vendaje que rodeaba sus hombros fuertes y anchos.

Creo que no debo revelar a nadie mi verdadero aspecto —comenzó—. Lo mejor será seguir usando estas ropas llamativas hasta que se me cicatrice el hombro y haya pasado el interés por el Corsario. ¿Podrías prestarme un criado? Alguien discreto, que no tema al peligro.

Nick levantó ásperamente la cabeza.

—Todos mis hombres son rusos y los rusos no tememos a nadie. ¿Piensas volver a presentarte como Corsario?

—Tal vez.

En realidad, Alex sólo pensaba en ajustar cuentas con Jessica por haberse reído de él. Se imaginaba vestido de negro, trepando hasta la ventana de la muchacha para atarle las blancas manos a los postes de la cama y...

—¿Me estás escuchando? —acusó Nick—. No conozco gente más insolente que tus americanos. Debería zarpar ahora mismo hacia mi patria, antes de conocer a uno solo más. Pero este asunto del Corsario me entusiasma. Enviaré mi barco al sur, en busca de más prendas de mi primo y una peluca nueva.

—Dejándome a uno de esos criados de los que abusas, supongo.

—No —repuso Nick, pensativo—. Este juego me divierte. Me quedaré, desempeñando el papel de sirviente tuyo, y guardaré tu secreto. —Entrecerró los ojos—. Y haré que esa Eleanor Taggert lamente haber dicho de mí las cosas que dijo esta mañana.

—Trato hecho —aceptó Alex—. Seguiremos juntos. Yo seré el más delicado de los jóvenes americanos. Y tu enseñarás a trabajar a nuestro pueblo.

Eso hizo que Nick frunciera el ceño.

—Si alguien me manda trabajar en los campos, renunciaré. ¡Ah, pero qué cosas podré contar a tu familia!

—Espero que tu familia te dé más crédito que a mí la mía. ¿Empezamos a luchar con esta ropa? Comienzo a odiar esa peluca.

# 3

Alexander se tomó bastante tiempo para vestirse. Después de revisar la herida, Nick le ayudó a acolcharse los muslos hasta rellenar los pantalones de satén; aplicaron capas y más capas de tela a su cintura, hasta que su vientre sobresalió casi treinta centímetros, y por fin cubrieron su pelo negro con la gran peluca empolvada. Cuando hubieron terminado, llevaba encima tanto bulto que la frente se le estaba cubriendo de sudor.

—No sé si esta gente vale la pena —comentó el joven, amargado.

—Es tu gente —adujo Nicholas, encogiéndose de hombros.

—Pero se ha vuelto contra mí.

Alex imaginó a Jessica Taggert, riéndose de él en el muelle. Si ella no hubiera estado allí, tal vez la gente de la ciudad no habría creído con tanta facilidad en su disfraz.

A las once en punto entró en el salón de la casa. Allí le esperaba mucha gente. Aunque fingían tener cosas que hacer en casa de los Montgomery, Alex se dio cuenta, por la forma en que lo miraban, de que aguardaban sólo por verlo. Por un momento contuvo el aliento, seguro de que alguien se echaría a reír y le diría que se quitara el disfraz, puesto que estaba en su casa y entre amigos.

Uno a uno, todos bajaron la vista a las copas que tenían en la mano.

Alex echo un vistazo a Eleanor, que dirigía a las dos mujeres encargadas de cocinar en el hogar abierto. El salón era una combinación de cocina, sala y cuarto de reuniones. Puesto que la familia Montgomery era dueña de la mayor parte de Warbrooke, también la mayor parte de los negocios corrían por su cuenta. Durante el día, casi todos los vecinos de la ciudad se presentaban en ese salón por un motivo u otro. Sayer Montgomery siempre había cuidado de que hubiera alimentos y bebida preparados para todos cuantos llegaban a la casa.

En un rincón había dos hombres sentados en el extremo de una de las dos mesas largas, uno de ellos empezó a hablar en voz bastante alta.

—Mi yerno cultivó personalmente ese trigo, pero antes de que yo pudiera llevarlo a España tuve que detenerme en Inglaterra y descargarlo para su inspección.

—Y a mí me obligaron a llevar a Inglaterra el cacao de Brasil antes de desembarcarlo en Boston.

Los hombres miraban a Alexander por encima del borde de las copas, pero el joven fingía no oír. Si no se molestaban en dirigirle directamente la palabra, ¿por qué demostrarles interés? ¿Y que podía hacer él con esa ley inglesa? Al parecer, ellos aún vivían en los tiempos medievales, donde el señor feudal podía presentar sus quejas personalmente ante el rey.

—Y yo perdí mi barco por sesenta libras —dijo Josiah Greene.

Alexander contempló el enorme plato de comida que Eleanor había puesto ante él. Era como un único espectador ante una obra que ya había visto. Mientras comía escuchó el relato de Josiah. Sin duda, su vecino lo había contado ya mil veces, pero los presentes lo repetían todo en beneficio de Alexander.

Entre todos, describieron el bello barco de Josiah, que tan orgulloso estaba de él. Pero el hombre había disgustado a John Pitman por una parcela de terreno que se negaba a vender al inglés. Pitman aseguró que Josiah tenía la bodega llena de pintura verde, artículo de contrabando. Como al secuestrar el barco de Josiah no halló pintura alguna, se presentó en su casa con diez o doce soldados para inspeccionarla en medio de la noche. En el curso de esa «inspección» se destruyó un sótano lleno de provisiones, la ropa de cama fue desgarrada, los muebles destrozados y sus hijas, aterrorizadas. Josiah trató de recobrar su barco, pero se le dijo que debía pagar una fianza de sesenta libras.

Como todo su dinero estaba invertido en la fianza que debía pagar a Pitman cada vez que zarpaba desde Warbrooke, no podía abonar sesenta libras más. Sus amigos reunieron ese dinero, pero al propietario le correspondía presentar las pruebas de su inocencia. Él decía que nunca había tenido pintura verde a bordo; el inglés decía que sí. Presentaron el caso ante la Corte Colonial del Almirantazgo (a cargo de un juez, no de un jurado) y el barco fue entregado a la aduana, puesto que Josiah no podía probar la inexistencia de la pintura.

Alexander pronto olvidó sus propias angustias al contemplar a Josiah, que había sido aniquilado con toda legalidad por un inglés codicioso. Pitman quería las tierras de Josiah; no sólo había conseguido esa parcela, sino todo cuanto perteneciera antes a la familia Greene.

Alex mantenía la cabeza gacha y la mirada fija en la comida para disimular la furia que hervía en él. Si quería mantener su disfraz no podía dejarles entrever el efecto que le provocaban esos relatos. Sentía que todas las miradas estaban fijas en él, tratando de comprobar si seguía siendo el hombre de antes. Eran como niños, convencidos de que quien llevara el apellido Montgomery podría solucionar sus problemas y hacer que todo volviera a estar bien.

Alex se salvó de revelar sus sensaciones al abrirse la puerta, dando paso a Jessica Taggert, que traía un par de grandes cestos llenos de ostras.

La muchacha echó un solo vistazo a los presentes, que permanecían muy quietos, como si esperaran el estallido de una tormenta, y comprendió de inmediato lo que pasaba.

—¿Todavía conserváis las esperanzas? —rió, paseando la vista entre los hombres—. ¿Todavía pensáis que este Montgomery os va a ayudar? Dios sólo hizo a tres Montgomery: Sayer, Adam y Kit. Éste no merece el apellido. Toma, Eleanor —agregó, entregando los cestos a su hermana—. Parece que te harán falta, si este desfile se mantiene por todo el día. —Echó a Alex una mirada burlona, aunque él no había levantado los ojos del plato—. Con ése aquí, todo el mundo tiene bastante que mirar.

Muy lentamente, Alex levantó la cabeza. Trató de disimular su cólera, pero lo consiguió sólo en parte.

—Buenos días, señorita Jessica —saludó, en voz baja—. ¿Usted vende ostras?¿No tiene marido que la mantenga?

Los hombres sentados a la mesa empezaron a reír entre dientes. Siendo Jessica tan bonita, no había uno solo entre los presentes que no hubieran tenido algún tipo de contacto con ella. Algunos le habían propuesto casamiento al morir sus esposas, agotadas por la procreación; otros tenían un hijo que aspiraba a su mano; la mayoría soñaba, simplemente, con poseerla. Pero ahí había un hombre dispuesto a insinuar que nadie la quería.

—Puedo mantenerme sola —aseguró Jessica, irguiéndose en toda su estatura—. No quiero tener a un hombre que me diga qué hacer y cómo hacerlo.

—Comprendo. —La miró de arriba abajo. Jess había descubierto tiempo antes que no podía pilotar su pequeño barco si usaba faldas largas; por eso había adaptado para su uso las prendas de cualquier marinero. Usaba botas altas bajo los pantalones abolsados, que le llegaban a la rodilla, y completaba el atuendo con una blusa holgada y un chaleco sin botones. Vestía como casi todos los hombres de Warbrooke, aunque su cintura era muy estrecha y debía ajustar mucho el cinturón para sostener los pantalones.

—Dígame usted —continuó Alex, serenamente—: ¿aún quiere la dirección de mi sastre?

Los hombres rieron con más expresividad de la que el chiste merecía. Muchos de ellos habían observado el bambolear de las caderas cuando Jessica caminaba por el muelle. Hasta con ropas masculinas tenía todas las curvas que una mujer puede desear.

Eleanor intervino antes de que brotara otra pulla.

—Gracias por las ostras. ¿Podrías traernos un poco de arenque por la tarde?

Su hermana asintió sin decir palabra, aún furiosa contra Alex por haber hecho que se rieran de ella. Lo fulminó con la mirada, sin molestarse en saludar a los que disfrutaban con su humillación, y salió de la casa sin volver la cabeza.

Eleanor retiró el plato de Alexander, aún medio lleno, y le clavó una mirada dura, aunque sin decir nada. Después de todo, él era el hijo del patrón. En cambio se volvió hacia Nicholas, que holgazaneaba ante la puerta.

—Lleva esto a los cerdos. ¡Y date prisa!

Nick abrió la boca para decir algo, pero la cerró, chispeantes los ojos.

—Sí, señorita —dijo—. Yo no soy de los que contradicen a las mujeres.

Ante eso estallaron nuevas carcajadas. Por un momento, Alex volvió a sentirse parte de la ciudad y no un desconocido.

Pero las risas cesaron un momento después, cuando Alex se puso de pie... mejor dicho, cuando intentó hacerlo. No estaba acostumbrado a la protuberancia del vientre y chocó contra la esquina de la mesa. Al mismo tiempo giró el hombro, forzando la carne de la herida a medio cerrar. Entre el dolor y la confusión, tardó un momento en desembarazarse del asiento.

Para él, la escena fue casi divertida. Para sus vecinos era patética.

Al levantar la vista, Alex vio piedad en todos los ojos. Salió del salón apartando la cara para disimular su enojo. Era hora de presentarse ante John Pitman.

Estaba justo donde Alex había supuesto: en el despacho que los Montgomery usaban desde hacía tres generaciones. Era un hombre bajo y fornido, calvo ya hasta la mitad de la cabeza. Alex no pudo verle la cara, porque estaba concentrado en los libros contables abiertos sobre el escritorio. Antes de que Pitman levantara la vista, el joven tuvo tiempo de estudiar la habitación. Vio que los dos retratos de sus antepasados habían sido retirados de las paredes. Cierto armario que había pertenecido a su madre estaba provisto de un fuerte candado. Al parecer, el hombre se había instalado allí con intenciones de quedarse.

—¡Ejem! —carraspeó Alex.

Pitman levantó la vista.

La primera impresión de Alex fue de ojos penetrantes: grandes, fuertes, relumbrantes como diamantes negros. «Este hombre es capaz de cualquier cosa», pensó el joven: «de lo bueno y de lo malo.»

John Pitman miró a su cuñado de arriba abajo, sopesándolo con su dura mirada, como si tratara de recordar qué le habían contado de él y lo comparara con lo que tenía ante sí.

Alex se dijo que, si deseaba engañar a ese hombre, tendría que esforzarse mucho. Extrajo un pañuelo de seda blanca con bordes de encaje.

—¡Qué calor hace hoy! ¿Verdad? Me estoy desmayando. —Y entró con pasitos cortos, dejando que sus caderas lo llevaran hacia la ventana. Se recostó contra el marco, secándose delicadamente la transpiración del cuello.

Pitman, reclinado en su silla, lo estudiaba en silencio.

Alex miró por la ventana, con los ojos entrecerrados en un gesto de pereza. Nicholas estaba arrojando comida a los pollos, pero lo hacía de tal modo que la brisa se llevaba la mitad de las semillas. Eleanor corrió hacia él, con el delantal al vuelo y dos de sus hermanitos pegados a sus talones.

El joven se volvió hacia el intruso.

—Tengo entendido que eres mi flamante cuñado.

Pitman se tomó un momento para contestar.

—En efecto.

Alex se apartó de la ventana para sentarse remilgadamente, cruzando la piernas hasta donde se lo permitía el acolchado de piernas y cintura.

—¿Y qué es eso de que estás robando al pueblo de Warbrooke?

Dejó pasar un instante antes de levantar la vista. Los ojos de ese hombre reflejaban su alma. Casi se le veía hacer cálculos mentales.

—No hago nada ilegal. —La voz de Pitman sonaba contenida.

Alex retiro una imaginaria pelusa de sus puños de encaje.

—Me encanta el encaje fino —comento, melancólico—. Supongo que te casaste con mi hermana, la solterona, para tener acceso a los dos mil cuatrocientos metros de muelle que poseemos los Montgomery.

Pitman no respondió, pero sus ojos centelleaban y su mano se movió hacia un cajón. Alex se preguntó si guardaría allí una pistola.

Con su voz más fatigada, prosiguió:

—Quizá nos convenga tratar de entendernos mutuamente. Te diré: nunca he estado a gusto entre los Montgomery. Mi familia es un montón de patanes agresivos y vocingleros. Yo prefiero la música, la cultura y el arte del buen comer antes que estar en la cubierta de un barco que se menea, lanzando improperios a una manada de marineros malolientes. —Fingió un leve estremecimiento—. Pero mi padre decidió «hacer de mí un hombre» según sus propias palabras, y me alejó de casa. El dinero que me dio se fue tan pronto que me vi obligado a regresar.

Sonrió, pero el otro no decía nada.

—Si yo fuera uno de mis hermanos, creo que tendría todo el derecho de expulsarte de este despacho. —Señaló con la cabeza el armario cerrado—. Supongo que eso está lleno de documentos; tal vez hasta contenga algunas escrituras de propiedad. Y hasta adivino que usaste fondos de los Montgomery para comprar los bienes que posees; por lo tanto, legalmente esos bienes son de los Montgomery.

Los ojos de Pitman eran como dos ascuas. Parecía a punto de saltar.

—Hagamos un trato. Yo no tengo ningún deseo de pasarme la vida en este cuarto, manejando papeles, ni confinado en un barco, obligado a cumplir actos heroicos como los que realizan mis hermanos por pura rutina. Si tú te comprometes a no vender ninguna parte de nuestras tierras (porque nosotros jamás vendemos tierras) y a pagarme.. el veinticinco por ciento de tus ganancias, digamos, yo no me entrometeré en tus actividades.

Pitman quedó boquiabierto. Sus ojos pasaron de peligrosos a desconfiados.

—¿Por qué? —fue todo lo que dijo.

—¿Y por qué no? No veo la necesidad de esforzarme por la gente de esta ciudad. Mi propia hermana no se ha molestado en darme la bienvenida, sólo porque no respondo al ideal de todo Montgomery. Además, es más fácil dejar que tú trabajes y limitarme a recibir parte de las utilidades.

Su cuñado empezaba a relajarse. La mano se apartó del cajón, pero aún había cautela en sus ojos.

—¿Por qué volviste? —preguntó.

Alex dejo escapar una risa.

—Querido amigo, volví porque todos esperaban que me encargara de ti.

Pitman estuvo casi a punto de sonreír y se tranquilizó un poco más.

—Quizá podamos trabajar juntos.

—Oh, sí, creo que sí.

Alex comenzó a conversar de una manera perezosa, como para dar la impresión de que no se interesaba mucho por nada. Necesitaba saber hasta qué punto estaba endeudado el patrimonio de los Montgomery por los actos de ese hombre y, si era posible, cuáles eran sus planes. El hecho de ser funcionario de aduanas le otorgaba mucho poder; quedaba librado a su integridad el que abusara o no de él.

Mientras el joven trataba de obtener esa información, vio aparecer una cabeza en la parte alta de la ventana; era la cara invertida de uno de los Taggert. Desapareció casi inmediatamente, pero Alex comprendió que el pequeño había estado escuchando. Entonces saludó a Pitman con un leve bamboleo de la mano.

—Ya estoy cansado. Más tarde seguiremos conversando, pero creo que ahora voy a dar un paseo y después dormiré hasta la hora de cenar.

Bostezó detrás del pañuelo y se retiró sin decir una palabra más.

—Si llego a echar mano de ese niño —murmuró por lo bajo—, le ataré las orejas al cuello.

No podía apretar el paso para no arruinar su imagen ante quienes pudieran verlo. Y no era fácil apresurarse sin echar a perder su aire lánguido. Tenía que alcanzar a esa criatura y averiguar qué había oído.

Una vez fuera se detuvo, tratando de adivinar hacia dónde corría el niño si se lo sorprendía haciendo lo que no debía. Recordó que, siendo niño, había escapado muchas veces al bosque.

Siguió un viejo sendero indio hacia el interior silencioso y oscuro del bosque que crecía detrás de su casa. Unos ochocientos metros más allá había un barranco que descendía hasta una pequeña playa rocosa, llamada Ensenada Farrier. Hacia allí se encaminó.

Descendió ágilmente por el barranco y se encontró cara a cara con el niño a quien había visto escuchando. Estaba con Jessica.

—Puedes irte, Nathaniel —indicó ella, altanera, con los ojos clavados en Alexander. En ellos se reflejaba todo su odio.

—Pero Jess, todavía no te conté...

—¡Nathaniel! —exclamo ella, ásperamente.

El niño trepó por el barranco. Se oyó el ruido de sus pasos al retroceder.

Alex no dijo una palabra. Quería averiguar cuánto había informado el muchacho.

—Y bien: ahora sabemos por qué volviste a Warbrooke. Esos pobres tontos pensaban que ibas a ayudar, pero con el veinticinco por ciento podrás llenarte de encajes, ¿verdad?

Alex trató de que su cara no revelara sus emociones. Al parecer, ese crío lo había contado todo. ¡Y qué memoria sorprendente, para no mencionar la agudeza de su oído! Se volvió de espaldas para que Jess no le viera el rostro. Debía hallar el modo de impedirle hablar. Si todo eso llegaba a oídos del pueblo o... Pensó en su padre, que ya estaba inválido. Ese golpe podía matarlo.

Cuando se volvió hacia ella estaba sonriente.

—¿Cuánto me cobrarás por no abrir la boca?

—No me vendo por dinero.

Él la recorrió de pies a cabeza con una mirada burlona. Después se llevó el pañuelo a la nariz, como para evitar el hedor a pescado de sus ropas.

—Ya me doy cuenta.

Jess avanzó hacia él. Alex era más alto, pero la postura encorvada que mantenía lo reducía a la estatura de la muchacha.

—No hay palabras lo bastante bajas para aplicarte. Eres capaz de aceptar dinero de un hombre que arruina a tus vecinos, y sólo para seguir comprándote ropa de seda.

En ese momento Alex olvidó las cuentas que debía ajustar con ella, sólo tuvo conciencia del fuego que ardía en aquellos ojos, en los pechos que palpitaban tan cerca de su torso. Ella empezó a gritarle insultos como nunca los había oído en boca de una mujer, pero él no escuchó una palabra. Los labios de Jess llegaron a estar muy cerca de los suyos. La muchacha se detuvo abruptamente y retrocedió. Alex respiraba casi jadeando.

Jessica irguió la espalda y lo miró parpadeando, como si estuviera confundida.

Alex se recobró. Echó una mirada nostálgica al mar, con ganas de arrojarse al agua, que podía enfriarle el ánimo.

—¿Y a quién piensas contar todo esto? —preguntó, por fin, sin mirarla. Se sentía demasiado a solas con ella y ya no confiaba en sí mismo.

—Los habitantes de Warbrooke tienen miedo de Pitman porque representa al rey... para no mencionar a la Marina Inglesa. Pero a ti no te temen. Si supieran lo que Nate oyó esta mañana, te emplumarían antes de ahorcarte. Jamás te perdonarían la vida. Quieren alguien a quien culpar por lo de Josiah.

—¿Y qué vas a hacer con tu información?

—Tu padre moriría si se enterara.

Jess contempló la playa rocosa. A poca distancia había un cesto medio lleno de almejas. Obviamente ella había estado buscándolas en la arena.

—Quizás yo pueda facilitarte esa decisión.

Alex trató de mantener su aire desenvuelto y de disimular el enérgico deseo que le corría por el cuerpo.

—Si cuentas esto a otras personas —amenazó—, aunque sólo sea a tu hermana, tu familia pagará las consecuencias. Ahora tenéis un techo y algo que comer. —Se estudió las uñas—. Y todos tus críos están vivos y sanos.

La miró de frente. Algo se le apretó en el pecho al comprobar que ella creía en sus amenazas. Esa gente lo conocía desde su nacimiento. ¿Nadie era capaz de levantarse a decir que Alexander Montgomery no era capaz de semejante cosa?

—¿Se... serías capaz?

Alex se limitó a mirarla sin hacer comentarios.

—Comparado contigo, Pitman parece un ángel del Señor. Al menos él actúa en parte para beneficiar a su país. Tú sólo lo haces por codicia.

Giró sobre sus talones como para dejarlo solo, pero un impulso la obligó a volverse para darle una bofetada en pleno rostro. La peluca despidió una nube de polvo.

Alex había visto llegar el golpe, pero no hizo nada por impedirlo. Quien hubiera oído lo de aquella mañana tenía derecho a abofetear a la causa de sus dolores. Hundió las manos en el acolchado de sus muslos para no estrecharla entre sus brazos y darle un beso.

—Te compadezco —susurró ella—. Me compadezco de todos nosotros.

Y se alejó de él, muy recto su bello cuerpo, para trepar hacia el bosque.

# 4

—Acuérdate de lo que te digo: Ben Sampson va a perder cuanto posee —estaba diciendo Eleanor.

Ambas estaban en la cocina de los Taggert: Jess, terminando de comer; Eleanor, limpiando.

—Puede ser —replicó Jessica, suavemente—. Pero también puede ser que obtenga ganancias.

La noche anterior había amarrado su barquito junto al de Ben, que acababa de volver desde Jamaica. Mientras daba la bienvenida al propietario, uno de los miembros de la tripulación había dejado caer un cajón cuyo doble fondo estaba lleno de té de contrabando.

—Basta con almacenarlo durante veinticuatro horas —agregó—. Después podrá llevarlo subrepticiamente a Boston.

—Si tu viste ese cajón roto, muchos otros pudieron verlo también.

—No, nadie. —La muchacha envolvió con las manos su tazón de madera—. No lo vio siquiera tu precioso Alexander.

—¿Qué significa eso? Sólo he dicho que no come tanto. como para ser tan gordo y que es muy cortés y considerado. No nos ha dado ni siquiera trabajo extra —afirmó la hermana mayor, mientras cortaba la cabeza de un pescado grande.

—Tú no sabes nada de él —dijo Jess, pensando en lo que Nate había oído. Si atraparan a Ben y confiscaran su propiedad, Alexander saldría beneficiado—. Me gustaría que Adam o Kit volvieran a la casa. Ellos sacarían a Pitman a puntapiés.

—¿A su cuñado, un hombre designado por el rey? Sé realista, Jessica. ¿Piensas quedarte sentada allí toda la noche, holgazaneando? Tengo que volver a casa de los Montgomery y tú debes llevar estos pescados a la señora Wentworth.

Jess echó un vistazo al cesto de pescado limpio.

—Qué mujeres perezosas las de esa familia —se burló—. La señorita Abigail teme que a los hombres no les guste el olor a pescado en sus blancas manecitas.

Eleanor plantó el cesto en la mesa.

—Pues no te vendría mal pensar un poco en cómo hueles tú misma. Bueno, anda, toma esto y no se te ocurra pelear con Abigail.

Jessica iba a defenderse, pero Eleanor no se molestó en escucharla. Cuado su hermana salió de la casita, Jess tomó el cesto, contra su voluntad, e inició el trayecto hacia la gran casa de los Wentworth.

Después de entregar el pescado a la dueña de la casa, creyó poder escapar sin verse obligada a hablar con Abigail, pero su buena racha acabó en el momento en que abría la puerta trasera para salir al porche.

—¡Jessica! —saludó Abigail—. ¡Cuánto me alegro de verte!

Sin duda, la muchachita mentía descaradamente.

—Buenas noches. Vamos a tener una noche muy clara, ¿no te parece?

Abby se inclinó hacia ella, con aire de conspiración.

—¿Te enteraste de lo del señor Sampson? Hoy trajo té sin pasar por la inspección de Inglaterra. ¿Te parece que el señor Pitman lo descubrirá?

Jessica, atónita, no pudo responder. Si Abigail estaba informada, Pitman no dejaría de estarlo.

—Tengo que advertir a Ben —fue cuanto pudo balbucear.

Caminó hacia los peldaños con Abby, que no tenía intenciones de perderse la oportunidad de disfrutar con la novedad. Al llegar a la entrada ambas estuvieron a punto de ser arrolladas por un hombre vestido de negro, que montaba un gran caballo del mismo color.

Las dos se detuvieron. Jess cruzó un brazo ante el pecho de Abigail, en un gesto protector.

—Jess —exclamó la jovencita, sin aliento—, ese hombre tenía puesta una máscara, ¿verdad?

En vez de responder, Jessica echó a correr, siguiendo el rastro de polvo levantado por el enmascarado. Abigail se recogió las faldas hasta las rodillas, rezando para que no la vieran ni su madre ni los diáconos de la iglesia, y siguió a su compañera.

Se detuvieron ante la casa de Ben Sampson. Allí había seis soldados británicos, que apuntaban a Ben con sus mosquetes.

—No sé de qué estáis hablando —mintió Ben.

El sudor le chorreaba por la cara, pese al aire fresco de la noche, y eso lo delataba.

—Abra usted, en el nombre de John Pitman, agente del rey —dijo uno de los soldados, levantando un poco más su mosquete.

—¿Dónde esta el hombre de negro? —susurró Abigail.

Jessica prestó atención a los ruidos de la ciudad.

—Allí —murmuró, señalando con la vista los árboles que crecían tras la casa de Ben.

Divisó algún movimiento que la impulsó a tomar por el brazo a la regordeta Abby, para arrastrarla hasta la seguridad de un porche, en la acera de enfrente. Apenas lograron ocultarse allí antes de que estallara el infierno.

El enmascarado galopó hacia los soldados, llevando tras de sí una red de pescar con pequeñas pesas. El elemento sorpresa estaba de su parte, pues los soldados y Ben quedaron boquiabiertos. El jinete arrojó la red sobre cuatro de los soldados y sacó una pistola para encañonar a los otros dos. A la cintura llevaba un verdadero arsenal. Los hombres que no habían quedado bajo la red dejaron caer sus mosquetes por instinto. Los atrapados aún tenían sus armas, pero preferían luchar contra la red en vez de apretar gatillos.

El hombre que iba a caballo dijo:

—Ningún hombre de Warbrooke tiene té que no haya sido declarado.

Su acento era extraño, se diferenciaba del de los ingleses, pero también del de las familias que llevaban varias generaciones instaladas en América.

Abigail miró a Jess como para protestar, pero su compañera sacudió la cabeza.

—Volved ante vuestro amo y decidle que, si vuelve a hacer falsas acusaciones, tendrá que responder ante el Corsario. —Arrojó el final de la red a uno de los soldados y le ordenó—: Llévalos.

El Corsario pasó ante Ben y los soldados; los cascos de su caballo golpearon el suelo muy cerca de sus pies.

Cuando llegó al porche donde estaban Abigail y Jessica, de pie en la alta galería, ajustó las riendas a su caballo y las miró.

Aunque la máscara le cubría la mitad superior de la cara y tenía el tricornio muy bajo sobre sus facciones, se le veía apuesto. Sus penetrantes ojos negros brillaban con fiera vivacidad detrás de la seda; debajo de ella se perfilaba una boca llena, sensual, de labios bien modelados. La camisa negra, los pantalones y las botas del mismo color, recortaban su cuerpo musculoso y de hombros amplios.

Abigail emitió un sincero suspiro y estuvo a punto de desmayarse ante la mirada del Corsario. Habría caído a la galería, de no haberla sujetado Jess por debajo de los brazos.

Los labios del Corsario se estiraron en una sonrisa, tan dulce y conocedora que Jess se vio obligada a sostener a su compañera con redobladas fuerzas.

Siempre sonriente, el Corsario se inclinó hacia adelante, puso su mano grande tras la nuca de Abby y la besó largamente, con sensualidad.

Por entonces, los soldados y Ben casi habían olvidado el motivo de aquella aparición. Ese hombre despertaba en ellos el sentido de lo romántico; además, para los soldados nostálgicos de su patria tenía muy poca importancia que hallaran o no ese té en el sótano de Ben Sampson. Lo que concentraba su atención era ese enmascarado vestido de negro, que galopaba por el país y besaba a las muchachas bonitas.

Cuando el Corsario besó a la señorita Abigail, todos aplaudieron. Luego, conteniendo el aliento, lo vieron volverse hacia la señorita Jessica, la mujer que asolaba los sueños de todos, pero se reía en la cara de quien quisiera abordarla.

Jessica quedó atónita ante la expresión de quien se presentaba con el nombre de «el Corsario». ¿Acaso la creía tan tonta como Abigail, que se desarmaba ante cualquier hombre que le hiciera un cumplido?

En el momento en que el Corsario se inclinaba hacia adelante, como si pensara besarla también a ella, Jessica retrocedió. No pudo apartarse mucho, pues aún tenía entre los brazos a Abby, pero siseó:

—No me toque.

No estaba preparada para apreciar el cambio de aquellos ojos. Por un momento fue casi como si él la odiara.

De estar de pie en el porche, sosteniendo a Abigail, medio inconsciente, pasó en un segundo a estar cruzada sobre la silla del Corsario. La silla de montar le golpeó dolorosamente en el estómago, en el momento en que se oía el ruido de Abigail que caía al porche. También se oía la carcajada ensordecedora de los soldados y de Ben. Calle arriba y calle abajo, las puertas empezaron a golpearse: los vecinos abandonaban la cena para ver a qué se debía tanta conmoción.

Los que salieron se encontraron ante el espectáculo de un hombre vestido de negro, con una máscara del mismo color y a lomo de un caballo negro también, que galopaba calle abajo con una mujer cruzada en la silla. Parecía ser la señorita Jessica, con el trasero hacia arriba. Lo seguían cuatro soldados medio envueltos en una red, al parecer sin intenciones de escapar de ella, llevados a tirones por otros dos soldados. Los seis reían a todo pulmón. Detrás de los soldados iba Ben Sampson, llevando casi en vilo a Abigail Wentworth, medio desmayada. Más allá, los vecinos vieron que la señora Sampson y sus dos hijos mayores retiraban cajones del sótano.

Nadie tenía idea de lo que estaba pasando, pero todos se unieron a las risas al ver que el enmascarado arrojaba a Jessica Taggert a una tina de agua jabonosa que la señora Coffin había dejado al sereno.

Jessica levantó la vista, parpadeando por el agua que le chorreaba por la cara.

—Por favor, discúlpame ante la señora Coffin por arruinarle la colada —pronunció el Corsario por encima del hombro, antes de espolear a su caballo para desaparecer calle abajo.

La risa de los vecinos resonaba en los oídos de Jessica, que forcejeaba por salir de la tina. Trató de mantener la cabeza en alto, pero no era fácil. Estaba segura de que todos los habitantes de Warbrooke estaban ya en la calle, observándola.

Con toda la dignidad que pudo reunir, salió de la tina, sabiendo que sus mojadas ropas de marinero, al adherirse a su cuerpo, daban aún más motivos de risa a la población.

Nathaniel apareció como salido de la nada y la tomó de la mano. «Mi dulce y querido Nathaniel...», pensó ella, arrepentida por todas las veces que había amenazado con matarlo por sus travesuras.

—Dejad de reíros de mi hermana —chilló el jovencito.

Pero nadie le obedeció.

—Llévame con Eleanor —logró decir Jessica.

No quería llorar. Bajo ninguna circunstancia soltaría una lágrima. Mantuvo la espalda recta, el mentón en alto y la mirada fija hacia adelante.

Nathaniel, por motivos sólo conocidos por él, no condujo a Jessica adonde estaba Eleanor, sino a la habitación de Sayer Montgomery. Jessica, cuyas energías estaban dedicadas por entero al esfuerzo de no llorar, se encontró allí como una estúpida, mirando al anciano que había perdido el uso de sus piernas. En su niñez lo había considerado un personaje formidable; desde que estaba herido sólo lo veía rara vez.

Tuvo vaga conciencia de que Nate contaba al anciano lo ocurrido, explicando por qué Jessica estaba empapada y por qué sus ropas olían como todo el pescado de todos los océanos del mundo, y por qué tenía la cara hinchada de llanto sin derramar.

Sayer abrió ampliamente los ojos. Después le alargó los brazos.

—Aunque ahora sea inútil como hombre —dijo—, todavía tengo un par de hombros para que las muchachas bonitas puedan llorar en ellos.

Jessica, sin pensarlo dos veces, se dejó caer contra él y lloró como si se le rompiera el corazón.

—No le he hecho nada —gimió—. No lo he visto en mi vida. ¿Que obligación tenía de dejar que me besara?

—Ah, pero él es el Corsario —observó Sayer, acariciándole la espalda como si en nada le molestara el olor a pescado—. La mayoría de las muchachas habrían actuado como Abigail.

—Abigail es una idiota —afirmó ella, incorporándose un poco, pero sin escapar de sus brazos.

—Cierto. —Sayer sonrió—. Pero una idiota muy bonita. Muy deseable.

—Pero yo... quiero decir... —Jessica volvió a llorar—. Yo no gusto a los muchachos y ellos no me gustan a mí.

—Claro que les gustas. Sólo te tienen miedo. Pocos de ellos podrían hacer la mitad de lo que tú haces. Te ven navegar en esa vieja tina tuya, levar anclas y... —se interrumpió para sonreír— y mantener a raya al joven Nathaniel, aquí presente. Saben que eres más hombre que cualquiera de ellos.

—¿Hombre? —exclamó ella—. ¿A usted le parece que yo soy hombre?

Él volvió a estrecharla contra sí, sepultando las manos en la cabellera que le pendía hasta la cintura.

—Muy lejos de eso —aseguró—. Todos sabemos que eres la más bonita de las muchachas.

—Pero no tan bonita como Abigail —adujo ella, mirándolo de soslayo.

—Abigail es bonita ahora, a los dieciséis años, pero no lo será mañana. Tú, querida mía, serás bonita aun cuando tengas cien.

—Pues me gustaría tener cien años ahora mismo. No se cómo voy a enfrentarme mañana con la gente de esta ciudad.

Sayer le levantó el mentón con un dedo.

—No has hecho nada malo. Míralo de este modo: mientras todos estaban atentos a ti, la esposa de Ben pudo sacar el té de su sótano.

—Pero basta con que Pitman acuse a Ben.

La cara del anciano, antes apuesta, se tornó dura.

—Sí. Basta con que lo acuse. Tal vez Alexander...

—¡Alexander! —exclamó Jessica, incorporándose—. ¿Cómo pudo usted tener dos hijos gloriosos y el tercero tan... tan...?

—Es lo que me he estado preguntando —reconoció Sayer, pensativo. Luego miró otra vez a la muchacha—. Quiero que pienses en lo que ese Corsario hizo por Ben. Trata de pensar en lo que te pasó como parte de la escena completa. —Sonrió—. Y la próxima vez, cuando veas a ese Corsario, corre en dirección opuesta.

—¡La próxima vez! No tendrá el valor de presentarse nuevamente. Pitman hará que sus soldados revisen toda la zona buscándolo.

El anciano la apartó de la cama con un empujón.

—Ahora ve a lavarte. Realmente, Jessica, de vez en cuando deberías ponerte un vestido.

Ella también sonrió; se sentía mucho mejor.

—Sí capitán. —Se inclinó para darle un beso en la mejilla—. Gracias.

Y salió del cuarto.

Sayer aguardó algunos segundos antes de bramar.

—¡Nathaniel!

El niño apareció casi de inmediato, llevando de la mano al pequeño Samuel.

—Quiero que averigües todo lo que puedas sobre ese Corsario.

—No puedo hacer nada. Eleanor me dio el bebé para que lo cuidara. Y él no sabe siquiera trepar a los árboles.

El labio inferior del niño sobresalía varios centímetros.

Sayer frunció el ceño, pensativo.

—Abre ese cajón y tráeme lo que está adentro: un ovillo de cordel, una argolla de bronce y mi navaja. Cuando mis hijos eran bebés y Lily era joven, ella solía navegar conmigo. Yo le tejía un saco para que se atara a los bebés a la espalda. Veremos si podemos hacer uno para Samuel. ¿Te parece que podrás trepar a un árbol con ese robusto mocito a la espalda?

—Podría trepar a las estrellas —aseguró Nathaniel—. ¿Tiene usted algo de menta? Eso lo mantiene callado.

—Si descubres quién es ese Corsario, te compraré todo un tonel de golosinas de menta.

—Es a Sam a quien le gusta la menta, no a mí —corrigió Nate, con los dientes apretados en un gesto que lo asemejaba mucho a su hermana.

—¿Y qué te gusta a ti? —inquirió Sayer, mientras empezaba a atar largos trozos de cordel a la argolla de bronce.

—Un bote propio, para poder pescar y vender pescado.

Sayer sonrió.

—De acuerdo. Lo llamaremos *El Corsario*. Ahora sujeta esta punta, y tú, Sam, abre esa caja, a ver si encuentras algo.

Nathaniel y Sayer se sonrieron mutuamente.

Jessica se limpió las lágrimas con la manga y echó a andar por el bosque, en dirección a su casa.

John Pitman salió de detrás de un árbol, haciéndole ahogar un grito. Acostumbraba a ir perfectamente vestido, sin un botón fuera de su sitio, como si deseara demostrar a los americanos cómo debían ataviarse. Esa noche, en cambio, estaba desaliñado; no tenía chaqueta y llevaba el chaleco desabrochado. Sus ojos tenían una expresión salvaje y olía a ron.

—Señorita Jessica —dijo, con voz gangosa—. Fue la única persona, aparte de mí, que lo rechazó.

Jessica nunca había estado muy cerca del funcionario de aduanas y no deseaba alterar la situación en esos momentos. Le dedicó una sonrisa pálida y trató de seguir su camino. Lo último que le convenía era estar a solas con ese borrachín, acostumbrado a salirse siempre con la suya.

—Ah, señorita Jessica —murmuro Pitman, bloqueándole el paso, con la vista fija en las ataduras de la camisa de pescador—. ¿Ya se ha secado usted? ¿Ha logrado liberarse del odioso recuerdo de ese hombre?

Ella dio un paso atrás, asombrada.

—¿Usted ha salido a embriagarse por ese Corsario, ese villano que sólo busca fama?

Pitman se acercó un poco más.

—¿Se da cuenta usted de la hora que es? ¿Que podría estar haciendo cualquier hombre en el bosque a esta hora, prendido a una botella, si tuviera una esposa cálida y bonita que le esperara en su casa? Vengo todas las noches. —Ya estaba casi rozándola. Tomó en la mano el cordón que ataba la blusa de la muchacha—. Vengo a soñar con usted, señorita

Jessica. Con Jessica, la de las caderas sabrosas. Con Jessica, la de...

Jess lo apartó de un empellón, abriendo mucho los ojos, y echó a correr. Pitman estaba tan ebrio que tardó un momento en recobrar el equilibrio. Por entonces la muchacha ya había desaparecido.

Corrió por el bosque, evitando todos los senderos, hasta que llegó a su casa y pudo cerrar la puerta. Dejó caer el tablón de roble que la aseguraba y se volvió.

Eleanor acudió en camisón y gorro de dormir.

—¿Dónde estabas? —preguntó—. Nos tenías preocupados.

Como Jessica no respondía, la hermana la abrazó.

—Has tenido un mal día, ¿verdad? Me contaron lo que pasó hace un rato.

Jess no quería acordarse en absoluto del Corsario, ni de la tina ni de John Pitman, con su intenso olor a ron y sus manos invasoras.

—Vuelve a la cama —dijo a Eleanor—. Voy a lavarme esta mugre y me acostaré también.

La hermana asintió, soñolienta, y volvió a acostarse.

Después de lavarse con la esponja, sin dejar de maldecir a todos los hombres del mundo, Jess subió la escalerilla hasta el desván. Todos los niños ocupaban una sola cama; los más altos, con la cabeza apuntando al norte; los más pequeños, hacia el sur. Ella los arropó con el acolchado y besó las cabecitas más próximas. Nathaniel se incorporó sobre un codo.

—¿Por qué corrías?

A ese niño nunca se le pasaba nada por alto.

—Quizá te lo cuente mañana. Ahora deja de hacer preguntas y duerme.

Nate volvió a acostarse entre dos hermanos.

—Lo hallaré por ti, Jess. Hállale al Corsario para que puedas ahorcarlo.

Jess sonrió ante la idea.

—Lo ahorcaré con la soga que usa la señora Coffin para tender la ropa. Y ahora, duerme.

Aún estaba sonriendo cuando se introdujo en la otra cama, con Eleanor y el bebé.

Jessica hundió la pala en la playa rocosa, separó una almeja y la dejó caer en el cesto.

—Caramba, esos animales no son tus enemigos.

Levantó la vista. Allí estaba Alexander Montgomery de pie, con la seda amarilla de su chaqueta reluciente bajo el sol.

—¿Tú también has venido a reírte de mí? —Le clavó una mirada muy hostil—. ¿No bastó con lo de esta mañana? ¿Tenías que acecharme de este modo para poder reírte de mí en privado?

Y extrajo otra almeja de su escondrijo en la arena. No había sido fácil sobrevivir a lo de esa mañana. En cuanto entró en el salón de los Montgomery, todo el mundo se había partido en dos de risa. Los hombres no paraban de hacer chistes sobre el día en que se bañó forzosamente. Y el señor Coffin era quien más reía.

Cuando Alexander, con cara adormilada, entró en la habitación, todos se precipitaron a contarle las fabulosas hazañas del Corsario, ese héroe valeroso. Según los vecinos, el Corsario era muy alto (media más de un metro ochenta), muy apuesto (la pequeña Abigail Wentworth se desmayó con sólo verlo) y un excelente espadachín. Jessica habría debido mantener la boca cerrada, pero no pudo resistir la tentación de señalar que el Corsario ni siquiera había desenvainado la espada, mucho menos demostrado su habilidad con ella. Eso hizo que la atención general volviera a concentrarse en ella. Todos le reprocharon que ella no supiera estar agradecida al Corsario por haber arriesgado la vida por ayudar a otros.

Jessica había tomado el cesto y la pala que Eleanor usaba para buscar almejas y allí estaba, refugiada en su playa favorita. Y ahora Alexander estaba allí, decidido a arruinarle la paz.

—No necesito que te rías de mi —dijo, con las manos en las caderas.

Alex se sentó en un árbol caído en la playa.

—No he venido a reírme. Sólo quería decirte que no mereces lo que te pasó anoche. Creo que el Corsario hizo mal.

Jessica mantuvo su actitud agresiva por un instante.

Luego cerró la boca y atacó otro agujero de almeja.

—¿Para decirme eso has bajado hasta aquí, arriesgándote a ensuciar tus preciosas ropas? ¿Por qué? ¿Qué quieres de mí? ¿El veinticinco por ciento de lo que yo gano?

La voz de Alex sonó muy serena.

—Sé muy bien lo que se sufre cuando toda la ciudad se ríe de ti por algo que no puedes evitar.

Jess lo miró de frente, recordando muy bien cómo había provocado las risas de toda Warbrooke a su retorno. Con las mejillas muy rojas, clavó la pala junto a otro respiradero de almeja.

—Te pido perdón. Tal vez exageré un poco. Pero todos decían que uno de los Montgomery vendría a arreglarlo todo, y cuando te vi me pareció una idea ridícula. —Lo miró a la cara—. Me arrepiento de haberme reído.

Y siguió con su trabajo, aunque con menos enfado.

—¿Es cierto que te gusta mi ropa? —preguntó Alex—. Podría hacer que mi sastre te cosiera algo. Tal vez un vestido azul, para que contrastara con tu cabellera.

Jess iba a soltar una replica mordaz, pero al ver su cara sonriente ella también empezó a sonreír.

—¿Cuántas almejas tendría que juntar para pagar un vestido de seda azul?

—Te costaría algo más que almejas. Te costaría un poco de amistad. Basta con que dejes de incitar a los vecinos a ridiculizarme; yo te compraré el vestido.

—Oh.

Una oleada de culpabilidad se abatió sobre Jessica. Hasta entonces no había pensado en lo que sentía Alexander al ser el blanco de todas las bromas... pero ahora lo sabía muy bien.

—No me compres ningún vestido, por favor —dijo, bajando la vista hacia su pala.

—Pero ¿podemos ser amigos?

—Supongo... supongo que sí.

Hubo una pausa. Al levantar la vista, Jess vio que Alexander sonreía. No era mal parecido, aunque gran parte de la cara le desaparecía bajo esa enorme peluca empolvada. Sin duda alguna, ese sirviente presumido le afeitaba la cabeza todos los días. Esas ropas y esa panza eran absurdas, por supuesto. Hasta Abigail, a la que le gustaba cualquier hombre, siempre que fuera soltero y rico, pasaba por alto a Alexander.

Él se quitó la chaqueta, con una sonrisa satisfecha, y se estiró en el tronco. Su enorme vientre sobresalía como grasa de ballena flotando en el mar.

—Dime qué piensas del Corsario.

Jessica caviló por un momento.

—Le gusta la gloria. De lo contrario, ¿por qué cruzó la ciudad de ese modo, a la vista de todos?

—Tal vez ésa era la idea: que todos estuvieran atentos a él para que Ben pudiera retirar su té. Sabes que todos se han ido, ¿verdad? Ben, su esposa y sus cuatro hijos partieron en medio de la noche. ¿No te parece que el Corsario les dio la oportunidad de escapar de Pitman?

—¡No vuelvas a mencionarme a ese hombre! ¡Justamente tú, que aceptas dinero de él!

Él la sujetó por la muñeca, sin apretar.

—¿No se te ha ocurrido pensar que, si acepto el veinticinco por ciento de las ganancias de mi estimado cuñado, sabré cuánto gana? Puesto que somos más o menos socios, puedo revisar sus libros. Es decir: si él comienza a confiar en mí, podré saber qué barco piensa incautar a continuación.

Y le soltó la muñeca.

—No lo había pensado.

Alex se puso las manos bajó la cabeza.

—Pues piénsalo.

Jess dejó caer algunas almejas en el cesto y lo miró de soslayo. Sus gordos muslos mantenían tirante el satén amarillo. El abultado vientre estaba a punto de hacer saltar dos botones.

—De cualquier modo, el Corsario no tendrá valor para aparecer otra vez. Pitman lo tiene en la mira.

—Y tú, naturalmente, estás segura de que Pitman es más inteligente que el Corsario.

Después de lo que ese jinete le había hecho, a Jess le costaba pensar en él sino con odio.

—Es un patán jactancioso que sólo busca gloria. Espero no volver a verlo en mi vida.

—¿Tienes alguna idea de quién puede ser? Después de todo, lo viste desde muy cerca.

—No tengo la menor idea. Pero estoy segura de que, si volviera a verlo, lo reconocería. Tiene la boca muy cruel. ¡Oh, no! —gritó, mirando hacia el mar.

Había dejado una de sus dos preciosas redes de pesca en una roca, para que se secara. Una de las langostas que la marea había llevado a la playa la estaba arrastrando hacia el mar. Lanzó un manotazo que no sirvió de nada y corrió al agua.

Alex abandonó inmediatamente el tronco para seguirla, pero se contuvo. Tenía que mantener la imagen de su personaje.

—Jessica, ¿acaso piensas nadar hasta la China siguiendo esa red?

Ella se detuvo, hundida hasta la cintura en el agua helada, mientras la red se alejaba flotando.

—Si pudiera descolgarme desde esa roca saliente la alcanzaría. —Midió a Alex con la mirada—. ¿Me sostendrías por los pies para que pudiera hacerlo?

Alex asintió, la miraba a los ojos para que no lo distrajera la camisa mojada que se adhería a sus pechos.

—Sí, creo que puedo.

—Mira que soy muy pesada.

Él se limpió las manos sudorosas en los muslos.

—Probemos.

Jess se estiró en la hierba, sosteniéndose con los brazos para asomar medio cuerpo desde la roca saliente. Alex se irguió a su lado. Los pantalones de marinero se le adherían a las piernas, mostrando todas las curvas de su encantador trasero.

—¡Alex! —protestó Jess, impaciente—. ¿Me sostienes, no?

—Sí —repuso él, en voz baja. La sujetó por los tobillos y la ayudó a descolgarse desde la roca.

—Un poco más —pidió ella, estirándose para alcanzar la red—. Ya la tengo. Puedes tirar de mí hacia arriba.

Alex la levantó con toda facilidad, poniendo cuidado en no despellejarla contra las rocas. Cuando la muchacha estuvo en suelo plano, le soltó los pies.

Jess permaneció inmóvil por un momento, examinando la red.

—Gracias a Dios, no tiene más desgarrones. —Se levantó con agilidad—. Estás un poco pálido, Alex. Creo que soy demasiado pesada. Siéntate y descansa.

Alex obedeció.

—Voy a buscar las almejas y te acompañaré hasta tu casa. Un hombre de tu... corpulencia no debe hacer tanto esfuerzo.

Bajó el barranco a la carrera y recogió el cesto de almejas. A su regreso vio que Alex seguía sentado en la roca, pálido y sudoroso. «Pobre hombre», pensó. «No está habituado al ejercicio.» Y le ofreció el brazo.

—Apóyate en mí, que te ayudaré. Iremos a casa de tu padre y Eleanor te preparará una taza de té. Té legal, bien costoso —aclaró, sonriendo, mientras daba palmaditas a la mano apoyada en su brazo—. Eleanor te ayudará a reponerte.

—¡Me trata como si tuviera noventa años! —se quejó Alexander a Nicholas, con los dientes apretados, mientras cepillaba el gran potro negro.

Estaban en una pequeña isla rocosa, frente al puerto de Warbrooke; esa tierra no servía sino para criar mosquitos y tábanos. Dieciocho años antes, un barco había encallado en su costa sur, durante una terrible tormenta de invierno, y toda su tripulación había muerto. A la mañana siguiente, habían hallado a un hombre, congelado en la punta del mástil, con una lámpara en la mano. Según la gente, por varios días se pudo ver una luz vagando por la isla. Pese a las investigaciones no se halló a nadie. Acordaron llamarle Isla Fantasma y evitarla. Por eso era un lugar perfecto para ocultar el caballo y el atuendo del Corsario.

—Se planta frente a mí, con esa ropa mojada que le descubre todo el cuerpo, y se tiende en el suelo para arrastrarse mostrándome el trasero... Disculpa —dijo al caballo, después de aplicarle una cepillada demasiado enérgica—. ¿De qué pasta me cree hecho?

—De ciento veinte kilos de grasa.

—No por gordo soy menos hombre —objetó Alex.

Sólo llevaba puestos unos pantalones de montar que se adherían a sus muslos grandes y fibrosos. El sol tostaba la piel de su ancha espalda.

—Quizá sea por la peluca —dijo Nick, con ojos sonrientes—. O por el satén. O quizá sea tu modo perezoso de caminar y el hecho de que no haces nada en todo el día, salvo leer y comer. O ese ligero tono quejumbroso de tu voz.

Alex abrió la boca para hablar, pero volvió a cerrarla y cepilló al potro con más fuerza.

—No soy tan buen actor. Ella debería darse cuenta de que yo... de que...

—¿De que la deseas?

—¿A Jessica Taggert? ¡Ni muerto! ¿Qué puedo esperar de los Taggert? La única que tiene cerebro en esa familia es Eleanor.

—Pero no es el cerebro de Jessica lo que te tiene a mal traer, ¿verdad?

—Sólo he hecho este comentario para demostrarte lo estúpida que es esa mujer. Dijo que reconocería al Corsario por el aspecto cruel de su boca, pero lo tenía frente a sí y... mira, no hablemos de ella. ¿Viste la cara de esa pequeña Abigail Wentworth cuando la besé? ¡Ésa sí es una mujer a la que podría dedicarle un poco de tiempo!

—Mataría a cualquiera de aburrimiento en dos años de matrimonio —aseguró Nick, bostezando—. Tendrías que idearle entretenimientos. ¿Y qué harías cuando se aburriera del Corsario? ¿Vestirte de diablo por un par de años? ¿Y después qué?

—Abigail se dio cuenta de las intenciones del Corsario: de que estaba arriesgando la vida para salvar a alguien. Jessica no captó nada.

—Tal vez por exceso de agua sucia en los ojos.

Alex hizo una mueca de disgusto.

—Ya me disculpé por eso. Al menos, hice lo que pude. No habría buscado a una mujer agresiva y tonta como Jessica si no tuviera motivos.

—Comprendo perfectamente. Revísale la pata delantera —indicó Nick, ocioso, dando órdenes a su amigo como sólo los duques rusos saben hacerlo—. Tal vez convendría que Alex buscara a la señorita Wentworth y dejara en paz a la señorita Taggert.

—Buena idea —reconoció Alex, volviendo a su cepillo.

# 5

El sudor que chorreaba por el cuello de Alexander se mezclaba con el polvo de la peluca, formando una pasta molesta. Hubiera querido quitársela para rascarse, pero mantuvo su lánguida postura, despatarrado en el duro sofá de la sala de los Wentworth.

—Además, es alto y muy apuesto —decía Abby, soñadora, mientras sus grandes ojos pardos, casi líquidos, se perdían por la ventana.

—Tenía entendido que ese hombre iba enmascarado —objetó Alex, jugando con la pluma de su sombrero.

La mañana anterior, mientras Pitman estaba desayunando, él había aprovechado la oportunidad para revisar su despacho. Había allí una carta, firmada por cierto almirante de la marina de Su Majestad, donde se daba las gracias a Pitman por confiscar el *Sirena,* perteneciente a Josiah Greene; en ella se le informaba también que el barco había sido vendido y que su parte correspondiente de las ganancias llegaría en el *Golden Hind*.

Esa mañana, Alex se había enterado que el *Golden Hind* ya estaba y que amarraría en Warbrooke al anochecer.

—Oh, claro que iba enmascarado —respondió Abigail—. Pero una mujer sabe de estas cosas. Era un hombre extraordinariamente apuesto.

—¿No se parecía a ninguno de nuestros vecinos de Warbrooke? —preguntó Alex, mirándola a través de la pluma.

Mientras tanto estaba pensando cómo esconderse en el barco para robar el dinero al representante del rey y escapar sin derramamiento de sangre... sobre todo, de su propia sangre.

—¡Vaya! ¡En Warbrooke no hay nadie como el Corsario, por supuesto! Vivo en esta ciudad desde que nací y estoy segura de que no hay nadie aquí tan elegante, alto y valeroso como el Corsario. Es el más...

Alex no prestó atención al resto. En la semana transcurrida desde la hazaña, Abigail se había establecido como la mayor autoridad en todo lo referido al Corsario.., y su larga lengua dificultaba una nueva aparición del héroe. A Pitman no le agradaba haber perdido una batalla ante ese enmascarado presumido y nadie en la ciudad se atrevía a recordarle su pérdida... con excepción de Abigail, por supuesto. Al parecer, esa muchacha no era capaz de conversar sobre otra cosa. Durante dos días, a partir de aquel acontecimiento, fue el centro de atención de la ciudad, puesto que todos deseaban conocer sus impresiones sobre el hombre. Hacia el cuarto día todos volvieron a pensar en llenar las cacerolas y mantenerse abrigados. Todos, salvo Abigail, quien aún no pronunciaba palabra que no estuviera referida al Corsario.

—Créame: yo sé cómo es.

—Jessica Taggert dijo que tenía la boca cruel.

Abigail se levantó; su pecho regordete palpitaba de enojo.

—¿Y qué puede saber una de esos Taggert? Ya vio usted lo que el Corsario pensaba de ella, ¿verdad? Siempre me he dicho que esa mujer necesitaba un baño.

Alex abrió la boca para decir que, tal vez, el Corsario se había enfurecido porque deseaba mucho besar a Jessica y ella lo había rechazado. Pero en realidad no le interesaba la opinión de Abigail y no se molestó en hacer el comentario. Lo que más deseaba era ir a Isla Fantasma, para quitarse esa ropa caliente y zambullirse en la fría agua del mar. Y necesitaba trazar planes para quitar a Pitman ese dinero mal conseguido.

Con toda cortesía, se disculpó ante la señorita Abigail y salió a la transitada calle principal de Warbrooke. Se sentía atraído hacia las brisas frescas del océano y echó a andar en esa dirección. Un par de forasteros se detuvo a mirarlo con asombro. Ese día llevaba puesto su atuendo de satén azul real, cuyo chaleco lucía un bordado de flores verdes y amarillas. Nick había enviado a su cortejo de criados hasta Nueva Sussex, en busca de más prendas prestadas por su gordo primo. Por lo tanto, Alex contaba ya con varias vestimentas de colores vistosos y con cuatro enormes y detestables pelucas.

Lo primero que vio fue la vieja tina de Jessica: el *Mary Catherine,* amarrado al muelle. Warbrooke tenía el puerto más profundo de la costa norteamericana y hasta los buques de mayor calado podían adentrarse bastante.

—¡Hola, Alex! —saludó la muchacha. Estaba encaramada al aparejo de la vela más alta, haciendo lo posible por remendar las cuerdas podridas—. ¿Estuviste haciendo la corte?

Un par de marineros rieron detrás de él, mirándolo de arriba abajo.

—Y tú, ¿a quien has estado cortejando? —respondió Alex, refiriéndose a las ropas de marinero.

Fue un placer oír que los dos hombres presentes reían aun más que antes.

Jessica, muy sonriente, bajó de los cordajes.

—Ven a bordo —invitó—. Pero ten cuidado de no arruinar esa bonita ropa. Hay alquitrán y clavos por todas partes.

El barco de Jess era aun más patético visto de cerca. Tenía sólo dos velas, pero aun así costaba creer que su propietaria pudiera pilotarlo sola. El ancla debía pesar cien kilos, cuanto menos.

Bajando la escalerilla estrecha hasta la cabina, el visitante pudo olfatear el aroma de todos los pescados que alguna vez habían viajado en él. Por primera vez usó de verdad el pañuelo perfumado.

—¿Demasiado para ti? —preguntó ella, divertida.

Alex probó la solidez de una de las dos sillas y tomó asiento en ella.

—¿Cómo haces para soportar esta bañera?

Los ojos de la muchacha perdieron parte de su brillo.

—Soy una Taggert, ¿recuerdas?

—Es cierto. Sin duda, eso significa que no hueles nada.

Jessica se echo a reír.

—Sí, tal vez sea un poco insoportable. Tengo un poco de ron. ¿Quieres un trago?

—Después de pasar toda una tarde con la señorita Abigail, necesitaría un tonel entero.

—¿Así hablas de la muchacha más bonita de la ciudad? ¿La que ha robado el corazón al Corsario?

Alex gruñó.

—No vuelvas a mencionarme ese nombre. Después de las peroratas de Abby, espero no oírlo nombrar nunca más.

Jessica tomó dos tazones de madera y los llenó de ron hasta la mitad.

—No se lo cuentes a Eleanor —pidió, sonriendo.

Después del primer trago, su amigo hizo una mueca.

—Ya comprendo por qué el olor no te molesta. Con unos tragos de esto se te cae la nariz.

Jess tomó asiento, con un pie en la silla y el otro apoyado en el picaporte de un armario. Era una pose muy masculina, pero su cuerpo mantenía en ella toda su femineidad. La camisa ablusada destacaba la línea del busto y los pantalones le envolvían los muslos... tal como Alex hubiera querido envolverlos con sus manos. Se reclinó en la silla.

—Bien, ¿y qué se trae Pitman entre manos? —preguntó Jess, meneando su tazón de ron mientras esperaba que el líquido le llegara a los huesos. Un momento de descanso y alguien con quien compartir su preciado ron eran el más puro de los placeres. Ninguna de las mujeres quería tratos con ella y los hombres la trataban como si fuera la peste; de lo contrario, consideraban que era poco virtuosa y la asediaban. Compartir su reposo con Alex, que no sentía interés físico por ella, era como tener un amigo muy especial.

—Jess, si quisieras ponerte en contacto con el Corsario, ¿que harías?

—¿Por qué lo preguntas?

—Tengo alguna información que podría interesarle.

Y Alex pasó a contarle lo del dinero que recibiría Pitman en el barco inglés. Había tenido en cuenta que, si el Corsario aparecía por una información que sólo podía haber obtenido revisando los papeles privados de Pitman, Jessica podía adivinar quién la había conseguido.

—Bueno, podrías contárselo a Abigail —dijo Jessica, con una sonrisa maliciosa—. Apostaría a que el Corsario entra subrepticiamente por su ventana, por las noches.

—¿Estás celosa? —Alex arqueó una ceja.

—¿De un ladrón furtivo? El Corsario no es mejor que los asaltantes de caminos. Si fuera realmente valeroso daría la cara y denunciaría a Pitman.

«Para que lo ahorcaran», pensó Alex, mientras decía:

—Conque no tienes idea de cómo supo el Corsario que Ben Sampson iba a ser detenido por su contrabando de té.

—Toda la ciudad sabía lo de Ben y el té. Hasta Abigail se había enterado.

Jess dejó su tazón y se inclinó hacia adelante, con los ojos brillantes y las mejillas arreboladas.

Alex rompió otra vez en sudores.

—¿Y si divulgáramos la información? —sugirió ella—. ¿Y si contáramos a unas cuantas personas que el *Golden Hind* trae dinero para Pitman por la venta del barco de Josiah? Si el rumor se inicia en los muelles, tal vez Pitman piense que lo reveló un marinero de Su Majestad.

Alex sorbió su ron, pensando que quizá fueran dos las Taggert provistas de cerebro.

Jessica no abandonó su cubierta, aun cuando los marineros del *Golden Hind* le gritaban comentarios lascivos. Llevaban varios meses en el mar y ese espectáculo, esa mujer tan bonita en aquella reliquia anclada junto a ellos, era más de lo que la imaginación podía soportar. De ordinario Jess tomaba precauciones y se mantenía lejos de los barcos recién llegados, pero la noche anterior había hecho todo lo posible por amarrar su barquito junto al navío inglés, que se erguía a su lado como una vieja gorda. Los ojos codiciosos de sus tripulantes eran como ratas que rondaban su cintura. Jess hacía lo posible por no prestarles atención.

Tras la visita de Alex, la mañana anterior, ambos habían comenzado a divulgar por separado, como por casualidad, el rumor de que el *Hind* traía dinero para Pitman. No hizo falta repetirlo muchas veces para irritar a la población. El dinero correspondía a la venta de un barco que pertenecía a uno de ellos. Por lo tanto, todos dirigieron el enojo contra los marinos ingleses recién llegados. Ya habían estallado cuatro riñas y había tres hombres en los cepos de la plaza.

Después de iniciar el rumor, Jessica había salido del puerto para pescar camarones, siempre cerca de la costa por el nordeste, desde donde vería la llegada del *Golden Hind.* Pasó la tarde echando y recogiendo sus redes... y esperando. No estaba segura de lo que deseaba hacer, pero si el Corsario se presentaba y requería su ayuda, ella estaría allí para facilitársela.

Su mente se rebeló un par de veces ante la idea de ayudar al hombre que la había humillado en público, pero el deseo de castigar a Pitman era más potente que su enfado personal. Si el pueblo americano no comenzaba a protestar por el trato de los ingleses hacia ellos, la tiranía no acabaría nunca.

Su bodega estuvo medio llena de camarones antes de que llegara el buque inglés. Jessica hizo lo posible por fingir desparpajo, cuando entraba en el puerto y amarraba junto al *Hind.* Apenas había arriado las velas cuando Nathaniel apareció en el muelle, dispuesto a atrapar su cuerda en el aire y atarla al amarradero. Nate trepó por la soga que su hermana le arrojó por la borda.

—Llegas tarde. Eleanor me mandó esperarte.

Jess, sin contestar, observó la actividad del barco inglés todo lo que le permitía su situación, algo más baja.

—¡Cuántos!... —comentó Nate, al ver la cantidad de camarones que había en la bodega.

—Trae a los otros niños para que te ayuden a empaquetarlos. Luego irás a venderlo por ahí.

Nathaniel le echó una mirada sagaz. Ese niño sabía demasiado para su corta edad.

—No me compliques la vida. ¡Haz lo que te digo!

Jess estaba fastidiada porque no lograba ver lo que pasaba a bordo del *Golden Hind.*

Permaneció a bordo de su maloliente embarcación durante toda la noche. Cuando Eleanor se presentó en el muelle, ella apenas respondió a la pregunta de por qué no pensaba volver a casa. Durmió muy poco; ni siquiera se permitió el relativo lujo de tenderse en su litera. Prefirió permanecer en cubierta, recostada contra el flanco del barco, armada con un buen palo por si alguno de los marineros decidía cumplir con lo que todos anunciaban.

Se levantó al amanecer, rígida y con la espalda dolorida. A poca distancia se oyó el suave relincho de un caballo. Asomada por la borda, vio que en el muelle había un caballo ensillado y esperando.

Entonces despertó por completo. El caballo tenía vetas grises en el pelaje, pero nada podía disimular sus líneas esbeltas y su relinchar nervioso: era el caballo del Corsario.

Al otro lado del *Mary Catherine* apareció una cabeza. Era la de George Greene, el hijo mayor de Josiah, colérico joven de veintiséis años que se consideraba injustamente privado de su herencia.

—Tú también lo viste —dijo George, suavemente. Luego levantó la voz—. Me dijeron que usted tiene camarones para vender, señorita Jessica.

Sus ojos revelaron a la muchacha que se les estaba vigilando.

—Sí, George, tengo. Te daré una bolsa.

Jess bajó precipitadamente los peldaños hasta la bodega. Tomó un saquito de tela alquitranada, guardó dentro un trozo de soga vieja y volvió a cubierta.

—¿Bastará con esto? —preguntó, mientras se acercaba a George para preguntar, en voz baja—: ¿Sabes algo?

—Nada. Mi padre tiene miedo de albergar esperanzas. Quiere ver muerto a Pitman.

—Me gustaría navegar con ella —dijo una voz, desde lo alto.

—Será mejor que te vayas —susurró Jess— Que disfrutes de tus camarones —agregó, con voz estentórea, para los oídos del marinero.

—Me quedaré junto al caballo. Él puede necesitarme.

Jess, con un gesto de asentimiento, le volvió la espalda.

En ese momento se oyó un grito allá arriba. De inmediato, el ruido de una barahúnda desconocida.

—¡Es él! —exclamó George. Era impresionante la esperanza que revelaba su voz.

—Acércate a su caballo —ordenó Jess—. Él puede necesitar ayuda.

Y subió velozmente por la breve escalerilla hasta la cubierta superior. Puso el pie en el cordaje como para trepar, pero no tuvo tiempo.

Desde la alta barandilla del *Golden Hind,* el Corsario se descolgó por una cuerda atada a lo alto del palo mayor. La luz del sol arrancaba destellos al cofrecillo que cargaba bajo el brazo izquierdo, impidiendo moverse a todos los que estaban en las cercanías.

Por un momento todo pareció detenerse. El Corsario se deslizó con agilidad por la cuerda y aterrizó en la cubierta superior del *Mary Catherine*, delante de Jessica.

La miró a los ojos.

—Usted ha rescatado el dinero —susurró ella, con los ojos llenos de vida y alegría.

Él la sujetó con un solo brazo y la besó en la boca entreabierta.

Jessica quedó tan sorprendida que no pudo apartarse. Pero cuando él se separó, tan súbitamente como había llegado, la muchacha olvidó por qué estaban todos allí. Sólo tenía conciencia de que ese desconocido había osado besarla. Levantó la mano para abofetearlo, pero él le sujetó la muñeca y le dio un beso audaz en la palma de la mano.

—Buenos días, señorita Jessica —dijo, sonriendo con aire atrevido.

Un momento después y el hombre de negro ya no estaba allí. Se encaminaba hacia la soga que pendía por el lateral del barco.

Pero ella no podía perder un tiempo precioso en cóleras inútiles. Debía ayudar al Corsario en su fuga. Si los marineros del *Golden Hind* estaban estupefactos, no ocurriría lo mismo con su capitán. Jess oyó las ordenes que gritaba. Allá arriba se veían los movimientos de cuatro hombres que se preparaban para abordar el *Mary Catherine*.

Jessica no cometió la tontería de creerse en condiciones de detener a los marineros de Su Majestad, pero sí resolvió retrasarlos. Tomo un rollo de cuerda que tenía a sus pies, gruesa como su brazo, y arrojó un extremo a George, que había vuelto a la cubierta ante las primeras señales de conmoción. El Corsario desapareció por el lateral del barco.

Cuatro marineros corrían por la cubierta del pequeño bote pesquero, pisando los talones al héroe.

George tiró del extremo de su soga; Jess hizo lo mismo. Los cuatro marineros cayeron despatarrados, justo cuando en el muelle se oía un golpeteo de cascos.

—¡Apresadlos! —ordenó el capitán del barco inglés.

Un momento después, manos rudas la sujetaban con codicia. Los hombres sonreían al rozarle los pechos o las nalgas.

La sacaron de su barco para llevarla por el muelle y por la planchada del *Golden Hind*. Después la empujaron hasta hacerla caer de rodillas ante el capitán inglés, con George a su lado.

El capitán, hombre cincuentón, bajo y fornido, la miró con la nariz en alto.

—¿Conque así visten las damas en las Colonias? —se burló—. Llevadlos abajo.

Separaron a la muchacha de su compañero y la arrojaron a un cuartito mugriento, en la bodega de la nave. En el fondo había cinco centímetros de agua cenagosa; cabía sospechar que, en otros tiempos, había sido un depósito de excrementos de cerdo.

A los pocos minutos tenía ya la sensación de haberse pasado la vida entera en ese sitio húmedo y oscuro. No podía moverse sin pisar el sedimento del suelo. No había donde sentarse ni modo de escapar a la suciedad.

Allí permaneció, de pie en el agua, que se filtraba rápidamente por el cuero de sus botas. Esperaba. No lamentaba haber ayudado al Corsario, pero ahora pensaba en las consecuencias de sus actos.

Cuando se abrió la puerta de su celda, horas después, Jessica estaba dispuesta a enfrentarse con el verdugo.

Quien estaba de pie en la cubierta era Alexander, resplandeciente con su atuendo de satén amarillo; la luz del sol se reflejaba en su enorme panza, arrancando destellos que la cegaron. Levantó una mano para protegerse los ojos.

Aunque no podía ver muy bien a su amigo, sí percibió su enfado con mucha claridad.

—¡Vamos! —fue cuanto él ordenó, en voz baja y sibilante.

—Pero yo...

Él la empujó por el hombro hacia la pasarela.

Jess trató de mantener la cabeza en alto al pasar entre la multitud que se había reunido a ambos lados del muelle. Alex subió al asiento de una carreta casi sin mirarla. Mientras ella trepaba a su lado, débilmente, agitó las riendas y dirigió a los caballos calle abajo.

—¿Por qué estás tan enojado? —gritó ella, para hacerse oír a pesar del ruido que hacía la carreta.

No hubo respuesta.

Él la llevó por un camino de tierra hasta dejar atrás el bosque. Cuando empezaron a ascender la colina, Jess comprendió que se encaminaban hacia la vertiente cercana.

—Baja —ordenó él, cuando se detuvieron.

—Antes me dirás qué ha pasado.

Alex, debatiéndose contra su tripa postiza, dio la vuelta al vehículo para acercarse por el otro lado.

—Tuve que sobornar para salvarte de la horca, ¿lo sabías? Al ayudar al Corsario estabas jugando con la marina inglesa. Ese capitán quería ahorcaros, a ti y a George, como ejemplo para los demás. Pensaba que así detendría al Corsario.

—Ah —murmuró Jessica, mientras descendía—. Ya me lo figuraba. ¿A qué hemos venido?

Alex serenó su voz.

—Eleanor te envía ropas limpias, jabón y toallas. Hueles peor que antes de entrar en esa celda. —El joven se tapó la nariz con el pañuelo perfumado—. Y Eleanor considera que harás bien en mantenerte fuera de la vista durante algunos días.

—¿Por qué no vino contigo? —se extrañó la muchacha, mientras recogía el hatillo del fondo de la carreta.

—Al parecer, sufrió una pequeña riña por un cántaro de agua jabonosa. Según creo, fue a raíz de un comentario que hizo a Nick: algo así como que no servía para restregar ropa sucia. Y Nick parece haber pensado lo contrario.

Jessica lo miró, boquiabierta.

—¿Vas a decirme que ese niño malcriado arrojó agua sucia a mi hermana?

—Eso creo, sí.

—Pues tendrá que oírme —aseguró ella, volviendo a subir a la carreta.

Alex la sujetó por un brazo.

—Eleanor ya le ha dicho lo que pensaba de él. No hace falta más, te lo aseguro. Ahora debemos ocuparnos de ti. Necesitas un baño con urgencia.

Contra su voluntad, Jessica lo siguió por la colina hasta la vertiente y su pequeño estanque. Él se sentó de espaldas a la muchacha para que pudiera desvestirse. Además, de ese modo ella no vería el sudor que le estaba corriendo por el cuello.

—Cuéntame que pasó —dijo, logrando que su voz sonara más o menos normal.

Jessica trató de suprimir las emociones y empezó a contarle cómo había pasado la tarde anterior esperando la llegada del *Golden Hind*. Sólo parte de su mente estaba atenta al relato. La otra parte se preguntaba por qué su hermana había enviado a ese hombre con instrucciones de obligarla a bañarse. En otras circunstancias le habría parecido inconcebible desvestirse a tan poca distancia de un hombre... pero Alexander Montgomery le recordaba tan poco a un hombre que resultaba casi natural. Si hubiera sido ese horrible Corsario, en cambio...

—Continúa —le instó Alex, secándose las palmas en la hierba—. ¿Qué pasó al aparecer el Corsario?

Jessica se enjabonó los pies.

—¡Cómo odio a ese hombre! ¡Cómo lo odio! Allí estaba yo, arriesgando el pellejo para ayudarlo, y me hizo pasar por tonta una vez más.

—Dicen que te besó.

—Si eso puede llamarse beso. Digamos que lo intentó. ¡Con todo lo que yo había hecho por él! Me duelen los brazos de tanto levantar la red cargada de camarones y él me trata de ese modo. Debería haberle arrancado la máscara para revelar a todos quién era. Se lo merecía.

—Pero no lo hiciste —observó Alex, en voz baja—. En cambio detuviste la persecución de los hombres del rey. De no ser por tu ayuda, el Corsario no habría podido huir.

—¿Y te das cuenta de cómo me paga? No lo hice por él, te lo aseguro, sino por Josiah Greene.

—¿Sabes que el Corsario entregó el dinero a Josiah? Y éste abandonó inmediatamente la ciudad.

—¿Con George?

—No. —Alex vaciló—. Mañana George recibirá veinte azotes con un látigo de nueve colas con puntas de plomo.

Jess quedó sin respiración.

—Eso podría matarlo —susurró, mientras se enjuagaba la cabellera—. Tenemos que hacer algo por ayudarlo, Alex.

—No haremos nada. Tú, menos que nadie. Después de lo de hoy ya estás marcada. Hagas lo que hagas, Jess, no podrás ayudar al Corsario nunca más.

—No te preocupes. Como mucho, lo ayudaría a subir al patíbulo.

—Estás enojada con él, ¿verdad? ¿No se te ha ocurrido pensar que ese beso pudo ser una manera de darte las gracias?

—No —aseguró Jess, mientras se ataba la pechera del vestido delante de su amigo. El algodón verde estaba descolorido y gastado; los cordones, raídos de tan viejos. Esa prenda había sido de su madre y de Eleanor antes de pasar a sus manos—. Creo que ese hombre se considera el favorito de todas las mujeres.

Se sentó frente a él para desenredarse la cabellera con el peine de madera que Alex le había entregado.

—¿Y no es tu favorito? A ver, date la vuelta, que yo haré eso. De lo contrario no te quedará un cabello en esa cabeza.

Con mucha suavidad, Alex comenzó a peinarle el largo pelo.

—Puedo asegurarte que no. —Ella echó la cabeza atrás, disfrutando de la sensación del peine.

—¿No te gustaría casarte y tener hijos, Jess?

—¿Y quien se casaría con una de los Taggert? Aquí todos temen verse obligados a criar a Nathaniel. ¿Sabes qué necesita esta ciudad? —agregó, volviéndose a mirarlo—. La presencia de Adam. O de Kit. Sí, Kit podría hacerlo.

—¿Mis hermanos? —se extrañó Alex, horrorizado—. ¿Y qué crees que harían mis hermanos?

—Salvarnos. Es decir, salvar la ciudad. Ellos no permitirían que Pitman mandara en casa de los Montgomery. Lo arrojarían a la calle.

—¿Arriesgándose a las iras del rey? —observó Alex, incrédulo.

—Ellos encontrarían la manera de hacerlo, de salvar Warbrooke, de liberar a tu hermana y eliminar a Pitman. Hay otros funcionarios de aduanas, ¿sabes?

Él se recostó en la hierba, cortó una margarita y la olió.

—Conque crees a mis hermanos capaces de todo eso —comentó, disimulando la rigidez de sus labios detrás de una flor.

—Adam o Kit serían capaces de algo así. Cuando era pequeña solía...

—¿Qué? —preguntó Alex, ocioso.

Jess sonrió, soñadora.

—Solía imaginarme casada con Adam. Fue siempre tan apuesto, tan orgulloso e inteligente. Y tenía ojos de águila. No sabes dónde esta ahora, ¿verdad?

—Demonios —exclamó él. Y agregó apresuradamente—: Disculpa. Me pinché el dedo. Según mis últimas noticias, Adam iba rumbo a Catay y Kit combatía en no sé qué guerra.

—No creo que reciban las cartas de Mariana pidiendo ayuda.

—No. No vendrá otro, aparte de mí.

De pronto Jess comprendió los sentimientos que debía de estar despertando en su amigo. Por lo visto, él no podía evitar ser como era.

—Alex, ¿nunca se te ocurrió hacer un poco de ejercicio? Tal vez si me ayudaras a pescar camarones durante algunos días, bajarías de peso.

Alexander se estremeció delicadamente.

—No, gracias. ¿Estás lista? Comienza a hacer frío.

—No hemos discutido lo que haremos para ayudar a George.

—No hay nada que podamos hacer. Se curará. Tuve que «untar» la mano de ese capitán para que no lo ahorcara. Mejor despellejado que colgando de un nudo corredizo. Mañana, durante la azotaína, te quedarás en tu casa. —La miró de reojo—. Tal vez el Corsario rescate a George.

Ella lanzó un bufido.

—¿Y quién rescatará al Corsario? Es incompetente, según tu opinión. Por su arrogancia morirá alguien.

«Yo, probablemente», se dijo Alex.

# 6

Alexander miró a su alrededor con cautela. Había sido difícil rescatar a George Greene del látigo. Nicholas le había ayudado instalando a sus criados detrás de la multitud. En el momento en que Alex, vestido de corsario, se preparaba para salir al galope de su escondite, Nick dio la orden de hacer fuego. En la confusión consiguiente, el jinete pudo cruzar la multitud, subir a George a su silla y escapar sin daño. Hizo falta mucho más tiempo para escapar de los soldados ingleses, pero éstos no conocían la zona; había sido un juego de niños ocultarse y evadirlos.

Josiah Greene los estaba esperando en el límite del bosque, con caballos y un pasaje a bordo de un barco que zarparía hacia el sur.

—Estaba seguro de que usted vendría —dijo—. Estaba seguro de que no dejaría azotar a mi muchacho por haberlo salvado.

Alex quedó algo desconcertado al ver que Josiah había previsto tan fácilmente los actos del Corsario y el sitio por el que entraría en el bosque. Si él lo adivinaba así, tal vez la próxima vez habría todo un ejército esperándolo. Sin decir palabra, el Corsario liberó a George y desapareció entre los árboles.

Le sorprendía pensar en la celeridad con que esa gente lo había convertido en un símbolo de esperanza. Ya dependían de él para que los salvara de cualquier injusticia. No todos, por supuesto. Allí estaba Jessica Taggert.

Recordó las palabras de la muchacha: Adam o Kit podrían salvar la ciudad. «¿No has pensado en bajar de peso, Alex?»

Bien le habría gustado a él hacer sentir su peso. Y Eleanor lo había enviado con ropas limpias para su hermana, encargándole que la obligara a bañarse. Esas mujeres parecían ignorar su condición de hombre. Jessica se desvestía a un par de metros de él. Hasta le había pedido que la sostuviera por los tobillos para alcanzar esa red podrida. En esa oportunidad, Alex no había creído posible sobrevivir a la experiencia.

Se acomodó la máscara, asegurándose de que estuviera bien ajustada. A veces sentía deseos de sujetar a Jessica y demostrarle que era todo un hombre.

—¡Ohhhhh!

El grito era de desmayo y súplica a la vez. De inmediato comprendió que, concentrado en su dilema respecto a Jessica, había olvidado mantenerse alerta.

Frenó su caballo y prestó atención. Alguien avanzaba hacia él, rompiendo ramitas. Con la espada en la mano, aguardó.

La señorita Abigail Wentworth, con su bonito rostro enrojecido por el esfuerzo, apareció entre los árboles. Echó un solo vistazo al Corsario, montado en su potro negro, y empezó a derrumbarse, con la mano en el seno.

Alex desmontó en un segundo y la sostuvo antes de que tocara el suelo.

—¿Usará usted eso conmigo? —jadeó ella, laxa entre sus brazos, mirando la espada—. ¿Me cortará las ropas para quitármelas antes de hacer su voluntad conmigo?

—Caramba, no, no es mi...

No estaba seguro de qué responder a eso, pero el espectáculo de ese seno palpitante, tan expuesto a la vista (ella se había quitado la chalina, dejando a la vista una buena porción de carne joven y rosada) le hizo tener en cuenta el ofrecimiento.

—¿Se siente usted bien? —preguntó.

Ella le echó los brazos al cuello, estrechándose contra él.

—Soy tu esclava, tu cautiva. Haz conmigo lo que gustes.

Alex arqueó las cejas. Sin embargo no era dado a dudar de los golpes de suerte, y un minuto después la estaba besando. Ella respondió al beso con tanta pasión que, cuando el joven reaccionó, estaban ya medio rodando por el suelo.

La muchacha era cálida y estaba bien dispuesta... pero no por eso dejaba de ser la hija de Wentworth, viejo amigo de los Montgomery.

—Abby —rogó, tratando de desprenderse de aquellos brazos. El pelo de la muchacha se había soltado y le rozaba la mejilla, suave—. Abby...

El nombre surgió como una queja.

—Me encanta cómo dices mi nombre. Corsario mío, mi verdadero amor... —La muchacha movió las caderas contra él, tratando de volver a besarlo, pero él se apartó.

—Vuelve a tu casa, con tu madre —dijo, con voz algo estremecida. ¡Qué castigo, ser el Corsario en su ciudad natal! En cualquier otro sitio se habría sentido en libertad de aprovecharse de esa joven sin pensarlo dos veces—. Vuelve a tu casa, Abby, por favor.

Ella se arrojó contra un árbol, ruborizada; los pechos parecían a punto de escapar del ajustado vestido.

—¡Qué noble eres! —murmuró.

—¡Oh, qué estúpido! —balbuceó él, observándola. Si no escapaba pronto perdería el dominio de sí. La mitad de su cerebro lo estaba tildando de tonto. Por fin subió de un salto a la silla de montar—. Adiós, señorita Abigail —susurró, mientras daba con los talones a su caballo.

«¡Malditas sean todas las mujeres!», juraba para sí.

Jessica no lo creía siquiera hombre. Abigail lo creía más viril que diez sementales. Se movió en la silla, inquieto, en absoluto seguro de su propia virilidad. Sería mejor llegar a Isla Fantasma... y rezar por que Dios no pusiera más mujeres en su trayecto.

Jessica miró el gran cesto lleno de zarzamoras e hizo una mueca. Ella, que era capaz de pilotar su propio barco hasta las costas de Nueva Sussex, sin ayuda alguna, estaba relegada a la tarea de recoger zarzamoras como un niño travieso.

¡Y todo por culpa del Corsario!

Al anunciarse que George Greene iba a ser azotado, todo el mundo había dicho que el Corsario lo salvaría. Que el Corsario debía salvar al muchacho, como si fuera cuestión de honor.

¡Como si alguien supiera algo sobre el sentido del honor del Corsario! Todos los habitantes de la ciudad parecían haber dotado a ese hombre de habilidades mágicas y talentos sobrehumanos. Suponían que el enmascarado corregiría todos los entuertos y pelearía solo contra las leyes británicas.

Pero no todos creían en la perfecta bondad del Corsario. Al entregar diez kilos de pescado en la casa de los Montgomery, Jessica había recibido el mensaje de que Sayer deseaba hablar con ella. No lo veía desde aquella noche en que el Corsario la había arrojado al agua de la colada. Entró sonriendo al cuarto del inválido, pero al salir ya no sonreía.

Sayer le había exigido que, al día siguiente, permaneciera fuera de la ciudad. Ella estaba a punto de preguntarle quién le había dado derecho a ordenarle semejante cosa, pero calló sus pensamientos. La familia Montgomery había ayudado mucho a la suya, de año en año. Además, no estaba bien mostrarse irrespetuosa con un anciano inválido, que sólo se preocupaba por su bienestar. Aún contra su voluntad, prometió que pasaría el día entero en el bosque. Sayer no quería que se aproximara siquiera al muelle.

Por eso estaba allí, haciendo trabajos de niño. Y todo por culpa de ese hombre que se hacía llamar el Corsario.

Cerca de las matas de zarzamoras, bajo algunos árboles, había un lecho de musgo que resultaba muy tentador. Tal vez fuera conveniente llegar a casa muy tarde, para que Eleanor se preocupara un poco por ella. Con una sonrisa algo presumida, se tendió en el musgo y, en pocos minutos, se quedó dormida. Por desgracia, empezó a soñar con el enmascarado que tanto le estaba arruinando la vida. Revivió en sueños el momento en que el hombre la había humillado y el beso que le había dado un segundo antes de escapar con su ayuda.

—¡Jessica! ¿Estás bien, Jessica?

La muchacha despertó con dificultad, aferrándose a los fuertes brazos que la sostenían.

—Estaba soñando —dijo—. El...

Se interrumpió, porque quien la abrazaba era el mismo hombre que le estaba causando tantos problemas: el Corsario.

—¡Usted! —exclamó—. ¡Usted!

Y, sin pensarlo dos veces, le asestó un puñetazo en plena mandíbula.

—¡Maldita malcriada! —bramó el enmascarado, sujetándola por los hombros para empujarla contra el suelo.

La tela del vestido, ya muy desgastada, se rasgó desde el cuello hasta la cintura, dejando al descubierto una línea de hilo blanco muy sutil, a través del cual se entreveía el color rosado de la piel.

Jessica sintió el desgarrón y apreció la expresión de los ojos, medio cubiertos por la máscara negra.

—Si me toca voy a...

—Te lo mereces —aseguró él, furioso.

Y la mantuvo inmovilizada contra el suelo, mientras sus labios descendían hacia los de ella.

Jessica sintió el contacto de aquella boca por segunda vez y comenzó a debatirse. Prefería morir antes de que ese hombre la obligara a tales intimidades. Lo atacó a puntapiés y logró asestarle uno en la espinilla. El Corsario encogió el estómago por el dolor, pero no dejó de besarla.

Le bastó poner una pierna sobre las de ella para inmovilizarla. Jess trató de quitárselo de encima, retorciéndose, y apartó bruscamente la cara para escapar de aquel beso torturante.

El Corsario le sujetó las manos por encima de la cabeza con la diestra; luego usó la otra mano para sostenerle el mentón y volvió a apoderarse de su boca. Para impedir que moviera las caderas le echó encima todo el peso de su cuerpo.

Por un momento, Jessica permaneció inmóvil. Por ella pasaban emociones que nunca antes había experimentado. ¿Era eso lo que hacia cuchichear a las recién casadas, entre risitas tontas? ¿Era ese sentimiento el que hacía brillar los ojos de las muchachas comprometidas?

El Corsario se apartó de sus labios, pero mantuvo la cara muy cerca de la suya. Ya era de noche; la luz de las estrellas daba a su mirada más brillo que nunca y oscurecía aún más su cara.

—Jessica —dijo. Y en su voz había cierta extrañeza.

Ella parpadeó un par de veces. Por fin, con un movimiento brusco, lo apartó de sí y se levantó. El Corsario, sonriente, la miró con fijeza.

—Y bien, Jessica: pese a tus aires masculinos, eres toda una mujer, después de todo.

Jess tomó un puñado de zarzamoras de su cesto y se dispuso a arrojárselo.

El hombre, como un gran gato, se levantó de un salto y le sujetó la mano. Cerró el puño alrededor de sus dedos y apretó hasta que las frutas brotaron entre ellos, reducidas a pulpa. Sin dejar de mirarla a los ojos, él lamió el zumo que se filtraba entre las uñas. Sin saber por qué, Jessica sintió que el corazón le latía más aprisa al ver su lengua.

El Corsario no tuvo ninguna dificultad en inmovilizarle esa mano a la espalda. Acercó su cuerpo hasta casi tocarla.

—Creo que se me escaparon algunas zarzamoras —susurró.

Inclinó la cara hasta besar el pecho palpitante. Después la miró.

Jessica estaba estupefacta, con los ojos muy abiertos, sin comprender en absoluto lo que sentía. No podía moverse; así, estúpidamente quieta, dejaba que ese hombre la tocara.

—Adiós, mi dulce Jessica. Estoy seguro de que volveremos a vernos.

Mientras él montaba a caballo, Jessica seguía inmóvil, con las manos extendidas a lo largo de su cuerpo y las moras deshechas chorreándole por la falda.

Él se llevó la punta de los dedos a los labios.

Fue su sonrisa, esa sonrisa sabedora y presumida, lo que sacó a la muchacha de su estupor. Tomó otro puñado de zarzamoras y se las arrojó a la cabeza. Pero él ya se había puesto en marcha. Sólo quedaba en el bosque el ruido de su carcajada, que retumbaba entre los árboles.

—¡Lo odio, lo odio, lo odio! —exclamó, golpeando el suelo con los pies, mientras recogía los dos cestos de fruta—. ¡Lo odio francamente, con todo mi corazón!

Echó a andar por el sendero hacia la ciudad. Un impulso la hizo volverse a mirar el lecho de musgo en donde había estado con el Corsario. Sin pensar en lo que hacía, arrancó una diminuta flor amarilla que había junto al musgo y la enhebró al desgarrado corpiño de su vestido.

—Tendré que arreglar esto —murmuró, mientras deslizaba la mano por el borde de la prenda—. Lo odio, ¡cómo lo odio! —repitió.

Era como si la primera vez no se hubiera dado crédito a sí misma. Por fin echó a andar hacia su casa.

—¿Otra vez castigando al caballo? —señaló Nicholas, acercándose a Alexander por atrás—. Semejante actitud sólo puede haber sido causada por tu Jessica.

Alex siguió cepillando enérgicamente al caballo. El pelaje negro estaba ya reluciente. Con un gesto distraído, espantó los mosquitos que le buscaban la piel sudorosa.

—Por lo que sé, a ti tampoco te va muy bien. ¿Fregaste el suelo de la cocina?

Nick gruñó a manera de respuesta, mientras posaba su enorme cuerpo en el sitio más seco que encontró en aquella isla pantanosa.

—Esa mujer acabará usada como un estropajo.

—Te comprendo bien. Jessica va a ser mi perdición. A veces se muestra más fría que el invierno, con escarcha hasta en las pestañas, otros me chamusca la piel.

—Eleanor quiso que limpiara el hogar. Le dije que yo pongo cosas allí, pero nunca saco nada.

—Claro que Jess arriesgó la vida para ayudar al Corsario. De no ser por ella lo habrían atrapado. ¡Y no estuvo bien que él la tratara con tan poco respeto!

Nick se frotó el mentón.

—Siempre me han dicho que tengo porte real. Muchas mujeres aseguran que adivinarían mi parentesco con el zar aunque me vieran desnudo. O quizá con más facilidad aún. Siendo así, ¿cómo es posible que esta Eleanor Taggert no reconozca mi origen real? ¿Cómo puede hacer de mí un... una fregona de cocina?

Alex comenzó a peinar las crines del caballo.

—En verdad es muy valiente —dijo—. ¿Sabías que toda la ciudad se estaba riendo de ella por dejarse meter en el calabozo? George Greene era un héroe y el Corsario también, pero Jessica Taggert era una tonta.

—Eleanor ha de estar ciega. Tiene los ojos más azules y luminosos del mundo, pero son inútiles.

—Se ríen de ella por sus ropas, por su viejo barco y por esa caterva de críos, pero ella hace todo lo que puede. La pequeña Molly me dijo que Jess sólo tiene esos pantalones que usa para pescar y ese viejo vestido verde, tan feo. —Dejó de cepillar—. Y el Corsario le ha desgarrado el vestido.

—Dice Eleanor... —Nick se interrumpió—. Oye, ¿no eres tú el Corsario? ¿No fuiste tú quien le desgarró el vestido?

Alex frunció el ceño.

—Sí, creo que sí. No era mi intención, pero fue culpa de Abigail. «Haz de mí lo que quieras» —repitió, burlón—. Y allí estaba Jessica, tendida en tierra. Dormía, pero en un principio la creía herida y el Corsario... quiero decir, la abracé y ella me golpeó y...

—... y el vestido se desgarró. Comprendo. ¿Se lo arrancaste del todo?

—¡No, por supuesto! Ni siquiera el Corsario, tan arrebatado como es, haría daño a una mujer virtuosa.

—Podrías haber usado tu espada. A las mujeres les gusta. Una vez desvestí a una gitana, prenda a prenda, mientras bailaba. Y después...

Alex arrojó el cepillo al suelo y echó a andar hacia Nick.

—¡Ella no es de ésas! Es valiente, generosa, inteligente y...

—Pero el Corsario se aprovechó de ella. Deberías desafiarlo a duelo. —Los ojos de Nick reían; la boca se le contraía, traviesa.

Alex se detuvo ante él, con los músculos duros por el enojo. Comenzaba a apreciar qué absurdo era lo que estaba diciendo. Entonces se volvió hacia el potro.

—Soy el Corsario, pero también soy Alexander.

—¡He ahí el dilema! ¿Aman las mujeres al hombre en sí o a lo que creen ver en él? Tal vez ella no puede elegir entre la mente del hombre y sus besos. ¿Qué crees que escogerá?

Alexander no pudo responder porque, por el momento, no estaba seguro de qué habría preferido él mismo que Jessica escogiera.

La idea le hizo reír.

—¿Qué me importa lo que haga Jessica Taggert? Le agradezco que ayudara al Corsario. Es decir, que me ayudara. Es bonita y deseable, pero también lo son la mitad de las mujeres solteras del mundo. Mi padre me informó anoche de que es hora de que me case y le dé uno o dos herederos. No quiere morir sin nietos y creo que está dedicando mucho tiempo al joven Nathaniel.

—¡No me menciones a ese crío! —protestó Nick—. No deja a Eleanor sola ni a sol ni a sombra. Ayer... —Nick se interrumpió, sonriendo ante algún recuerdo que, al parecer, prefería guardar para sí—. No me sería tan difícil si ese muchachito no estuviera siempre entre mis pies. —Levantó la cabeza—. ¿Por qué no te casas con tu Jessica?

—¿Bajo qué nombre? ¿Cuál te parece mejor el del Corsario o prefieres acaso el de Alexander, a quien ella cree gordo y perezoso? El Corsario la desposaría en medio de un salto entre rama y rama, huyendo de los ingleses. Alex no lograría decidirse entre una chaqueta y otra. Dudo que ella escogiera a ninguno de los dos.

—Ah.

—¿Y eso qué significa?

—Ah, ni más ni menos.

Alex dio una última cepillada al caballo.

—Mañana Alexander Montgomery saldrá a cortejar. Hay otras mujeres en la ciudad, además de la señorita Jessica. Mujeres dulces, dóciles, que juzgan a un hombre por lo que tiene en su interior. Tal vez no luzca muy bien con almohadillas y peluca, pero bajo todo eso hay un hombre. Ya verá esa Jessica, cuando otras mujeres sepan ver por detrás de unos cuantos metros de satén.

—Tienes más fe en las mujeres que yo.

—Sólo tengo fe en Jessica. Tiene más sentido común que las otras mujeres.

—Como la hermana. Salvo de vez en cuando...

—De vez en cuando Jessica actúa como una idiota. ¿Por qué no se da cuenta de que soy...?

Y los hombres continuaron con los lamentos propios de todos los hombres.

Eleanor trataba de preparar la cena en la misma mesa en que Jessica estaba haciendo la contabilidad.

—¿Quieres poner más cuidado? —protestó Jess, cuando Eleanor le salpicó una página con masa líquida—. No creo que al viejo Clymer le guste ver manchas en sus libros.

—Le importaría muy poco. Sólo los usa como excusa para verte. Eso de que tiene la mano herida es mentira. Ayer le vi usar un hacha.

—Sea como sea, nos vendrá bien el cuero de su tienda de curtidos. Los niños necesitan zapatos para el invierno.

Eleanor siguió batiendo la masa en el cuenco de madera.

—¿Has visto últimamente a Alexander, Jess?

—Hace una semana que no lo veo —respondió ella, mientras sumaba mentalmente.

—No habréis reñido, ¿verdad?

Jess miró a su hermana como si la creyera loca.

—¿De qué estás hablando? ¿Por qué tendríamos que reñir?

La mayor volcó la masa líquida en un molde de hierro, junto al pequeño hogar.

—No sé. Parecíais muy buenos amigos y ahora no os veis. ¿Te has estado burlando otra vez de él?

Jess apretó los dientes.

—No. No me he reído de él. No le he amenazado con el dedo. No me he escondido detrás de las puertas para asustarlo cuando pasa. Tu deberías saber muy bien por qué no lo veo, por qué no veo a nadie.

La mirada que clavó en Eleanor, por encima de la mesa, era fulminante. A raíz de su encarcelamiento por haber colaborado en la fuga del Corsario, una vez que Alex hubo obtenido su liberación, Jessica había recibido un enérgico sermón de boca de Sayer Montgomery, mientras su hermana, sentada a poca distancia, empapaba de lágrimas cinco o seis pañuelos de su patrón. No bastaba con que la hubieran relegado al bosque el día en que se iba a azotar a George Greene: al regresar de allí, con el vestido desgarrado y un cardenal en el cuello, encontró a Eleanor casi histérica. Trató de explicar lo del vestido con una mentira, pero su hermana se dio cuenta de inmediato y ella terminó de ponerse al descubierto al ruborizarse como una tonta en cuanto se mencionó el nombre del Corsario.

Ahora, una semana después de aquella incursión, Jess seguía más o menos encerrada en su casa. No había salido a navegar ni a la ciudad. En cambio debía hacerse cargo de los siete niños. Como si no bastara eso para sacarla de quicio, el viejo Clymer le había pedido que revisara las cuentas de su tienda de curtidos a cambio de obtener varios cueros.

Desde hacía una semana, Jess registraba ventas (Clymer estaba dos años atrasado en la contabilidad), sacaba a una criatura del hogar encendido, sumaba una columna de cifras, evitaba que uno de sus hermanos matara a otro, volvía a sumar la columna, chillaba a Nathaniel que fuera a reunir almejas, en vez de atormentar a su hermana, sumaba la columna por tercera vez y daba un tortazo a Sam por tirar de la cola al gato y... Así a lo largo de siete largos días.

Y ahora Eleanor venía a preguntarle si no había hecho enojar a Alexander.

—No he hecho enojar a nadie. Me he comportado como una perfecta damisela. He fundido cabos de velas para transformarlos en otras, he lavado ropa sucia, he limpiado caras y traseros, he...

—Y has esquivado todo el tiempo al funcionario de aduanas. Sabes que ese hombre sospecha de ti, Jessica. Sólo el señor Montgomery...

—Sí, lo sé y le estoy muy agradecida —suspiró Jess—. Le agradezco realmente todo lo que ha hecho y lamento muchísimo haber cometido la estupidez de ayudar al Corsario. —Miró a su hermana a los ojos—. ¿Alguna novedad?

—Hay carteles pegados por doquier, ofreciendo recompensa por él. El señor Pitman está decidido a liquidar a tu Corsario.

—¡No es mi Corsario! ¡En absoluto! Sólo cometí el error de estar en donde no debía en el peor de los momentos.

Eleanor abrió la boca para hablar, pero la interrumpió un golpe en la puerta. Le llevó un momento abrirse paso entre los niños, que habían corrido hacia allí. En el umbral estaba Alexander, resplandeciente con su atuendo de seda rosada. Lucía los rizos de su gran peluca recogidos sobre el cuello con un lazo de satén, rosado también. En las manos sostenía un arcón de madera tallada. Mientras saludaba a Eleanor dio una palmadita en la cabeza de un niño; después se miró la mano.

Eleanor le entregó un trapo mojado, diciendo:

—Buenas noches, Alexander. ¿Qué te trae por aquí?

—He venido para hablar con Jessica —explicó él, con cierta timidez—. ¿Podría verla fuera? Podríamos caminar hasta el molino.

—¡Quieto, Sam! —ordenó Jess—. No sé; tengo que trabajar en estos libros. ¿Es importante?

—Te acompañará de inmediato —respondió su hermana, empujando a Alex hacia afuera, mientras volvía a tomar el trapo mojado—. Jess, ponte mi manto y acompáñalo.

—Cuando quiero salir de casa se me dice que es muy peligroso, pero en cuanto llega Montgomery desaparece el peligro. ¿Quién me protegerá de los colibrís que podrían atacar esa chaqueta suya?

—¡Jessica! —advirtió Eleanor—. Haz el favor de acompañarlo. Él se ha pasado la semana cortejando a distintas jóvenes casaderas.

Jess abrió mucho los ojos.

—¿Y crees que ahora me toca a mí? Oh, cielos... Nathaniel, ve a buscar un bote de pintura de guerra, que el señor Alex ha salido de cacería.

Eleanor, inmóvil, la fulminaba con los ojos.

—Está bien, ya voy. Nate, si me oyes gritar, ve a buscarme.

—¿Y los colibrís? —preguntó Molly.

Eleanor empujó a la muchacha, que aún llevaba su atuendo de marinero, sin ponerle siquiera el manto.

—Pórtate bien con él —susurró, antes de cerrar la puerta.

—Hola, Alexander. ¿Estuviste trabajando? —preguntó Jess, sonriéndole, cuando echaron a caminar.

Se habría alegrado de verlo (cualquier cosa era una distracción) si no hubiera sido por la contabilidad del señor Clymer, que necesitaba terminar cuanto antes.

—Me he enterado de que esta semana has estado recibiendo al señor Clymer —comentó Alex, apretando contra el pecho el arcón apoyado en su vientre.

—Con más frecuencia de la que me gustaría. Dice que se lastimó la mano y que no puede hacer sus anotaciones contables. Y había excusas para visitarme cuatro veces al día.

—¿No te ha pedido que te cases con él? —preguntó Alex.

—Cada doce minutos, según calculo. La última vez que lo hizo, Sam se orinó en su regazo. Ese viejo cara de pescado no movió un músculo. Seguía sentado, esperando mi respuesta.

—¿Y cuál fue?

—No, gracias, señor Clymer, pero es un honor que me lo proponga. Lo mismo que vengo diciéndole desde hace años.

—¿Y por qué no te casas con él? Es rico. Podría proporcionaros un buen lugar para vivir, a ti, a Eleanor y a tus hermanos. También ropas bonitas y todas las cosas que las mujeres desean.

—No todas las mujeres. Cuando murieron nuestros padres, Eleanor y yo hicimos un juramento: que sólo nos casaríamos si así lo deseábamos y que esperaríamos a que se presentara el candidato debido. No nos conformaríamos sino con el mejor.

—¿Y Clymer no es el mejor?

Ella se detuvo para mirarlo de frente.

—¿A qué viene todo esto, Alex? ¿Y qué tienes en esa caja? Eleanor dice que te has pasado la semana de cortejo. ¿Tienes algún problema?

—¿No podríamos sentarnos? —propuso él, con sinceridad—. Estos zapatos me aprietan. —Se sentó en una piedra plana, a la vera del camino—. En verdad, Jess vine a pedirte consejo. Mi padre quiere que me case.

La miraba atentamente, buscando sus expresiones emotivas.

—¿Y? —preguntó ella, mientras se sentaba en la hierba, a poca distancia, con una brizna entre los dientes—. Hay mujeres de sobra en estos alrededores. ¿No encuentras ninguna de tu gusto?

—Algunas. Cynthia Coffin es hermosísima.

—Sin duda alguna, Además, su pan es exquisito. A tu padre le gustaría. ¿Se lo propusiste?

No vio la mirada de disgusto en la cara de Alex.

—Aún no se lo he propuesto a nadie. Estoy investigando, nada más. A los Coffin les encanta la idea de tenerme por yerno.

—Al señor Coffin le encantaría echar mano de ese espacio en los muelles que vosotros poseéis. Probablemente piensa que eres tan incompetente como... —Se interrumpió para echarle un vistazo de pies a cabeza—. ¿Chaqueta nueva?

A él se le iluminó la cara alrededor de los ojos, que tenían una fría expresión de acero.

—¿Te gusta?

—Alex... ¿por qué no...?

—Y Ellen Makepeace me invitó a cenar —la interrumpió él.

—Ellen es un víbora. En tu lugar, no me casaría con ella.

El joven apretó los dientes.

—Cathryn Wheatbury no pareció interesarse por mí en absoluto.

Jess bostezó.

—Porque está enamorada de Ethan Ledbetter, como otras tantas. Ethan te va a causar algunos problemas. Tú tienes dinero y el apellido de los Montgomery, pero Ethan tiene... —Sonrió.

—¿Qué cosa tiene ese Ethan?

—Gallardía, encanto, inteligencia. Es todo un caballero. La última vez que estuvo en el *Mary Catherine*...

—¡Ah, en el *Mary Catherine*! ¿Qué estabas haciendo sola con él? —acusó Alex.

Jessica se incorporó, sorprendida.

—¡A ver si tú también vas a darme órdenes! Demasiado tengo ya con tu padre y mi hermana. Ocurre que Ethan vino a comprar pescado... y lo hizo con su madre, para cargar con la cesta.

Alex se relajó.

—Pues me extraña que haya podido levantarla.

—¿Con esos brazos? —adujo Jess, sonriendo ante el recuerdo, soñadora—. Ese hombre podría cargar con un cuarto de ballena. —Se incorporó, muy tiesa—. Te contaré algo, Alex: un par de veces se me ha ocurrido que Ethan puede ser el Corsario. Tienen la misma estructura física. Los dos son altos, apuestos, fuertes... y dudo que Ethan tenga miedo a nada. Apenas el año pasado...

Alex estaba muy erguido en su piedra, rígido como una espada.

—¿Qué sabes tú cómo es el Corsario? La última vez que lo viste aseguraste que lo odiabas.

—Es cierto, pero no por eso soy ciega. Ethan podría perfectamente colgarse por una soga, como lo hizo el Corsario.

—Lo mismo puedes decir de casi todos los marineros que pisan ese muelle. Cualquiera de ellos podría ser ese Corsario que tanto alabas.

—Que yo... —Lo miró a la luz escasa del anochecer—. ¿Estás celoso, Alex?

—¿Del Corsario? —se extrañó él.

—No: de Ethan. Muchas muchachas de esta ciudad siguen a Ethan con la vista, adondequiera vaya. Debes comprender que, si cortejas a una mujer, puedes estar compitiendo con Ethan. Y él... él no tiene... quiero decir... —Trataba de andarse con tacto, pero le resultaba difícil. Miró significativamente el vientre y el pelo de Alex.

Por un momento, los ojos de su amigo echaron llamas. Después los bajó.

—Quiero decirte algo, Jessica. Algo que no he contado a nadie más, ni siquiera a mi padre. Sólo lo sabe Nicholas, mi criado. Verás: cuando naufragó el barco en que yo viajaba, frente a las costas de Italia, caí con una fiebre muy alta. Estuve a punto de morir.

La miró por entre las pestañas antes de continuar:

—Como resultado de esa enfermedad, ciertos músculos de mi cuerpo quedaron afectados. —Se puso una mano en el vientre—. Debido a mi fiebre no puedo bajar de peso. No puedo controlar los músculos, que están demasiado debilitados.

Jess quedó muda por un momento, atacada por oleadas de culpabilidad al recordar las veces que se había reído de él.

—¿Y tu pelo? —preguntó.

—¿Qué pasa con mi pelo? Ah, sí, también lo perdí. Uso peluca para cubrir la calva.

—Lo siento mucho, Alex —susurró ella—. De verdad. No tenía la menor idea. Y supongo que esa enfermedad te debilitó. Por eso no puedes montar a caballo ni caminar bien.

—Sí —confirmó el.

—Pero esa ropa... Quizá si usaras...

—Es lo único que me resta —adujo él—. Si me quitas la ropa de seda, sólo te quedará un ex marinero gordo, calvo y de músculos debilitados.

—Supongo... supongo que sí. Lo lamento mucho, Alex. Si esas mujeres idiotas lo supieran...

—¿Qué mujeres?

—Las que buscas para esposa. Si ellas lo supieran, sin duda alguna una de ellas aceptaría ser más enfermera que esposa. ¿Has probado con Nelba Mason?

—¡Con Nelba Mason! —exclamó él—. A su lado los sapos son bonitos. ¿Tiene boca bajo esa narizota?

—Sí, y pequeña, pero sin labios. Mira, Alex, su padre tiene ochenta hectáreas de tierra buena para el cultivo. Está bien, olvidémonos de Nelba. Es seguro que alguna de las muchachas ha de ambicionar tu dinero.

—Menos que los brazos de Ethan —murmuró Alex.

—Es un buen argumento. Pero alguna te querrá.

—Toma —dijo él, cambiando abruptamente de tema—. Te traje esto.

Jess tomó el arcón de madera que él le tendía. Al abrirlo encontró en el interior un vestido de algodón azul.

—Era de mi madre —aclaró él—. Apenas está usado.

—Pero no puedo aceptártelo, Alex.

—Mi hermana se casó con Pitman y le dio poder sobre la ciudad. Y Pitman es el motivo por el que el Corsario apareció aquí y te desgarró el vestido... Sí, Eleanor me lo contó. Por lo tanto, te debo un vestido.

—¡Pero Alex...!

Él le cubrió una mano con la suya.

—Acéptalo, Jess, por favor. También traje naranjas para los niños. Están en el arcón, debajo del vestido.

—¿Naranjas? —susurró ella.

Recordaba algo que había ocurrido siendo ella muy niña. Siempre había pensado que Adam Montgomery era el más fascinante de cuantos hombres conocía. Solía seguirlo a todos lados, aun cuando él era sólo un muchachito patilargo. Cierta vez, mientras corría tras él por el muelle, se cayó y se lastimó la rodilla. No tenía idea de que Adam supiera aún su nombre, mucho menos que estuviera enterado de que ella lo seguía. Pero el muchacho se volvió, la ayudó a levantarse y la sentó en una piedra para revisarle la rodilla. Por fin le sonrió, prometiendo:

«En adelante caminaré más despacio.» Esa noche le había enviado a Alex con una preciosa piña, sólo para ella.

—Jess, ¿te sientes bien? —preguntó Alex.

Ella levantó la vista, con una sonrisa.

—Quizá resultes ser un Montgomery, después de todo.

—¿Quizá? —Los ojos de Alex se ensancharon.

—Ya comprendo: comparado con mis ilustres hermanos.

—Bueno... —balbuceó ella, notando que había logrado enfadarlo otra vez—. Aceptaré el vestido y las naranjas. Te doy las gracias.

—¿Regresamos? —sugirió él, altivo.

No había sido intención de Jessica ofenderlo. Como compensación, lo tomó del brazo durante el trayecto. Él volvió a sonreírle y puso una mano sobre la suya por un instante.

—No te preocupes, Alex. Ya encontrarás novia, te lo aseguro. Hablaré con Eleanor y ambas buscaremos por ahí. Estoy segura de que, con el espacio de muelle de tu padre y esa hermosa mansión, hallaremos a una joven bonita a la que no le importen la panza ni la calvicie. Quizá tengamos que buscar por el sur, porque entre las mujeres que conocen a tus hermanos no habrá posibilidades. Pero no te preocupes.

Le sonrió en la oscuridad, pero él mantenía la cara desviada. No volvió a decir una palabra hasta que llegaron a la casa. Entonces entregó a Jess el arcón de madera y, con una cortesía que a la muchacha le pareció bastante gélida, se despidió de ella.

Al día siguiente Eleanor insistió en que Jessica debía permanecer nuevamente en su casa. Aún se mencionaba mucho al Corsario, pues la gente se preguntaba quién podía ser. El nombre de Jessica se le asociaba con frecuencia. Eleanor omitió decir a su hermana que se citaba siempre acompañado de risas. La bonita muchacha se había convertido en fuente de diversión.

Al caer la noche Jessica estaba ya desesperada por salir. No dejaba de pensar que se pudriría el fondo de su barco o que los soldados ingleses recibirían órdenes de incautarlo. Eleanor decía que eso habría sido demasiado elogioso para la embarcación, por la que sólo las ratas tenían interés.

Jessica salió de la casa para vaciar una artesa de agua sucia y, por un momento, se detuvo en el límite del bosque, respirando el aire fresco de la noche.

De pronto un brazo le rodeó la cintura y una mano le cubrió la boca.

—No te muevas. No hagas ruido.

Habría conocido ese acento en cualquier parte. Sacudió la cabeza y trató de liberarse de aquella mano.

—Si no gritas te soltaré. Pero si dices una palabra puedes atraer hacia nosotros a los ingleses.

Jessica asintió de mala gana a esa extorsión, pues aquella manaza estaba dejándola sin aliento.

Cuando él retiró la mano, Jess aspiró hondo. Con un solo movimiento, él la hizo girar hasta ponerla de espaldas contra un árbol. Una de sus piernas la rodeaba con firmeza; un brazo le sujetaba la cabeza y la cabellera contra el árbol, dejando a la otra mano en libertad de vagar.

—¿Qué quiere usted? —jadeó ella, contemplando los ojos tras la máscara— ¿A qué ha venido? ¿Qué han hecho ahora los ingleses?

—Sólo he venido para verte —dijo el Corsario, moviendo el cuerpo hasta ponerlo en contacto con el de ella. Su mano libre se le posó en la cintura, acariciando las costillas—. Te vigilo, Jessie. Te veo. Pienso en ti.

—Yo no pienso en ti —aseguró ella, tratando inútilmente de desasirse.

El Corsario se inclinó para besarla en el cuello, debajo de la oreja.

—¿Nunca piensas en mí? ¿No recuerdas el rato que pasamos entre las matas de zarzamora?

—No —mintió ella, mientras se sentía hundir en el árbol y aquellos labios cálidos le recorrían todo el cuello.

Los dedos largos y sensibles viajaron desde el mentón hacia abajo, penetrando bajo la chalina que cubría el escote cuadrado del vestido.

—Veo que has reemplazado la ropa que te desgarré —observó él, acariciando con delicadeza la piel redondeada y blanda del seno.

—Sí —respondió Jess, con voz ronca, mientras él comenzaba a masajearle la nuca.

—¿Quién te lo dio?

—Alexander. —Sus labios se deslizaban hacia abajo.

El Corsario levantó la cabeza para mirarla.

—Os vi juntos en la oscuridad. ¿Qué es ese hombre para ti?

—Un amigo.

—Échame los brazos al cuello, Jessica —pidió él, en voz baja.

Jess estaba demasiado débil como para desobedecer. Levantó los brazos y se los echó al cuello, mientras él la estrechaba contra sí, sin necesidad de seguir inmovilizándola contra el árbol. Ella sintió el contacto de su cuerpo, duro y caliente. Comenzaba a agitarse.

—Eres mía, Jessica —susurró el Corsario—. Eres mía.

Ella sintió que la seda de la máscara le acariciaba la piel, justo por encima de los labios. Quería que él la besara, quería sus labios en los de ella, pero él le negaba el contacto.

—Yo no pertenezco a ningún hombre —logró decir.

El Corsario la sujetó otra vez por la cabellera y le echó la cabeza hacia atrás para besarla.

Jessica respondió, pese a sus buenas intenciones. Ese hombre no tenía derecho a tocarla ni a decir que ella le pertenecía, pero en el momento en que sus labios la besaron dejó de pensar en lo que estaba bien y lo que estaba mal. Lo abrazó con fuerza y se estrechó contra él, deseando una proximidad cada vez más íntima.

—Jessie —susurró él, apretándole la cara contra su hombro hasta dejarla casi sin respiración—, no soporto verte con otros.

—¿Quién eres? —susurró ella—. Dímelo. Yo guardaré tu secreto.

—No, querida mía. No arriesgaré tu vida.

—No puedes seguir apareciendo en mi vida para ponerme en ridículo, para apretarme contra los árboles y manosearme en los zarzales, esperando que yo... que yo... No sé qué esperas de mí. No sé quién eres ni quiero saberlo. Sólo quiero que te vayas y no regreses más. Los ingleses te van a atrapar y te ahorcarán de inmediato.

—¿Te importaría eso?

Las manos de Jessica se pusieron tensas. Su mejilla, apretada contra la camisa de seda, sentía el palpitar del corazón masculino.

—¿Por qué? —mintió—. Ni siquiera sé quién eres. Elige a otra mujer como objeto de tus atenciones.

Él le levantó la cara con un dedo bajo el mentón.

—¿Lo dices de verdad? He venido esta noche sólo para verte. Sé que estás escondida por haberme ayudado y quería darte las gracias.

—Me humillaste ante todo el mundo. Me hiciste el hazmerreír de la ciudad.

Aquella boca finamente cincelada se estiró en una sonrisa lenta, secreta, sabedora.

—¿Consideras que un beso es una humillación? —Le tocó los labios con los suyos por un momento fugaz, dulce—. ¿No es una recompensa? —Sus dientes le mordisquearon el labio inferior, juguetones; la punta de su lengua lo recorrió a lo largo—. Aquel día no pude resistir la tentación de besarte, pese al peligro. Si no hubiera perdido tiempo en besarte no habría necesitado de tu ayuda.

—En ese caso, te portaste como un tonto. Arriesgarse a la horca sólo para besar a una muchacha...

Él la besó cuatro veces. De algún modo, aquello resultó más íntimo que un solo beso largo.

—Depende de quién sea la muchacha.

De pronto oyeron que Eleanor la llamaba:

—¡Jessica!

Jess, involuntariamente, se abrazó al Corsario. Como estaba mirando hacia la casa no le vio sonreír.

—Debes irte.

Él le rodeó la cara con las manos.

—Prométeme que te mantendrás al margen de cuanto yo haga. No soportaría que volvieran a arrestarte. No arriesgues por mí tu lindo cuello. Si me ahorcan, prefiero morir solo.

Las manos de la muchacha le tocaron el cuello. Ella percibió su cautela y comprendió que él estaba alerta, por si intentaba quitarle la máscara. Pero se conformó con tocarle el cuello, tan caliente y lleno de vida. La idea de que le echaran un nudo corredizo se le antojó insoportable.

—¡Jessica! —llamó Eleanor otra vez, ya más cerca.

—Vete —susurró Jess—. Vete antes de que alguien te vea.

Él volvió a sonreír y a besarla brevemente. Un momento después se había ido. Durante algunos instantes, la muchacha permaneció inmóvil, echando de menos su calor. La mente le decía que debía alegrarse de su ausencia, pero el cuerpo le pedía más de él. Se acomodó la chalina y estaba tratando de arreglarse el pelo cuando apareció su hermana.

—¿Dónde estabas? —preguntó Eleanor.

—Aquí —respondió ella, soñadora—. No muy lejos.

Durante el resto de aquella noche, Jessica sólo estuvo a medias con su familia ¿Cómo era posible que un hombre al que apenas conocía representara tanto para ella? ¿Cómo podía ella representar algo para él? Sin embargo, el Corsario parecía interesarse por su suerte.

Claro que a ella no le importaba nada de él. Sólo porque fuera más valiente que cien hombres juntos, sólo porque arriesgara la vida por ayudar a otros, porque la besara hasta dejarla sin aliento y la prefiriera a las otras mujeres de Warbrooke... No, todo eso no era motivo para pensar en él.

—Jessica —advirtió Eleanor, severa—, si no vas a comer esos nabos, dáselos a alguien.

—Sí —murmuró ella—, estoy comiendo.

Pero no comía. Nathaniel pasó el plato de su hermana mayor a Molly y a Sara, sin que ella se diera cuenta siquiera.

# 7

—Usted ha de venir conmigo —dijo el joven soldado inglés, mirando directamente a Jessica.

—Ella no ha hecho nada —protestó Eleanor, con tres pequeños aferrados a sus faldas—. Fue una inocente espectadora de las batallas.

—Eso lo decidirá John Pitman, el representante de Su Majestad.

—Está bien, Eleanor —dijo Jessica, decidida a no mostrar el menor estremecimiento en la voz.

Bastaba con que Pitman la acusara; eso equivalía a la condena. Miró a su familia para darle ánimos y siguió a los cuatro soldados enviados a buscarla.

Nathaniel echó a andar a su lado.

—Yo te protegeré, Jess —prometió.

Sus ojos de niño parecían de anciano. Ella le sonrió débilmente y mantuvo la cabeza erguida.

Los soldados la condujeron a la extensa casa de los Montgomery, no por la puerta que llevaba al salón, sino por una puerta lateral que ella no conocía. Por allí se iba al despacho que durante años había pertenecido a los hombres de la familia, donde ella había visto muchas veces a Adam, sentado junto a su padre, aprendiendo tranquilamente a administrar las propiedades de los Montgomery.

John Pitman ocupaba el escritorio que había servido a tantas generaciones del mismo apellido. Uno de los soldados empujó a Jessica por el hombro, obligándola a sentarse pesadamente en la silla situada ante el funcionario.

—Señorita Jessica —comenzó Pitman, después de despedir a los soldados con un gesto para quedar a solas con ella—, se me ha dicho que usted conoce a este delincuente que se hace llamar Corsario.

—Nada sé de él: ni quién es, ni dónde vive... Nada.

—Sin embargo él la ha besado.

Jessica se movió en la silla, incómoda. Recordaba con demasiada claridad la noche en que había tropezado con Pitman en el bosque. Él le había dicho que no dormía con su esposa y había tratado de besarla.

—Son muchos los hombres que tratan de besarme —dijo, mirándolo a los ojos—, pero no porque yo los provoque.

Él entornó los ojos, demostrando que captaba la insinuación, pero de inmediato clavó la vista en la pechera del vestido.

Jessica notó de pronto que ese hombre nunca le había prestado la menor atención hasta el momento en que el Corsario había reparado en ella.

—No sé nada del Corsario —reafirmó, esa vez con mayor firmeza.

Pitman se levantó para dar la vuelta al escritorio y detenerse junto a ella.

—No sé si creerla o no. Usted lo salvó la última vez.

—Sólo arrojé una cuerda a George Greene. ¿Cómo podía saber que sus soldados ingleses eran tan torpes?

—Sí, eso es lo que preferí creer.

Jessica se preguntó si Alex habría sobornado a su cuñado para ponerla en libertad. Pitman se acercó un poco más y le apoyó una mano en el hombro.

—Hasta hace poco no me había dado cuenta de lo bonita que es usted, señorita Jessica.

—¿Hizo falta que el Corsario se lo señalara, señor?

Él apartó la mano.

—Usted tiene una lengua demasiado larga. Si continúa ayudando a ese bandido...

—¿Qué hará usted? ¿Castigarme porque no puede atraparlo a él?

Pitman aspiró aliento con brusquedad y Jessica se arrepintió de haber hablado. En el momento en que el funcionario abría la boca para contestar, la puerta se abrió bruscamente.

—¿Qué significa esto? —acusó Alexander, estrellando la puerta contra la pared. Los pesados rizos de su peluca volaban detrás de él—. Me han dicho que estás arrestando mujeres.

Pitman volvió a instalarse detrás del escritorio, con cara de aburrido.

—No las he arrestado. Simplemente las he hecho venir para interrogarlas.

—Pues no voy a tolerar eso —dijo Alex, con voz más aguda—. Quiero que lo comprendas bien: no voy a tolerarlo. Vamos, Jessica.

Y le tendió la mano como si ella fuera una criatura.

Jessica la aceptó, sin volver la vista hacia el funcionario, y siguió a su amigo fuera de la habitación.

—¿A quién más detuvo?

Alex, sin responder, la llevó a empujones por los pasillos de la casa.

—¿Adónde vamos, Alex? ¿A quién más interrogó este hombre?

Por fin él abrió una puerta, la hizo entrar de un empellón y cerró, dejando escapar un gran suspiro de alivio.

—Alex —dijo ella, otra vez.

Se trataba de una habitación grande, cuyos muebles estaban cubiertos de muselina para protegerlos del polvo.

El joven se sentó en una silla, despidiendo una nube de polvo de su peluca. Levantó una funda a sus espaldas, abrió un cajón y sacó de él un abanico bordado que hacía juego a la perfección con su chaleco de satén verde.

—Bien, Jessica, cuéntamelo todo.

—No hay mucho que contar. Él quería saber si yo sabía algo sobre el Corsario.

—Y no sabes nada, por supuesto.

«Sólo de sus besos», pensó ella.

—¿Sabes algo? —insistió Alex.

—Nada que pudiera ayudar a Pitman a ejecutarlo. En realidad, debería ir ya camino de mi casa, para tranquilizar a mi hermana.

—Eleanor ya está al tanto. Le envié a Nate con noticias. Dime qué sabes del Corsario. Y siéntate, en vez de dar tantas vueltas.

Jessica quitó una funda y se instaló en una silla pequeña, tapizada de rosa.

—No sé quién es ni cómo establecer contacto con él. No sé absolutamente nada.

«Sólo cómo desliza sus manos por mi cuerpo», pensó, pero era algo que no diría a Alex ni a nadie.

—¿Has vuelto a verlo? —preguntó él, con suavidad. Sus ojos cobraron súbita intensidad.

—Yo... ¿Me estás interrogando tú también?

—Como te he dicho, me siento responsable de ti. No quiero que ese Corsario te ande rondando. No confío en él. Es demasiado jactancioso.

—Nada de eso —le espetó ella—. Al menos trata de hacer algo; el resto de la ciudad ha permanecido cruzado de brazos mientras a Josiah le robaban el barco.

—¿No decías que ese Corsario era un cobarde? ¿Que tenía miedo de dar la cara sin máscara?

—Si protestara abiertamente lo matarían. —Pero Jessica prefería cambiar de tema—. Ese retrato, ¿es de tu madre?

Alex quería hacer más preguntas, pero se abanicó por un rato más. Por fin se puso de pie.

—Éste era el cuarto de mi madre. Quiero mostrarte algo.

Se acercó a un gran arcón pintado, instalado contra una pared, y lo abrió. Estaba lleno de vestidos cuidadosamente doblados.

—Eran de mi madre y aquí están, pudriéndose sin que nadie les saque provecho. Se me ocurrió que a ti y a Eleanor podrían haceros falta.

Ella se apartó por instinto.

—¡Limosnas a los Taggert! Sólo porque te acepté un vestido crees que te aceptaré todo esto. No quiero tu compasión, Alexander Montgomery. Tú siempre has pensado que éramos pura escoria.

—No, Jess, nunca fue mi intención...

—¿Qué pasa aquí?

Ambos se volvieron. Mariana Montgomery Pitman estaba de pie en el vano de la puerta, y constituía un espectáculo formidable. La estructura alta y fornida que tan bien lucía en los hombres dejaba mucho que desear en una mujer. Mariana medía un metro ochenta; era ancha de hombros y de pecho, pero de caderas estrechas; cualquier mozo le habría envidiado el físico. A esa corpulencia se añadía una personalidad que parecía mezcla de tifón y recién nacido. Nunca se sabía cuándo iba a mostrarse autoritaria o cuándo se le refugiaría a uno en el regazo.

—Te he hecho una pregunta, Alexander.

Al parecer, ese día estaba violenta y Alex se acobardó. Jess dio un paso adelante.

—Su... su esposo me hizo traer para interrogarme y Alexander tuvo la amabilidad de conducirme hasta este cuarto para mostrarme las encantadoras cosas de su madre. Ya nos íbamos.

—Ah... —Mariana tomó asiento pesadamente, con el ánimo por el suelo—. Mi esposo. ¡Qué desastre he cometido! Cuando me casé con él no lo conocía. No quiero que nadie se perjudique por culpa mía. Mandé llamar a Adam y a Kit, pero creo que no han recibido mis cartas. De lo contrario habrían venido.

Jess le dio unas palmaditas en el hombro. Mariana la hacía sentir muy menuda y trivial.

—Vendrán en cuanto puedan. Mientras tanto, aquí está el Corsario.

—Sí —reconoció Mariana—. Ha sido de gran ayuda, pero John quiere matarlo.

—Mariana —pidió Jessica—, si usted se entera de algo que el Corsario deba saber, dígamelo, por favor. Tal vez pueda ponerme en contacto con él. Quizá me sea posible...

Alex, que estaba casi en el olvido, la tomó por el codo y la sacó de allí casi a rastras.

—Eso haré —prometió Mariana, desde dentro—. Te diré lo que averigüe, Jess.

—¡Qué tontería tan grande! —protestó Alex, cuando estuvieron fuera de la casa—. Ella está casada con Pitman, ¿no te das cuenta? ¿Y si le contara lo que has dicho? ¿Y si Pitman pensara que puedes ponerte en comunicación con el Corsario? A propósito, ¿puedes hacerlo? ¿Por qué no me lo habías dicho?

—Me estás lastimando el brazo, Alex. Aprietas bastante, a pesar de tener los músculos debilitados. —Jess se frotó el brazo dolorido—. Creo que Mariana odia a Pitman más que nadie. Y no estoy segura de poder comunicarme con el Corsario, pero podría... podría volver a verlo. ¿Por qué no caminamos hasta el arroyo, Alex? Tengo sed.

Él volvió a tomarla del brazo, pero de modo más suave.

—¿Cuándo viste otra vez al Corsario?

—Anoche. No sé por qué te cuento esto.

—¿Qué deseaba?

—Fue sólo una visita de cortesía.

—¿De cortesía? —exclamó Alex, deteniéndose junto al arroyo.

Jess ahuecó las manos y recogió agua para beber. Después se quitó los zapatos y hundió los pies en el agua fresca.

—De cortesía, sí. ¿No tienes calor con tanta ropa, Alex? Aquí no hay nadie; podrías quitarte esa peluca. A mí no me molestan las calvas.

—Pero preferirías ver la melena negra del Corsario, ¿verdad?

Ella se había levantado las faldas hasta la rodilla.

—¿Qué te pasa hoy? ¿Volvieron a rechazarte alguna propuesta matrimonial? Primero me tratas con lástima. Después me gritas.

—Bájate las faldas. Aunque no lo creas, soy hombre.

—Ah... —Jessica sonrió, alisándose los pliegues de la ropa—. Demasiado tiempo en el mar, ¿eh? Será mejor que te casemos. ¿Hiciste la prueba con Sally Bledman? Vive a unos quince kilómetros hacia el sur de...

—Ya sé dónde vive Sally Bledman. Si has terminado, te llevaré a tu casa. No te creo capaz de mantenerte lejos de los problemas cuando te dejo sola.

Ella se puso de pie y echó a andar a su lado, divertida por ese ataque de irritación gatuna. Cuando llegaron a la carretera vieron a Ethan Ledbetter que se aproximaba, con un saco de veinticinco kilos de cereal colgando de cada hombro. El corazón de la muchacha empezó a palpitar más de prisa. ¿Sería ese hombre el Corsario? ¿Era él quien la abrazaba por las noches?

—Espera —pidió a Alex, mientras se alisaba el pelo y acomodaba su chalina. Era la misma que le gustaba quitarle al Corsario, y al recordarlo le temblaron las manos.

—Buenos días —saludó, cuando Ethan se cruzó con ellos. El muchacho aminoró la marcha y le sonrió, obviamente atónito ante esa desacostumbrada atención. Estuvo a punto de dejar caer uno de sus sacos.

—Buenos días, señorita Jessica.

Caminó hacia atrás por un trecho, hasta que tropezó con una piedra y se tambaleó. Entonces se detuvo a mirarla hasta que ellos se perdieron de vista.

Alex volvió a apretarle el codo.

—¡Qué conducta tan deplorable! Habría que encerrarte en alguna parte.

—¿Quién te ha pedido que hagas de padre? —le dijo ella.

—¿De padre? ¡De padre! —El joven la empujó con tanta fuerza que ella estuvo en un tris de perder el equilibrio—. ¡Puedes seguir sola hasta tu casa! Y si te metes en problemas, ¡que te salve tu Corsario!

—Ojalá —exclamó ella, siguiendo con la vista su andar bamboleante en dirección opuesta—. Ojalá.

—¡Jessica! —dijo Eleanor, por cuarta vez—. ¿Me estás escuchando siquiera un poquito?

—Está escuchando aparentemente —dijo Nathaniel.

Eso sacó a Jessica de su letargo. Giró la cabeza para clavar en su hermano una mirada punzante, pero él no le prestó atención.

—¿Qué significa esto, Jessica? Hace dos días que actúas de manera extraña, como si tuvieras la mente en otra parte.

—Sólo trato de terminar con esos libros contables y de no caer en dificultades. ¿No se supone que eso es lo que debo hacer?

Y fulminó con la mirada a Nathaniel, que la miraba con cara de adulto, como si le adivinara los pensamientos.

Llevaba dos días sin abandonar la pequeña ensenada en donde se levantaba la casa de los Taggert, pero su enclaustramiento era voluntario. Desde el día en que Pitman la había interrogado sentía la proximidad del Corsario. A veces, por las noches, tendida en su cama, tenía la seguridad de que él estaba cerca. Hasta había oído algún discreto silbido fuera de la casa. Sabía que se trataba de él, pero se negaba a acudir a su llamado.

Según le había dicho Eleanor, el interés por el Corsario empezaba a disminuir. La opinión general era que Pitman lo había asustado y que el Corsario había vuelto al sitio de donde había surgido. La gente comenzaba a pensar que era marinero y que su barco había zarpado.

Jessica no respondía a esos comentarios; sabía demasiado bien que el Corsario aún estaba en Warbrooke. Como quería negar la atracción que él ejercía sobre ella, hacía oídos sordos a sus llamadas e ignoraba su presencia en el bosque que se levantaba detrás de su casa. Nunca salía de la vivienda sin hacerse acompañar por uno de los niños, por lo menos, con la esperanza de que el hombre no se atreviera a presentarse ante ellos. ¿Cómo demonios sabía Nathaniel que el Corsario la esperaba fuera? Jessica había desistido hacía mucho tiempo de adivinar cómo funcionaba la mente de su hermanito.

—Jess, ¿quieres ir a tirar esta agua sucia? —pidió Eleanor—. Te hará bien tomar un poco de aire.

Jessica miró por la ventana del sur y vio el cielo oscuro, estrellado.

—No, gracias. Que la tire uno de los niños.

—Necesito ir al cuarto de aseo y la oscuridad me da miedo —dijo Sarah.

—Acompáñala, Jess. —La mayor clavó en su hermana una mirada amenazante—. ¿Qué te pasa, dime?

—Nada. Yo te acompañaré, Sarah. —Pero Jess parecía decirlo de mala gana—. ¿Alguien más quiere ir?

Los otros niños estaban más interesados en lo que Nate dibujaba con las cenizas del hogar, de modo que Jess tomó a la niña de la mano y la llevó hasta el cuarto de aseo. Sarah pareció demorarse una eternidad. Jessica miraba a su alrededor, nerviosa, pero no había señales del enmascarado.

Cuando ambas iniciaron el regreso a la casa, el corazón de la muchacha comenzaba a aligerarse. Naturalmente, si volvía a ver al Corsario se limitaría a decirle que se retirara. No tenía por qué soportar sus manoseos. Si volvía a presentarse, ella se mostraría fuerte y decidida y le ordenaría que se apartara de ella.

Cuando llegó a la casa su paso era casi alegre. Hizo entrar a la niña e iba a seguirla, pero en el momento en que posaba la mano en el pomo de la puerta, algo... no, alguien la sujetó. Y no cabía duda sobre quién era ese alguien.

—Cierra, Jessica. Estás haciendo que se enfríe la casa —protestó Eleanor.

Jess trató de liberar su mano, pero él se la sujetó con firmeza y... oh, cielos... empezó a besarle la palma y la cara interior de la muñeca.

—¡Jessica! ¿Qué te pasa? —En la voz de Eleanor había exasperación.

El Corsario le estaba mordisqueando la punta de los dedos.

—Es que... Mira... Iré a tirar esta agua sucia. ¿Me la acercas?

Eleanor tenía el regazo lleno de ropa para zurcir. Levantó hacia su hermana una cara curiosa.

De pronto, Nathaniel se levantó de un salto y corrió para entregar a Jessica la jofaina con el agua de la cocina. Cuando trató de mirar al otro lado de la puerta, Jess logró obstaculizarle la visión.

Un momento después el Corsario la apartaba de la puerta, cerraba y la estrechaba contra sí, todo en un solo movimiento. La jofaina cayó al suelo. Él la besó como si estuviera hambriento, como si su vida misma dependiera de ese beso.

Pese a sus buenas intenciones, Jessica respondió a la par.

—Vete —dijo, sofocada, cuando él le permitió hablar.

El Corsario le puso un dedo en los labios para hacerla callar y señaló la casa con la cabeza. Luego la tomó de la mano y echó a correr hacia el bosque, colina arriba. Cuando se detuvo, Jessica estaba sin aliento, pero él no perdió tiempo en besarle el cuello y los hombros, apartándole el vestido hacia un costado.

—Te echaba de menos, Jessie —susurró—. Te he llamado noche tras noche sin que acudieras. ¿Por qué?

Ella trató de desasirse, pero no tenía fuerzas suficientes.

—No quiero verte. Ojalá no te hubiera conocido. En la ciudad todos creen que te has ido. ¿Por qué no lo haces? Ya ayudaste a Josiah. Ahora vete.

—¿Quieres que me vaya? ¿De veras quieres que me vaya?

—Sí, de veras. Me estás arruinando la vida. Primero me arrojas al agua sucia; después me besas; me detienen por tu culpa, me arrestan, me interrogan. Oh, Ethan, por favor, vete.

Él dejó de besarla.

—¿Ethan?

—No era eso lo que quería decir, no —susurró ella—. No me digas si estoy equivocada o no. No quiero saber quién eres. No sé por qué me has elegido. —Levantó la cara para mirarlo a los ojos—. ¿O no? ¿A cuántas otras mujeres visitas en secreto, arrancándolas de sus casas durante la noche? ¿Silbándoles cuando tratan de dormir?

—Conque me oías. En cuanto a otras mujeres, no tengo tiempo para cortejar a ninguna más. Cualquier hombre tiene más que suficiente contigo. Claro que tú no eres tan leal. Te gusta Ethan Ledbetter, pasas la mitad de tu vida con Alexander Montgomery y hasta alientas al viejo Clymer.

—¿Qué derecho tienes a hablarme de otros? Abigail Wentworth dice que trepaste a la ventana de su alcoba.

—¿Quién te dijo eso?

—¡Ajá! ¡Lo admites!

Él la estrechó contra sí, pero Jessica se negó a mirarlo y mantuvo las manos apretadas contra los muslos.

—Esa muchacha miente, Jessie. Me acecha detrás de los árboles y se me aparece cuando menos la espero. Se jacta sin motivos. Puedo asegurarte que si no fuera por ella, en esta ciudad se hablaría mucho menos de mí. Hace que mi vida esté siempre en peligro.

Jess se ablandó. Cuando él le besó la cabellera y la abrazó con fuerza, ella le rodeó la cintura con los brazos.

—Vete de Warbrooke, por favor. Pitman y sus soldados te atraparán tarde o temprano. Tu única posibilidad de escapar es abandonar la ciudad ahora mismo.

—No puedo. Hay mucho que hacer.

—¿No pensarás hacer otra incursión? —protestó ella, estrechándolo—. ¡No puedes!

—Ah, Jessica... Para mí es muy importante saber que no quieres que me detengan. ¿Te haría sufrir que me ahorcaran?

—¿Por qué? —negó ella, furiosa—. ¿Qué eres tú para mí? No sé quién eres. Nunca hemos mantenido una conversación. No has hecho sino...

Él le levantó la cara con un dedo bajo el mentón.

—No he hecho sino amarte. Ningún otro ha podido penetrar bajo el caparazón de la señorita Jessica. Otros piensan que no necesitas de nadie, pero yo sé que no es así. Necesitas a un hombre tan fuerte como tú misma.

—Te odio —murmuró ella, sepultando la cara en su hombro cubierto de seda negra.

—Sí, ya lo veo. Ahora dame un beso, pues tengo que irme.

Ella lo besó largamente.

—Mañana no te muevas de tu casa o vete a pescar. Espero verte mañana por la noche.

—¿Qué quiere decir eso?

—Chist —susurró él, acallándola con un beso suave—. Eleanor saldrá en cualquier momento.

La besó por última vez y se apartó, reteniéndole las manos. En el último instante le besó las palmas y desapareció.

Jess permaneció inmóvil bajo los árboles, frotándose los brazos para quitarse el frío de la noche. Por fin entró.

Eleanor no le dijo una palabra, pero echó un vistazo significativo a su aspecto desaliñado. Jessica no ofreció ninguna explicación.

Esa noche, mientras arropaba a los niños, se inclinó hacia Nathaniel.

—¿Qué están haciendo los ingleses que pudiera interesar al Corsario?

—Pólvora —respondió Nate, de inmediato, sin demostrar la menor sorpresa ante aquella pregunta—. Mañana llegarán dos carretas cargadas de pólvora desde Nueva Sussex.

Jessica hizo una señal de asentimiento y abandonó la habitación. El Corsario tenía intenciones de quitar esa pólvora a los ingleses. ¿Qué pensaría hacer con ella? Comprendió de inmediato que deseaba destruirla para que los ingleses no pudieran usarla contra los colonos. Pero bastaba un solo error para que él volara junto con la pólvora.

Tardó largo rato en conciliar el sueño.

# 8

A la mañana siguiente, a las cinco en punto, las hermanas partieron hacia la casa de los Montgomery. Para Jessica fue un alivio que Eleanor no hiciera ninguna pregunta; ella murmuró algo sobre que necesitaba hablar con Mariana, pero la otra parecía preferir no estar enterada de lo que su hermana hiciera.

Jessica esperó a que Eleanor hubiera asignado una tarea a cada uno de los niños. Después desapareció en los pasillos de la casa.

—¡Jessica! —la llamó Sayer Montgomery.

Contra su voluntad, la muchacha entró en la habitación. Sayer no perdió tiempo.

—Me dijo Nathaniel que te traes algo entre manos; el niño está convencido de que te encuentras por la noche con el Corsario.

Jessica juró silenciosamente que mataría a su hermanito en cuanto lo viera.

—Admito que tu carácter es muy bueno para el cutis, pero te agradecería que te acercaras a decirme qué está pasando. Y cierra esa puerta.

Jessica, obediente, hizo lo que se le indicaba y, en pocas frases, contó cuanto sabía, pasando por alto los comentarios del anciano sobre las visitas nocturnas del enmascarado.

—Conque, en tu opinión —dijo Sayer—, el Corsario tratará de quitar a los ingleses esa pólvora. —Y agregó, sin esperar a que Jess respondiera—: Hasta la noche no pasará nada. Quiero que hoy vayas a pescar. Pasa todo el día afuera y vuelve al atardecer. Por entonces habré averiguado algo. Ahora vete. Y esta noche tráeme pescado fresco.

Jessica lo dejó solo y decidió cumplir sus indicaciones, pero no le resultó fácil. Durante todo el día le costó concentrarse en su trabajo. Tiró y recogió las redes hasta que le dolieron los brazos, sin que le importara retirarlas vacías. Al atardecer estaba dispuesta a regresar al puerto.

Allí la esperaba Mariana Pitman.

Jessica arrojó una soga a uno de los peones del muelle, mientras Mariana abordaba el pesquero.

—Necesito hablar contigo.

En cuanto el barco estuvo amarrado, Jess siguió a Mariana a la cabina.

—¿Cómo soportas este lugar, Jessica? Necesita una buena limpieza.

—Yo nunca tuve un padre rico que me alimentara —respondió la muchacha, muy digna—. ¿En qué puedo ayudarla, Mariana?

—No sabía a quién acudir. —Mariana miró a Jess con los ojos muy abiertos y tomó asiento. Al parecer, ese día le tocaba mostrarse aniñada—. Eres la única persona con quien el Corsario mantiene contacto, descontando a Abigail por supuesto. Por eso he venido.

—Continúe —la alentó Jess.

—Por casualidad descubrí algo durante la tarde. Mi esposo no tiene idea de que estoy enterada. Verás: lo de la pólvora es una trampa.

—¿Una trampa?

—Sí, como las de los cazadores. ¿No te pareció extraño que en toda la ciudad se conociera lo de la llegada de esa pólvora?

—No. Hace algunos días que no voy a la ciudad.

—Bueno, pero todos lo sabían, y eso es porque mi... —tragó saliva—. Mi esposo quería que se supiera. Piensa poner la pólvora en un cobertizo, con dos soldados de guardia, y alejarse. Pero en realidad no hay sólo pólvora en el cobertizo, sino que en cajas escondidas entre los matorrales que rodean ese depósito, también habrá soldados escondidos. Cuando esos soldados vean al Corsario prenderán fuego a la pólvora.

Jessica se sentó.

—Y el Corsario quedará atrapado en medio de un círculo de explosiones.

—Sí —confirmó Mariana—, eso me temo.

—¿De cuánto tiempo disponemos?

—Eso depende de cuándo ataque el Corsario, pero ahora mismo están descargando la pólvora.

—Ahora mismo —repitió Jess—. Ahora mismo.

En cualquier momento, entre ese instante y la mañana siguiente, el Corsario podría volar en pedazos.

—Mariana, ¿hay alguna capa negra entre las ropas de tu madre? ¿Alguna prenda oscura con capucha?

—Sí.

—¿Podrías prestármela?

—Por supuesto. ¿Cómo harás llegar el mensaje al Corsario?

—No creo que me sea posible. Sólo puedo tratar de estar allí esta noche para advertírselo.

Mariana la miró arqueando una ceja.

—No cometas la tontería que yo cometí. Me enamoré de un hombre por sus dulces palabras y él sólo quería el dinero de mi padre.

—¡Dudo que el Corsario ambicione este bote pesquero! Vamos a buscar ese manto. Ya trataré de elaborar un plan.

Jess esperaba, tendida en el suelo frío y húmedo. Llevaba horas en el mismo sitio, aguardando, observándolo todo. Por entonces ya tenía alguna idea de dónde estaba cada uno de los soldados británicos, ocultos entre los árboles y dispuestos a encender sus montones de pólvora en cuanto se diera la señal.

Pero no había rastros del Corsario. A medida que la noche se tornaba más oscura, Jess doblaba su atención. Pronto ocurriría algo. Le dolían los músculos por la inmovilidad de tantas horas y los ojos se le habían irritado de tanto mirar el cobertizo, en medio del círculo secreto.

Los dos soldados que montaban guardia en el depósito se echaron a reír. Uno de ellos se alejó un poco, como para orinar entre los arbustos. Pasaron varios minutos sin que el guardia regresara.

Jessica se puso tensa. Si algo iba a ocurrir, ése era el momento. Estaba segura de que el Corsario había inmovilizado al guardia. El segundo de los hombres fue en busca del primero, pero tampoco regresó. Pese a la atención con que escuchaba, Jessica no lograba percibir un solo ruido.

No apartó la vista del cobertizo. El Corsario aparecería allí. Pero no se veía nada, no se oía nada. En el momento en que comenzaba a temer haberse equivocado, algo se movió hacia la derecha y se oyó el reclamo de una paloma. Era una señal. El soldado estaba a punto de prender fuego al rastro de pólvora que llegaba hasta una de las cajas depositadas alrededor del cobertizo. Ella no había visto nada, pero alguien sí.

Sin conciencia de lo que hacía, se levantó de un salto y echó a correr en línea recta hacia el cobertizo. Tuvo el sentido común de no gritar: si salía con vida de eso, no quería que nadie reconociera su voz.

El Corsario salió de entre las sombras que rodeaban el depósito.

—Jessica —exclamó.

—Es una trampa. Estás rodeado de pólvora.

Él no perdió un segundo. La tomó de la mano y echó a correr. Alrededor de ambos se oía el sisear de la pólvora que ardía rumbo a los ocultos cajones de explosivos.

Cuando estaban casi en el límite del bosque, él la arrojó al suelo y se tendió sobre ella.

El estruendo de las explosiones fue ensordecedor. Borró todos los pensamientos de la muchacha, sepultada bajo la corpulencia del Corsario.

Aún le resonaban los estallidos en la cabeza cuando el enmascarado se levantó de un brinco, la tomó de la mano y la llevó a rastras al corazón del bosque. Ella lo seguía con dificultad, tropezando con raíces y piedras; por lo visto, él tenía mejor vista en la oscuridad.

Entre empujones, el Corsario la llevó hasta un barranco y la obligó a esconderse bajo las raíces de un árbol. La estrechó contra su pecho, donde su corazón palpitaba de forma audible.

Por encima ellos se oyó un ruido de pasos y varios gritos. El enmascarado la retenía contra sí.

Jessica sintió algo viscoso en las manos. Aunque no podía moverse para ver de qué se trataba, comprendió que era sangre.

—Estás herido —susurró.

Como respuesta él la besó con fuerza. Y en su beso había agradecimiento.

Los soldados habían pasado de largo.

—Tengo que llevarte a tu casa. Buscarán a una mujer. En cuanto llegues, ponte el camisón. Oh, Jess, por Dios, no deberías haber hecho esto. Pitman sospechará de ti. Vamos.

Sin darle tiempo a contestar, la condujo por la orilla de un arroyo. Iban a buen paso, caminando bajo las ramas, entre arbustos espinosos. Subieron una pendiente y volvieron a bajar. Por un rato caminaron por el agua, sin tratar de ir directamente hacia la casa de los Taggert.

—Saldrán con perros —explicó él, en un susurro.

Y no dijo más. Ella trataba de ver si estaba herido; la oscuridad se lo impidió.

Ante la casa de los Taggert se detuvieron el tiempo suficiente para que él le quitara el manto.

—Buscarán esto. Vete. —Ella se dio la vuelta, pero el Corsario la sujetó por un brazo—. Gracias, Jessica.

No la besó, como ella habría querido. Simplemente desapareció en la oscuridad.

Eleanor la estaba esperando.

—Jess, oh, Jess, ¿qué has hecho ahora? —preguntó al ver el aspecto desaliñado de su hermana.

—Te lo contaré mañana. Me acosté temprano y no me he levantado. No sabemos nada. Ayúdame a desvestirme.

—Tienes los brazos manchados de sangre. Jess, qué ha pasado.

—La sangre es de él. —Jessica tomó un paño para limpiarse, en tanto Eleanor le pasaba el camisón por la cabeza—. Se hirió tratando de protegerme.

En la puerta resonó un fuerte golpe.

—No he salido de casa —repitió Jess. Y agregó en voz alta, en dirección a la puerta—: ¡Un momento!

Cuando abrió, lo hizo bostezando y frotándose la cabeza. Los niños se habían acercado uno a uno.

—¿Quién es?

—Abrid en nombre del rey.

Jess abrió la puerta de par en par. Ocho soldados irrumpieron en el interior, seguidos por John Pitman.

—¿Dónde estuvo durante toda la noche? —preguntó el funcionario, clavando en Jessica una mirada fulminante.

—Durmiendo, hasta que se me despertó con tanta brusquedad —respondió la muchacha, con los ojos enrojecidos—. ¿Qué pasa?

—Revisad la casa —ordenó Pitman—. Traedme cualquier cosa sospechosa, especialmente un manto negro.

—Temo que mi guardarropa no incluye ningún manto negro —adujo la muchacha—. ¿Podría decirme usted a qué se debe todo esto?

—Esta noche se provocaron estallidos de pólvora para cercar al Corsario, pero una mujer lo ayudó a escapar.

—¿Y usted piensa que fui yo? ¿Después del trato que he recibido de ese hombre? Pues debería ser la última sospechosa.

—He aquí todas las ropas que hay en la casa, señor —anunció uno de los soldados, arrojando sobre la mesa un montón de prendas de niño y las de ambas muchachas.

Pitman miró a Eleanor y a los niños, que parecían desconcertados. Luego, a Jessica, que bostezaba en su silla, como si tanta conmoción la estuviera aburriendo muchísimo y no viera la hora de volver a la cama. Por fin pidió la bayoneta a un soldado y, con la vista clavada en Jessica, sonriente, cortó las ropas hasta reducirlas a jirones.

—¡Ella no se movió de casa! —chilló Nathaniel—. Yo tenía dolor de muelas y ella me acompañó.

Jessica abrazó a su hermanito, sujetándole las manos para impedir que atacara a Pitman.

—Daremos un ejemplo para todo el que se atreva a ayudar al Corsario —resolvió Pitman—. Llevadlos afuera.

Sacaron a empujones tanto a los niños como a las muchachas. Juntos, abrazados, escucharon los ruidos de destrucción que provenían de la casa. Los niños ocultaban la cara en los camisones de sus hermanas mayores. Sólo Jessica y Nate lo observaban todo a través de la puerta abierta, con la cara convertida en idénticas máscaras de furia y odio.

Por fin Pitman salió con los soldados y ordenó:

—Préndanle fuego.

—Sería tu última orden —dijo una voz, detrás de ellos.

Allí estaba Alexander Montgomery, a lomos de una mula gris con una silla de montar para mujer; llevaba una túnica a rayas azules y blancas sobre su camisa de dormir y una peluca torcida. Apuntaba con un par de pistolas para duelo a la cabeza de Pitman. De no ser por las armas habría presentado una imagen ridícula.

Nathaniel corrió hacia él y le sostuvo las riendas.

—Éste no es asunto tuyo, Montgomery, sino del rey —dijo Pitman—. Si tocas a un funcionario del rey, se te ahorcará.

—Dejar sin vivienda a mujeres y niños no tiene nada que ver con el rey. Si quieres apresar a tu Corsario, ¿por qué no lo persigues en vez de descargar tu cólera contra estas indefensas criaturas?

Pitman señaló a Jessica.

—Ésta sabe algo. El Corsario recibió ayuda de una mujer.

—Que probablemente esté aún con él, atendiendo su herida. Me enteré de que había sangre en las hojas. ¿Por qué no revisas las casas para ver quién falta de la suya?

El funcionario miró a Alexander con los ojos entornados.

—Esto no quedará así, Montgomery. Nos veremos mañana.

Alex no dejó de apuntarle con sus pistolas hasta que él y sus soldados hubieron abandonado la ensenada. Cuando se marcharon, Eleanor corrió hacia él.

—¡Oh, Alexander, estuviste maravilloso!

—Ayúdame a bajar de este inmundo animal ¿quieres?

—Sí, por supuesto. ¿Verdad que estuvo maravilloso, Jessica? —preguntó Eleanor, mientras ayudaba a Alex a maniobrar con su vientre para desmontar.

Se volvió hacia su hermana, pero Jessica estaba haciendo entrar a los niños en la casa. El joven, descartando el agradecimiento de Eleanor con un gesto, la siguió al interior de la casa. Aquello era una ruina, todo había sido destruido.

Jessica se detuvo junto al hogar para levantar los restos de una caja de música, recuerdo de su madre.

—Oh, Jess... —exclamó Eleanor, rodeándola con un brazo.

Sally se echó a llorar. Alex se adelantó un paso.

—Hay que sacar de aquí a los niños. Podéis quedaros en mi casa, por ahora.

—¡No! —dijo Jessica, casi a gritos, interrumpiendo el llanto de su hermanita—. Somos Taggert y en la casa de los Taggert nos quedaremos. Hasta ahora no hemos aceptado limosnas y no tenemos por qué comenzar ahora.

Alex la miró durante largo rato. Por fin dijo, suavemente:

—Está bien. Eleanor, trata de reparar las camas para que podáis pasar la noche. Cuando los niños estén acostados veremos qué podemos hacer.

Jessica, sin decir una palabra, levantó a Sam y lo abrazó hasta que también él se echó a llorar.

—Dámelo —dijo Alex, haciéndose cargo del bebé—. ¿Quién quiere escuchar un cuento de piratas?

Los niños, asustados y exhaustos, sólo pedían algo que diera al mundo la habitual apariencia de seguridad. Aceptaron encantados. Jessica, con aspecto aturdido, salió al exterior. Alex ordenó a Nathaniel:

—Quédate con ella. No dejes que se aleje mucho.

Nate asintió y siguió a su hermana.

Una hora después, Alex tenía a todos los niños acostados y dormidos; al menos, eso era de esperar. Jessica había vuelto y ayudaba a Eleanor a reparar los colchones, a fin de poder dormir durante el resto de la noche.

—Jessica —dijo Eleanor—, tendremos que aceptar ayuda de alguien. Mira cómo estamos. No tenemos más ropa que estos camisones.

—La zurciremos.

—No tenemos utensilios de cocina, ni mesa, ni sillas. Han tirado nuestra harina. No nos queda nada.

—Ya nos arreglaremos —dijo Jessica—. Remendaremos la ropa y usaremos los caparazones de las ostras como platos.

Alex entró en el cuarto.

—Eleanor —dijo en voz baja—, ¿por qué no te acuestas? Y tú, Jess, podrías dar un paseo conmigo.

Sin darle la oportunidad de negarse, la tomó del brazo y la condujo al exterior. En el cielo asomaba ya el alba. Se detuvo en la ensenada, al borde del agua.

—La que estaba con el Corsario eras tú, ¿verdad?

Alex se volvió para mirarla a los ojos y le dio una pequeña sacudida.

—¿Cómo pudiste cometer semejante estupidez? ¿Te das cuenta de que arriesgaste, no sólo tu propia vida, sino también la de tus hermanos? ¡Y todo para salvar a un hombre al que ni siquiera conoces!

Por las mejillas de Jessica empezaron a rodar lagrimones, lentos al principio. Ella sintió el gusto salobre en la boca, pero no los enjugó.

—Lo sé —dijo, en un susurro—. Los niños podrían haber resultado heridos.

—¿Piensas actuar siempre así, sin pensar sino cuando ya es tarde? Oh, por Dios, Jessica, podrían haberte matado.

—Lo siento —susurró ella, con un nudo en la garganta por las lágrimas contenidas—. No podía dejar que lo mataran. Mariana me dijo que era una trampa y yo tuve que advertirle. ¿Qué otra cosa podía hacer? Pero no fue mi intención perjudicar a los niños. No quería...

—Chist —dijo él, tomándole la mano.

—Él está herido. —Jessica se levantó las mangas del camisón para mostrarle la sangre seca. Sólo había tenido tiempo de limpiarse las manos cuando Pitman irrumpió en la casa—. Se tendió sobre mí cuando estalló la pólvora y salió herido. Quizás esté tumbado en alguna zanja, desangrándose. Los soldados de Pitman lo encontrarán y le darán muerte.

—Si Pitman revisa las casas, tu Corsario tendrá tiempo de escapar. No creo que esté desangrándose.

—¿Qué sabes tú? —le preguntó ella enfadada.

—Eso me gusta más. —Alex, sonriendo, sacó un pañuelo del bolsillo. Su voz había cambiado—. Ahora, Jess, debemos hablar de negocios. Quizá tú prefieras alimentarte de orgullo y vestirte con él, pero los niños necesitan otra cosa. En mi casa hay tres arcones de ropa que pertenecieron a mi madre; Dios sabe que Mariana no podría meter más que la pierna izquierda en cualquiera de esos vestidos. Es hora de que mi padre deje de guardar sus cosas como si fueran objetos de culto. Y en las buhardillas hay baúles enteros con ropas de niño. Se quedaron para nuestros hijos, pero no creo que Mariana los tenga; Adam y Kit están muy ocupados con sus hazañas como para formar una familia y a mí no me acepta ninguna mujer. De modo que bien puedes aprovecharlas tú. ¡No! ¡Ni una palabra de protesta! En cierto modo, esto ha sido culpa de una Montgomery y las atrocidades de Pitman serán corregidas, hasta donde se pueda, por otro Montgomery. Mañana buscaremos algunos muebles y provisiones. Ahora quiero que te acuestes a dormir todo lo que puedas.

Jessica logró sonreír entre lágrimas.

—Es cierto que estuviste maravilloso, Alex. Gracias por impedir que nos quemaran la casa. —Se puso de puntillas para besarlo en la mejilla—. Gracias —repitió, antes de entrar en la casa.

Trató de no mirar los escombros que la rodeaban, pero en el momento en que se volvía hacia el colchón en donde dormía Eleanor, oyó el llanto de uno de los niños.

Subió las escaleras hasta el desván. A primera vista, todos los niños parecían dormir... pero Nathaniel tenía los ojos cerrados con demasiada fuerza. Trataba de portarse como un hombre y dominar el llanto. Jess le frotó la nuca y lo meció; el niño lloró entonces hasta acabar con sus lágrimas. Generalmente actuaba con tanta madurez que uno se olvidaba de su corta edad.

—¿Nos van a quemar la casa?

—No sé —respondió Jess, francamente.

Por esa vez, Pitman se había visto frustrado, pero nadie podía asegurar qué haría el hombre cuando no estuviera allí Alex u otra persona para detenerlo.

—Tengo miedo, Jessie. El señor Pitman nos odia. ¿Por qué?

—No estoy segura. Creo que odia al Corsario y nos cree relacionados con él.

—Pero tú estás relacionada con él, Jessie. Te encuentras con él por la noche y lo salvaste de las explosiones, ¿verdad? Eres la única mujer capaz de caminar entre pólvora. El señor Pitman ha de saberlo.

—No sé si fue coraje o estupidez, pero alguien tenía que salvarlo cuando Mariana me dijo...

Nate se apartó de ella.

—¿Por qué no salvó ella al Corsario? Vino a buscarte porque tú eres valiente y ella no. El señor Alex también es valiente.

—Eso es cierto, sí. Ahora duérmete. Pronto será de día y tenemos muchísimo trabajo por delante.

Como el niño abrió la boca para replicar, ella le acarició el pelo.

—No tengo respuestas para tus preguntas. Tal vez algún día serás como yo y actuarás sin pensar. Pero de ahora en adelante pensaré primero en mi familia. ¿De acuerdo?

—Sí, Jess. Buenas noches.

—Buenas noches, Nate.

Cuando Alex llegó de la casa de los Taggert, Nick estaba despierto... como todos los ocupantes de la mansión.

—¿Qué has hecho ahora? —gruñó Nick—. Uno no puede dormir tranquilo sin que te dediques a asolar el país. Tu padre quiere hablar contigo.

—Pues que espere —dijo Alex. Puesto que estaba en su casa y con alguien que conocía su secreto, no necesitaba seguir disimulando el dolor. Ayúdame a desvestirme. La sangre me ha pegado la ropa al cuerpo.

—Ah, oí decir que el Corsario estaba herido. Tu cuñado te está buscando con perros. Y también a esa mujer.

Nick le ayudó a quitarse la túnica y el camisón. Debajo de las prendas se había atado los almohadones. Debajo de éstos tenía aún el desgarrado atuendo del Corsario.

—Parece que la pólvora te alcanzó.

—No, sólo las piedras que caían. Me despellejaron la espalda.

Nick emitió un leve silbido en tanto le retiraba la tela empapada en sangre. Alex tenía en la espalda grandes surcos sanguinolentos, a los que se habían adherido trozos de seda negra.

—Te voy a empapar esto con agua, para que la sangre se corte. Supongo que la mujer era la señorita Jessica.

—Por supuesto. Es la única tonta capaz de caminar por un círculo de pólvora lista para estallar.

—Pero te salvó esa miserable vida, ¿verdad? Tendré que retirar esos trozos de tela con un cuchillo. Si mi padre me viera haciendo de enfermera, me desheredaría.

—Deja de presumir y pon manos a la obra.

—¿Dónde fuiste después de la explosión?

—A salvar a Jessica. Pitman fue directamente a su casa, tal como yo esperaba.

—Conque ahora el señor Pitman tiene otro enemigo: Alexander Montgomery. ¿Cómo vas a arreglar esto?

Alex apretó los dientes para soportar el dolor, en tanto Nick retiraba hilachas de seda de su despellejada espalda. El tratamiento no habría sido tan doloroso inmediatamente después de la explosión, pero la sangre había tenido tiempo de secarse, adhiriendo trozos de tela a las heridas. De cualquier modo, no lamentaba haber actuado así. Había hecho bien en acudir a casa de Jessica antes de haberse hecho atender. En realidad, apenas había llegado a tiempo.

—No lo sé. Sólo quiero dormir durante varios días seguidos. Di a Pitman que la escena en casa de los Taggert me dejó indispuesto.

—¿No sospechará que estás herido, además de agotado?

—En ese caso, dile que estoy enamorado de Jessica y que me hizo mal verla sufrir así.

—¿Estás enamorado de ella? ¿O es el Corsario quien la ama?

Alex guardó silencio por un momento.

—Arriesgó la vida por salvar a un hombre al que dice odiar. Es igual que Abigail, enamorada de un deslumbrante jinete enmascarado.

—Siéntate para que pueda vendarte el torso.

Alex se esforzó por incorporarse.

—Alexander aparece a lomos de una mula, con dos pistolas apuntando a la cabeza del representante real, y sólo recibe un beso en la mejilla. Pero el Corsario cae estúpidamente en una trampa y derrama lágrimas por él. La muchacha tenía mucho miedo de que el grandísimo idiota se estuviera desangrando en una zanja. Y cuando yo, Alexander, le aseguro que estaba a salvo, me trató como a un perro. ¡Qué mujer estúpida! ¿No se da cuenta de quién es el verdadero héroe de su vida? ¿Es posible que todas las mujeres se enamoren de una cara bonita y un par de hombros anchos?

Nick le sirvió un vaso entero de ron.

—Dime: si Nelba Mason hubiera estado en aquel porche, el día de tu primera aventura, ¿habrías tratado de besarla? ¿La habrías arrojado al agua de la colada si ella se te hubiera resistido?

Alex bebió todo el ron y se estremeció sólo de pensarlo.

—Hubiera dado las gracias por su rechazo —dijo, un momento después—. Pero no es lo mismo, no. Nelba no puede quitarse la narizota. Además, no arriesgó la vida por salvar al Corsario.

—Tal vez lo habría hecho si el Corsario la cortejara en la noche.

Alex se negó a hacer comentarios al respecto.

—A ver si sales de aquí y me dejas dormir. Llévate esos harapos ensangrentados y quémalos.

—Sí, amo —se burló Nick, antes de salir.

# 9

—Y ahora los Montgomery parecen haber adoptado a los Taggert —dijo la señora Wentworth—. Creo que, si quisieran practicar la caridad cristiana, podrían haber elegido una causa más digna.

El matrimonio Wentworth estaba desayunando con Abigail, su única hija. En la mesa, en la habitación o en la persona de los presentes no había nada que no fuera de la mejor calidad, todo ello importado de Inglaterra. No querían saber nada de los toscos productos americanos.

—Eleanor lleva años trabajando para los Montgomery —adujo el señor Wentworth—. Prácticamente dirige sola esa casa. Y además, si Mariana no se hubiera casado con el señor Pitman, los Taggert aún tendrían todas sus pertenencias. Pitman los atacó como represalia contra el Corsario.

—¡El Corsario! —bufó la esposa—. ¡No me hables de ese bandolero! Por culpa de gente como ésa nos meteremos en problemas con Inglaterra y si perdemos el apoyo de los ingleses, ¿qué será de nosotros? ¿Qué clase de gobierno tendremos sin la guía de Inglaterra?

Abigail sólo prestaba atención a su pan con manteca.

—¿Qué se sabe de la explosión de anoche?

—Todo el mundo piensa que Jessica Taggert tuvo mucho que ver. El señor Pitman tenía derecho a revisar su casa, aunque no me gustó que nos despertaran a todos en medio de la noche para ver si faltaba alguien. ¡Como si nosotros nos enredáramos con rufianes como ese Corsario! —La señora Wentworth miró a su hija con ferocidad—. En mi familia nadie se involucrará nunca con alguien así.

—¿Crees que Jessica Taggert pudo ser tan valiente? —preguntó Abigail—. ¿El Corsario estará enamorado de ella?

—¿Enamorado? ¡Ja! —le espetó la madre.

—En la ciudad se dice que es una heroína —intervino el padre—. Cuando salí, esta mañana, no se hablaba más que de eso: de que Jessica le salvó la vida y que la ciudad está en deuda con esa muchacha. Por no mencionar al Corsario, que estaría muerto de no ser por ella.

Abby se levantó tan de prisa que estuvo a punto de volcar su silla.

—¡Nadie sabe con seguridad que fuera Jessica Taggert quien lo salvó! —protestó—. Los soldados dijeron que abrió la puerta de su casa con cara de dormida. Y no hay pruebas de que fuera ella quien ayudó al Corsario. Si Alexander Montgomery no hubiera...

—Alexander Montgomery —interrumpió el señor Wentworth—: He ahí un joven al que deberías tratar más. Alex tenía muchas cualidades cuando era jovencito y estoy seguro de que...

—Ahora las usa todas a la vista —se burló Abigail—. Es gordo, feo, perezoso... Y sigue a Jessica Taggert como si fuera su perrito faldero.

—Sí, pero el padre es dueño de...

—No me importan las propiedades de su padre. Preferiría mil veces casarme con un hombre de verdad, como el Corsario, que con un cerdo gordo y rico como Alexander Montgomery.

Y huyó de la habitación.

Arriba, en la intimidad de su propia alcoba, dio rienda suelta a su enojo contra toda la ciudad. ¿Por qué se suponía que una escoria como Jessica Taggert era capaz de arriesgar la vida por salvar al Corsario? Después de todo, ¿no había sido ella, Abigail, quien había recibido el primer beso? Él había demostrado que despreciaba a Jessica; puesto que la había arrojado al agua de la colada. En cambio era obvio que Abigail le gustaba mucho. ¿Por qué pensaban todos que su salvadora era Jessica? ¿Por qué no Abigail?

Se inclinó hacia el espejo para mirarse mejor. Ese espejo había venido desde Francia, especialmente. Sin duda, un hombre tan bravo y caballeroso como el Corsario preferiría a una mujer cuya familia pudiera importar espejos de Francia. ¿Cómo iba a preferir a una de las Taggert?

En ese momento se oyó el ruido de la puerta de la calle al abrirse y cerrarse otra vez. Eran sus padres, que salían: él, para ir a su gran candelería; ella, rumbo al mercado. En realidad, su madre no tenía necesidad de hacer personalmente las compras, pero pensaba que nunca se podía confiar en los sirvientes.

Abigail seguía mirándose en el espejo. Se preguntaba qué pensarían los de la ciudad si supieran que era otra persona quien había salvado al Corsario. ¿Sabría el mismo enmascarado quién había sido esa mujer? Después de todo, el episodio se había desarrollado en la oscuridad y se decía que ella iba cubierta de pies a cabeza con una capa negra de capuchón.

Se irguió un poquito más, admirando sus formas en el espejo. Si el Corsario no había reconocido a la mujer y pensaba que era Abigail, ¿no se mostraría... agradecido?

Claro que hacía falta alguna prueba... por si la gente no la creía. Sonriente, pensó en las llamas del hogar, en la planta baja.

Cuando el *Mary Catherine* entró en el puerto, lo primero que vio Jessica fue la silueta de Alex, centelleante bajo el sol como un pequeño faro de forma extraña. Si la estaba esperando, sin duda traía noticias importantes.

—¿Permiso para subir a bordo, capitán? —inquirió él, sonriendo.

Jess frunció el ceño. Era de esperar, a juzgar por esa sonrisa, que no había noticias trágicas.

—Sí, marinero —concedió, instalando la planchada—. ¿Trajo usted su pañuelo perfumado?

—En efecto. Y también un sahumerio.

En la mano traía una naranja con varios clavos de olor hundidos en la cáscara. Echó a andar por la planchada, pero a medio camino pareció sufrir una especie de ataque. Se llevó una mano a la cabeza y comenzó a tambalearse como si estuviera a punto de caer. Jessica corrió hacia él y le rodeó la cintura con los brazos para sostenerlo.

—¿Te sientes bien, Alex?

—Mucho mejor, gracias. Sólo necesito esperar un momento hasta recobrar el equilibrio. No, no retires los brazos. Necesito tu fuerza. —Por un momento apoyó la mejilla contra la cabeza de la muchacha—. Ah, creo que ya puedo caminar. ¿Me ayudas a llegar a la cabina?

—Por supuesto, Alex.

Él se apoyó pesadamente en sus hombros. Jessica tuvo que ayudarlo paso a paso hasta la cabina del barco y lo sentó en una silla.

—¿Quieres un poco de ron?

Alex se reclinó en el asiento, con un suspiro.

—No: asalté la despensa de casa. Aquí tienes.

Lentamente comenzó a sacar cosas de sus bolsillos: una botellita de coñac francés, media hogaza de pan, un trozo de queso y un frasco de mostaza. Jess se echó a reír.

—¡Y yo, temiendo que trajeras malas noticias!

Puesto que Alex parecía muy débil, cortó el pan y el queso, los untó generosamente con mostaza y le entregó las rodajas.

—Y así es —confirmó él—. Abigail Wentworth ha sido arrestada por ayudar al Corsario a escapar de la trampa.

—¿Qué? —exclamó la muchacha, ahogándose con un bocado de pan—. ¡Pero no es posible! Cuando Pitman revisó las casas, ¿no estaba ella durmiendo?

—Tú también, Jessica —observó él, mientras sorbía tranquilamente su coñac.

—Está bien. Dame los detalles. ¿Qué hizo esa pequeña idiota para que la encarcelaran?

—Dijo a todo el mundo que era ella quien había salvado al Corsario. Y a manera de prueba mostró su cabellera chamuscada por el estallido.

—¿No se dio cuenta de que Pitman la arrestaría en cuanto se enterara?

—La verdad es que no creo que su mente haya llegado tan lejos.

—Seguramente no —confirmó Jess—. Sólo quiso llamar la atención del Corsario. Pero debió imaginar que el Corsario habría reconocido a la mujer que lo ayudó.

Alex se encogió de hombros.

—¿Quién puede saber qué pensó? Tú misma no has dicho mucho sobre esa noche. ¿El Corsario se mostró muy agradecido?

Ella pasó por alto la pregunta.

—Bueno, ¿y qué haremos por Abigail? No podemos permitir que se pudra en la cárcel. ¿Qué hará Pitman con ella?

—Podríamos dejar que el Corsario se encargara de salvarla, ya que tanto le ama.

—Alex, no empieces otra vez con tus celos. Lamento mucho que Abby esté enamorada del Corsario y sé que tú la has cortejado, pero no te conviene, créeme. No tiene un gramo de seso, como lo demuestra este episodio. Y bien ¿qué vamos a hacer?

—Creo que no debemos hacer nada, tú y yo —replicó él, severamente—. ¿Aún no has aprendido tu lección, Jess? Estuviste a punto de dejar a tu familia sin techo por correr en ayuda del Corsario. Abby se ha metido sola en este embrollo y no es asunto tuyo sacarla de él.

—Sólo la liberaría si yo confesara que fui yo quien ayudó al Corsario.

—Pasando sobre mi cadáver —aseguró Alex, con sentimiento—. Y también sobre el tuyo, si hace falta.

—¡Haré lo que me parezca! —protestó ella.

—Nada de eso —dijo Alex, con calma—. Te sacaré de esto como siempre.

—¿Tú? ¿De qué me has sacado tú?

Alex miró su coñac.

—Qué mala memoria tienen las mujeres... De la horca, cuando tú y George detuvisteis a los soldados que perseguían al Corsario, por haber robado el dinero de Pitman. Después impedí que te quemaran la casa, cuando tú salvaste al Corsario de la pólvora. ¿No se te ha ocurrido pensar, Jess, que ese Corsario que tanto te preocupa es un tipo incompetente como hay pocos?

—¿Cómo puedes decir eso después de lo que él ha hecho. por ayudar a la ciudad? Al menos él hace algo por oponerse a Pitman. Ha tomado una posición, a diferencia de los demás.

—Pues esa posición parece incendiarse con mucha frecuencia... y tú siempre estás allí, con un cántaro de agua listo para apagar las llamas.

Jess trató de dominar su enojo.

—No me gusta que digas esas cosas, Alex. Estoy segura de que el Corsario tenía buenas ideas cuando fue en busca de la pólvora. Sólo ocurrió que era una trampa. ¿Te das cuenta de que en estos momentos podría estar agonizando en alguna parte? No sé si no está herido de gravedad. Y no puede buscar ayuda médica por no delatarse. Ese hombre merece más respeto del que le concedes.

—O no tanto como le concedes tú, Jess. Pero no discutamos. Aquí se trata de Abigail. Tengo cierta idea de cómo salvarla de la horca.

Ella aún estaba ofendida por sus críticas al Corsario.

—Veámosla —dijo.

—Si consiguiéramos que alguien, un hombre, declarara haber pasado la noche con Abby, podríamos...

—¿Te refieres al Corsario? —exclamó ella—. ¿Quieres decir que el Corsario debería presentarse y declarar que pasó la noche con ella? Esa noche estuvo conmigo.

Los ojos del joven se llenaron de furia.

—¿No puedes quitarte a ese hombre de la cabeza, siquiera por unos minutos? Me refiero a un hombre cualquiera: un marinero, un empleado, un pelícano macho, no me importa quién sea, siempre que sepa hablar. Si alguien se presenta ante la corte y declara que estuvo esa noche con Abby, sin que se enteraran sus padres quizá la absolvieran.

—Pero ¿y lo de su cabellera? ¡Qué muchacha estúpida! El Corsario me protegió con su propio cuerpo. No tengo un solo cabello chamuscado. Él, por supuesto...

—¡Jess! —la interrumpió él—. Abby se quemó la cabellera cuando rodaron por el suelo, demasiado cerca de la fogata.

Jess sonrió.

—Eso es horrible, Alex. Abby jamás podría llevar la cabeza en alto en esta ciudad.

—Con la furia que alberga Pitman, podrá darse por satisfecha con poder llevar la cabeza sobre los hombros, como sea.

La muchacha bebió un trago de coñac.

—Pero ¿dónde hallarás a un tonto capaz de presentarse frente a toda la ciudad y aceptar la culpa de algo así? Sobre todo, considerando que no es cierto. —Levantó la cabeza—. ¿Cuál sería el castigo? Porque los castigarán a los dos, por supuesto.

Alex observó su último pedazo de queso.

—Oh, nada más grave que el cepo, supongo. Pero he pensado en el hombre perfecto.

—¿Quién?

—Prefiero que sea una sorpresa para ti. Deja el asunto en mis manos. Arreglaré esto como he arreglado tus otros problemas.

—Yo puedo arreglarme sola con mis problemas, pero si por casualidad consigues que liberen a Abigail, haré algo por ti: te ayudaré a conseguir esposa. El año que viene, por estas fechas, habrá un bebé gateando en casa de los Montgomery. —Dejó su vaso—. Oh, Alex, se me acaba de ocurrir... La debilidad de tus músculos no llegan a... —Se puso roja—. Es decir... ¿Puedes tener hijos? Hijos propios, claro.

Él la miró durante un rato; luego apartó la cara y suspiró.

—No me he acercado a una mujer desde que caí con la fiebre, pero supongo que podría, si me mantuviera incorporado con algún soporte y ella me prestara mucha ayuda. —Se volvió hacia ella con una sonrisa débil.

—Oh... —murmuró ella, acabando con el coñac—. Será mejor que no se lo digamos a nadie, de lo contrario jamás te conseguiremos esposa. No me imagino a una mujer...

Se interrumpió para no ofender de nuevo a su amigo, pero pensó en el Corsario y sonrió ampliamente ante la idea de que un hombre pudiera necesitar ayuda. Por fin se recobró.

—Tú consigue un hombre para Abigail y yo haré lo posible por conseguirte novia.

—Al parecer, me ha tocado el trabajo más fácil. Toma —agregó Alex, arrojándole una naranja—: Come esto. Después pondremos manos a la obra.

Ethan Ledbetter estaba en el estrado de los testigos, ante el jurado. Todas las mujeres presentes se inclinaban hacia adelante, ansiosas por escuchar todo lo que ese apuesto joven tuviera que decir.

El juez, con su peluca larga, pidió a Ethan que repitiera su declaración.

—Como la señorita Abigail no quería que nadie supiera nada sobre nuestros amores, dijo que estaba con el Corsario. Apenas logró llegar a su casa antes de que los soldados se presentaran a revisarla. Si se hubiera retrasado algunos minutos más la habrían detenido.

—¡Es mentira! —gritó Abigail—. Ni siquiera conozco a ese hombre. He dicho la verdad: lo inventé todo y me chamusqué el pelo en el hogar. Nunca he...

—Alguacil: haga callar a esa mujer o la obligaré a abandonar la sala. Bien, señor Ledbetter, ¿cómo explica lo del pelo?

—Al rodar por el suelo nos acercamos demasiado a la fogata —respondió él, con cierto orgullo.

Por un momento los presentes quedaron muy impresionados para reaccionar. Por fin se oyó algo que parecía mezcla de carcajada con rugido de indignación.

El alguacil impuso orden mientras los jueces deliberaban.

—Hemos llegado a una decisión —dijo uno de ellos—. La acusada, Abigail Wenthworth, y el testigo Ethan Ledbetter deberán ser sacados de esta sala y... —el público esperaba— y se casarán antes de que se ponga el sol.

Abigail se desmayó. Ethan parecía a punto de sufrir un soponcio.

—Mentí —gritó el joven—. Sólo quería ayudar al Corsario. Mentí.

Pero los jueces, con cara de experimentar un profundo disgusto ante todo ese asunto, lo despidieron con un gesto de la mano.

Alex tomó a Jessica del codo y la acompañó fuera, pero la muchacha se apartó de él y esperó la salida de los prisioneros. Abigail lloraba, al igual que su madre, pero Ethan mantenía la cabeza en alto y los dientes apretados. Se mostraba orgulloso, pese a que todos lo miraban boquiabiertos. Cuando pasó junto a Alex se detuvo a mirarlo con odio y le escupió a la cara.

Alex, con mucha calma, sacó el pañuelo y se limpió la saliva, en tanto los alguaciles empujaban al prisionero.

—¿Vamos, Jess? —fue cuanto dijo el ofendido.

Jessica lo acompañó, pero sin dejarse tocar. Tampoco le dirigió la palabra hasta que ambos estuvieron lejos de la multitud.

—¡Qué cosa tan horrible para hacerle a una persona! —exclamó, tan furiosa que apenas podía hablar—. Sabías perfectamente que el tribunal los obligaría a casarse, ¿verdad?

—Se me había ocurrido, sí.

—¿Cómo convenciste a Ethan para que declarara haber estado con Abigail?

—No sé por qué estás tan enojada. Simplemente apelé a su patriotismo. Le dije que así ayudaría a su país y sobre todo a su ciudad.

—Y él te creyó —adivinó la joven, apretando los puños—. Sólo porque te llamas Montgomery todos creen poder confiar en ti. Has hecho algo espantoso, Alexander Montgomery. Has arrojado vergüenza sobre tu apellido.

Giró sobre sus talones y se marchó encolerizada.

—Espere un momento, jovencita —protestó él, deteniéndola por un brazo a la vera del camino—. Te dije lo que planeaba hacer y no pusiste objeciones. ¿Por qué te enojas tanto ahora? ¿Porque engatusé a Ethan Ledbetter y no a otro? ¿O porque tu joven galán se dejó convencer con tanta facilidad?

—¡No es mi galán! ¡Y suéltame!

Alex siguió reteniéndola con fuerza.

—¿Por qué te enojas así conmigo? He hecho liberar a Abigail, aunque no se lo merecía por mentirosa. En cuanto Ethan, es un simple herrero y va a casarse con la heredera de una de las mayores fortunas de Warbrooke. No sé qué mal he hecho.

—¡Pero Ethan tendrá que pasar el resto de su vida con la idiota de Abigail!

Alex le soltó los brazos.

—Hace algunos días sugeriste que Abigail podía casarse conmigo. Ahora no te parece buena consorte para tu precioso Ethan.

—¿No comprendes? —exclamó ella, con suavidad—. ¡Ethan podría ser el Corsario!

—Comprendo —dijo él, seco y frío—. Y tú querías al Corsario para ti sola, ¿no es así? Pensabas atrapar a Ethan en tus redes.

—¡No! —Ella se tapó los oídos con las manos—. Me estás confundiendo. Pero detesto ver a la gente tan desdichada. Deberías haber advertido a Ethan que quizá lo obligarían a casarse con ella.

—Si él no tuvo la inteligencia necesaria para darse cuenta de que era la solución lógica, después de haber admitido ante toda la ciudad que se acostaba con Abigail, merece lo que le ha tocado en suerte. Y puede alegrarse de que el castigo sea tan leve. Si la ciudad no estuviera alborotada por el Corsario, habría sido mucho peor. ¡Y Abigail! Me maravilla que no la hayan apedreado.

—¡Arriesgaste la vida de los dos! ¡No estabas seguro de que el juez no los sentenciara a muerte a ambos!

—El juez debe mucho dinero a los Montgomery. Antes del juicio mantuvimos una interesante charla. Naturalmente, no sabía cómo iba a reaccionar la gente de la ciudad. Temí que Abigail sufriera algunos abusos.

—Las madres estarán muy contentas de verla casada. De ese modo sus hijas tendrán una oportunidad.

Alex le sonrió.

—Eso me gusta más, Jess. ¿Tanto te interesas por ese Corsario?

Ella le volvió la espalda.

—No sé qué siento, en realidad. Me preocupa imaginar que está herido. Con tanta sangre como perdió anoche...

—Comprendo. Te preocupa la posibilidad de que haya muerto. Tal vez ahora tenga el sentido común de comprender que no se desenvuelve muy bien como Corsario y renuncie al juego.

Ella lo miró con dureza.

—Realmente espero que Nelba Mason acepte casarse contigo, su carácter es tan agradable como su cara. Ahora ¿te molestaría mantenerte lejos de los Taggert por un tiempo, incluida yo, para dejarnos un poco en paz?

Diciendo esto, le volvió la espalda y lo dejó solo.

—Maldición, maldición —rezongó Alex, que se había creído muy astuto al convencer a Ethan de que declarara por Abigail—. Ese Corsario no es tan inteligente como piensas, muchacha —agregó, en voz bien alta, antes de echar a andar rumbo a su casa.

Hasta donde él podía juzgarlo, el Corsario había hecho mayor mal que bien.

# 10

La llegada del almirante inglés a Warbrooke inmovilizó la ciudad casi por completo.

Westmoreland era un hombre corpulento. Su uniforme de gran colorido, su rígida espalda, aquella voz que se dejaba oír sobre las tempestades de alta mar y su cortejo de oficiales que lo rodeaban constantemente, le daban una apariencia formidable. Lo llevaron en bote a tierra y la multitud reunida se abrió para dar paso al desfile. El almirante marchaba a la vanguardia y su cabeza sobresalía sobre todas las demás. Ascendió la colina en línea recta hacia la casa de los Montgomery, como si supiera exactamente dónde estaba. John Pitman lo esperaba a cien metros de la mansión, acomodándose la peluca que se había puesto para la ocasión. Detrás de él estaba Alexander, lánguido y bostezando como si todo aquello lo aburriera mucho.

—Señor —saludó Pitman, con una especie de reverencia.

El almirante miró a Pitman de arriba abajo, echó un vistazo a Alex y luego se dirigió hacia la casa.

—Supongo que usted es Pitman. ¿Es éste su cuartel? —tronó, mientras uno de sus hombres le abría la puerta.

En cuanto entró en el salón, todos quedaron petrificados. Los niños interrumpieron sus tareas. Eleanor detuvo la cuchara sobre el guiso.

El almirante, sin molestarse en formular preguntas, esperaba con obvia impaciencia.

—Por aquí, señor —indicó Pitman, apresurándose a abrir la marcha por el pasillo que llevaba al despacho de los Montgomery.

Alexander, que seguía el cortejo, pasó junto a Eleanor con un encogimiento de hombros, dándole a entender que no tenía idea de lo que estaba ocurriendo.

Ya en el despacho el almirante se detuvo y miró a su alrededor. Al ver a Alex no siguió.

—¡Fuera! —ordenó, lacónico.

Dos hombres se adelantaron para sacar a Alexander, pero él se las compuso para evitarlos.

—Temo que deberá aceptar mi presencia, señor. Soy el propietario de la casa —dijo, mirándose las uñas, mientras se recostaba contra la pared.

El vozarrón de Westmoreland hizo crujir las vigas.

—No tolero insolencias en mis subordinados. Mucho menos en pajarracos como usted. Quítenlo de aquí.

Mientras Alex se dejaba llevar fuera de la habitación, maldecía para sí al verse imposibilitado de defenderse sin despertar sospechas. Por lo tanto, esperó afuera, sin dejar de maldecir... ahora a las gruesas paredes construidas por sus antepasados, pues no le permitían oír gran cosa. Una de las frases que le llegó, gracias a la voz de trueno del almirante, fue que era preciso aplicar mano firme para que el niño no se malcriara. No le costó comprender que el niño era América.

Sus peores miedos comenzaban a cobrar realidad: el almirante estaba allí para tomar venganza por los actos del Corsario. En cuanto oyó en la conversación el apellido Taggert, Alex entró en acción. Fue al salón, donde todos se movían a cámara lenta, con el oído cerca del pasillo que conducía al despacho.

—No dejes que los niños se aparten de ti —recomendó a Eleanor—. Pase lo que pase, que los niños estén contigo.

Sin perder tiempo en más explicaciones, salió de la casa y caminó hacia el muelle, tan de prisa como se lo permitía su disfraz.

Jessica estaba en la cubierta de su barco, limpiando con un estropajo y agua de mar.

—Tengo que hablarte, Jess —llamó Alex, tratando de disimular la urgencia de su voz.

—No tengo nada que decirte —dijo ella, apartándose de su campo visual.

Alex echó un vistazo sobre el hombro por si el almirante y sus hombres estuvieran ya a la vista.

—¡Baja, Jess! Necesito hablar contigo.

—¿Qué pasa, Montgomery? —preguntó alguien—. ¿Tu muchacha te ha retirado la palabra?

Alex decidió subir por la planchada.

—Jess —siseó, dando deliberadamente a su voz un tono quejoso—, si me caigo de aquí por tu culpa...

Con cara de disgusto, ella bajó por la planchada para salirle al encuentro.

—Sería un castigo merecido —aseguró.

Iba a ayudarlo a entrar en la cabina, pero él la tomó por la cintura y, aplicando algo de fuerza, la condujo al muelle.

—Tengo que hacer, Alex. No todos podemos pasarnos la vida holgazaneando como tú. Tengo que alimentar a mi familia.

Alex vio que el almirante y sus hombres se encaminaban hacia ellos.

—Te dije que necesitaba hablarte. —La tomó del brazo y tiró de ella hacia otro lado.

—Pero ¿qué te pasa? No quiero conversar contigo. Ni siquiera deseo verte. Y ahora suéltame. —La muchacha giró la cabeza—. ¿Quién es esa gente?

Alex la sujetó por los antebrazos para obligarla a mirarlo de frente.

—Escúchame bien, Jess. Lo que yo te diga te puede salvar la vida. Somos súbditos ingleses. Los ingleses nos consideran hijos suyos. Los derechos legales son de ellos. Tal vez algún día podamos cambiar eso, pero por el momento ellos tienen todos los derechos.

—Estás loco, Alex. Y no tengo tiempo para lecciones de política. Te he dicho que estoy atareada.

Sin soltarla, él la mantuvo frente a sí.

Detrás de ellos, un hombre comenzó a pronunciar un anuncio ante la multitud que se había reunido alrededor del almirante.

—Por orden de Su Majestad, el rey Jorge III, el almirante Westmoreland está presente aquí para poner fin a la actividad del hombre que se hace llamar El Corsario. El almirante permanecerá en las Colonias hasta que ese hombre haya muerto. A quien se le descubra dando amparo al Corsario se lo ejecutará en el acto, sin juicio previo. Obra en conocimiento del almirante que cierta Jessica Taggert ha dado ayuda al enemigo.

Jess dejó de debatirse entre los brazos de Alex y quedó inmóvil.

—Por decreto del almirante y del rey, el barco propiedad de la Taggert, llamado *Mary Catherine,* será retirado de este muelle y quemado en el mar.

—¡No! —logró aullar Jess, antes de que Alex le cubriera la boca para acallarla.

La rodeó con sus grandes brazos almohadillados y la estrechó contra su panza.

—Ahora te llevaré a casa, Jess —susurró—. No quiero que veas esto.

Ella se debatió a cada paso del trayecto, forcejeando contra sus manos; le dio patadas, trató de morderle los dedos e hizo todo lo posible por recobrar su libertad, pero sin conseguirlo. Alex logró llevarla hasta el salón de los Montgomery. Exceptuando a Eleanor y los niños, en la habitación no había nadie más.

—¿Qué pasa? —susurró la muchacha, al ver a su agitada hermana casi amordazada por Alex.

—El almirante fue enviado para acabar con la vida del Corsario. Pitman dijo que Jess mantenía algún tipo de relación con él y, por lo tanto Westmoreland decidió dar un ejemplo incendiando el *Mary Catherine*.

Eleanor estaba muy aturdida como para reaccionar.

—Consígueme una botella de whisky —ordenó Alex—. La llevaré a mi habitación.

Mientras él la llevaba por el pasillo, Jess renovó sus forcejeos. Cuando pasaron junto a la puerta de Sayer, los hombres intercambiaron una mirada sin decir palabra. Cuando Alex llegó a su dormitorio, arrastrando a Jess, Eleanor ya estaba allí con el whisky.

—No quiero ver a nadie —indicó él.

Tomó la botella y cerró la puerta con el pie. Una vez que el cerrojo estuvo en su sitio, soltó a la muchacha.

—Maldito cobarde —aulló ella—. Déjame salir de aquí. Yo puedo impedir esto.

Alex se recostó contra la puerta para que ella no pudiera abrir.

—No, no puedes. Ese hombre trae el odio en la mirada. Piensa matar a tu Corsario... y si no puede hacerlo ahora mismo, se desquitará con cualquiera que tenga relación con él. Tiene intenciones de usarte como ejemplo.

—Pues puede usar como ejemplo a otra persona. Saca tu gordo corpachón de esa puerta y déjame salir.

—Dime lo que gustes, pero no saldrás de aquí. A ese inglés le encantaría tener motivos para ahorcar a alguien. Conozco su tipo. Estaría feliz si pudiera colgarte de tu palo mayor antes de prender fuego al barco. Sólo quiero mantenerte con vida, aunque incendien tu barco.

—Esto no te concierne. Es mi barco el que ese hombre quiere quemar. Abre esa puerta.

Jess comenzó a empujarlo con todas sus energías, clavando los talones en el suelo y juntando su espalda contra el flanco de él, pero no logró moverlo.

—Jessica —observó él, con voz más suave—. Si sales y tratas de oponerte a ese hombre, acabarás ejecutada. No voy a permitirlo.

—¡Que no vas a permitirlo! —bramó ella—. ¿Quién eres tú para permitir o no permitir algo?

Lo empujó y siguió empujándolo hasta quedar sin energías. Entonces comenzó a recordar lo que había dicho el pregonero del almirante: iban a incendiar su barco. Cayó a lo largo de Alex y dio con sus huesos contra el suelo.

—Ese barco fue herencia de mi padre —susurró—. Es lo único que me dejó, además de hermanos que criar. Ninguno de los muchachos lo quiso. Ellos querían surcar el océano en grandes barcos; no quisieron acercarse siquiera al maloliente *Mary Catherine*. Pero Eleanor y yo comprendimos que era un medio para alimentar a mamá y a los niños. ¿Sabes cuánto me costó conseguir que alguien me enseñara a pilotarlo, sólo por ser mujer?

Así sentada, apoyada contra las piernas de Alex, empezó a imaginar lo que sería la vida sin su barco.

—Kit me ayudó un poco. Y Adam siempre estuvo allí para enseñarme a hacer nudos. Pero el que más me ayudó fue el viejo Samuel Hutchins. ¿Lo recuerdas? Murió hace algunos años.

Alex también se deslizó hasta el suelo, para apoyarla contra su hombro, y le entregó la botella de whisky.

—Yo me reía de ti. Me daba envidia que fueras más joven que yo y tuvieras barco propio.

Jess tomó un respetable trago de la bebida.

—Decías que una mujer no debía pisar siquiera la cubierta de un barco, mucho menos poseerlo. Decías que el *Mary Catherine* no merecía el título de barco.

—Lo dije, es cierto. Pero habría dado cuanto poseía por tu barco o cualquier otro. Mi madre no quería que me embarcara. Ya había entregado al mar a sus dos hijos mayores y no estaba dispuesta a prescindir de su pequeño.

Jess se echó otro trago a la garganta.

—Y tenía razón. Mira en qué has terminado. Perdiste tu virilidad y ella murió antes de volver a ver a sus mejores hijos.

Sin ver la expresión de su compañero, prosiguió:

—El *Mary Catherine* tenía problemas, sí, pero a mí me servía. Oh, Alex, por Dios. ¿Cómo voy a alimentar a los niños sin él?

Alex la rodeó con un brazo para que apoyara la cabeza en su hombro.

—Yo te ayudaré, Jess. Yo estaré siempre a tu lado para ayudarte.

Ella lo apartó de un empujón.

—¿Como lo hiciste hoy? ¿Para ti ayudar es huir del peligro?

—Tengo el sentido común de huir cuando todas las posibilidades están contra mí —replicó él, muy digno—. ¿Qué habrías podido hacer contra el almirante y sus soldados? Te repito que ese hombre tiene muchas ganas de ahorcar a alguien. Y cuenta con todo el derecho de hacerlo.

—El Corsario, al menos, no tiene miedo de su propia sombra, como el resto de esta ciudad.

Alexander se levantó airadamente, con fuego en los ojos.

—¡Tú y tu Corsario! ¡Es por culpa de ese idiota que la ciudad está en este aprieto! Si él no hubiera metido las narices buscando gloria, tu barco estaría entero y no habría varias vidas en peligro, incluyendo la tuya. En todo caso deberías odiar a ese hombre en vez de alabarlo.

Jess también se levantó, con los brazos en jarras.

—¿No te das cuenta de que es preciso hacer algo para impedir que los ingleses nos traten así? El Corsario sí lo sabe. No tenemos los mismos derechos que los ingleses. ¿Cómo es posible que ese hombre incendie mi barco sólo porque se le antoja? ¿Qué defensa me cabe?

No le dio tiempo para contestar.

—Quiero decirte algo, Alexander: no porque tú seas cobarde lo seremos todos nosotros.

—¿Qué quieres decir?

—He oído que en el sur están pasando cosas. Se han escrito panfletos, se han pronunciado discursos. Tal vez se pueda hacer algo parecido en Warbrooke.

Alex se recostó contra la puerta.

—Estás hablando de traición, Jess —susurró, contemplando su bonito cuello.

—Si nos liberamos de Inglaterra y hacemos una patria nuestra, no será traición, sino patriotismo.

Él le ofreció la botella de whisky.

—Bebe esto y conversemos.

—¡Ja! ¿Pretendes que confíe en un cobarde como tú?

Él se inclinó hasta tocar casi la nariz de la muchacha con la suya.

—Me gustaría recordarte que he sido yo quien te salvó de Pitman, quien salvó a Abigail y quien hoy, probablemente, volvió a salvarte de la horca. No me parece que todo eso sea cobardía.

Ella se frotó los brazos amoratados.

—No me gustan tus métodos.

—No todos podemos ser románticos como tu Corsario. Además, ¿no estabas convencida de que él había muerto?

—¡No digas eso! Vamos a mi casa y...

—Ni lo pienses. Durante el día de hoy no pondrás un pie fuera de esta casa. Serías capaz de ir directamente donde esté el almirante para desafiarlo a un duelo a puñetazos. Pienso mantenerte con vida día a día. Ahora cuéntame a qué te referías cuando hablabas de patriotismo.

Pero Jessica, pese a todos sus ruegos, no quiso decirle palabra.

Jessica despertó con el estómago descompuesto, dolor de cabeza y con sabor a pegamento en la boca. Su primer pensamiento fue que nunca volvería a confiar en Alexander. Él no había querido hablar de patriotismo, sino embriagarla para impedirle toda resistencia.

Poco a poco, tratando de no mover la cabeza, arrojó a un lado los edredones. «No me extrañaría que durmiera bajo sábanas de satén rosado», pensó.

—Buenos días —saludó Alex, desde la puerta.

—No tienen nada de buenos —aseguró ella, gruñendo—. Esa chaqueta es horrible, Alex.

Él sonrió.

—Son piñas y guirnaldas. A mí me encanta. ¿Quieres comer algo?

—¿Dónde están mis botas?

—Aquí. Creo que te convendría descansar todo el día, Jess.

—Por supuesto, toda la tarde, claro. ¿Cómo están los niños?

—Eleanor se arregla bien. Esta tarde, ella y yo atacamos la alacena. Tienen comida más que suficiente.

—Los Taggert no...

—... no aceptan limosnas, ya lo sé. ¿Quieres que te ayude?

Jess se puso la segunda bota.

—Tengo que ir a pescar. Tengo que... —Se interrumpió súbitamente, recordando que ya no tenía barco—. ¿Lo incendiaron?

Alex se sentó en la cama para tomarle la mano.

—Sí, Jess. He visto al almirante Westmoreland que se ha instalado con diez de sus hombres en casa de los Wentworth. Creo haberlo convencido de que, en realidad, nunca participaste en nada.

Ella se desasió de un tirón.

—Con eso no recuperaré mi barco.

—No, pero te sería de ayuda si te mantuvieras lejos del Corsario.

Ella se puso de pie, apretándose la cabeza y el estómago, pero lo fulminó con la mirada.

—¿Qué sabes tú? Tú sólo sabes de... de piñas y moños. El Corsario bien podría estar muerto. Ha muerto, mi barco está incendiado y yo...

Se interrumpió para apartar la cara. Prefería morir antes que llorar ante ese hombre tan cobarde.

—Jess... —empezó él, tratando de acercarse.

—No me toques.

Ella se apartó para acercarse a la puerta y abandonó la habitación. Al llegar al salón llamó, sin detenerse:

—Acompáñame, Nathaniel.

Y continuó la marcha sin mirar siquiera a los vecinos, que la observaban boquiabiertos. Ahora la temían; tenían miedo de verse en el mismo problema que ella.

Se detuvo por un momento en el taller del herrero. Ethan Ledbetter, con los brazos desnudos relucientes de sudor y la camisa pegada a los músculos de la espalda, martillaba una herradura al rojo vivo... y Abigail estaba de pie en las sombras, mirándolo como si fuera un niño hambriento ante el festín de Navidad.

Los ojos de Jessica se llenaron de ardorosas lágrimas. Si el Corsario no había reaparecido, ¿sería porque Ethan tenía ahora a Abigail?

—Jessie... —la reclamó Nate—. Viene el señor Alexander.

—Vamos, entonces —repuso Jess, furiosa. Y echó a andar a paso rápido.

Trabajó sin pausa durante cuatro días. Al terminar el primero Eleanor se puso firme:

—Puedes tratar de matarte, si eso deseas, pero no permitiré que mates también a Nathaniel.

Había tenido que llevar al exhausto niño en brazos hasta la cama.

Ahora, Jess salía sola. Arrojaba la red al mar y la retiraba. Recompuso un viejo carrito para vender el pescado por las calles de la ciudad, pero muchos temían comprarle. Ahora su nombre parecía contaminado. Todo el mundo tenía miedo al almirante y a sus soldados.

Westmoreland recorría las calles de Warbrooke desde la primera hora hasta la última. Sus soldados saltaban al menor ruido. Uno de ellos disparó contra el cachorro de una niñita, que cruzó inesperadamente ante él. Se clausuraron las tabernas del muelle.

Warbrooke estaba bajo la ley militar.

Jess hizo tres intentos de hablar con los hombres sobre la libertad, sugiriendo que debían protestar por lo que ocurría, pero nadie la escuchaba.

Al terminar el cuarto día se detuvo en la pequeña ensenada, al norte de su casa. Tenía las manos llenas de ampollas y en carne viva; sentía frío y hambre. Pero pensó en los niños que esperaban en su casa y recogió la red para arrojarla por última vez.

—Jessie.

Al principio pensó que era sólo el viento.

—Jessie.

Giró sobre sus talones para mirar hacia la oscuridad, allí donde la tierra formaba un pequeño acantilado en un lateral de la bahía. Al principio no vio nada. Pero después, de la oscuridad surgió una mano, una mano que se alargaba hacia ella, con la palma hacia arriba. Jessica corrió hacia él.

El Corsario la estrechó tanto en sus brazos que estuvo a punto de hacerle crujir las costillas.

—Jessie, Jessie, Jessie —susurraba, abrazándola, hundiendo la cara en su pelo.

—Estás aquí. Estás bien —exclamó Jess, con lágrimas en los ojos y en la voz—. Deja que te vea. Déjame ver la herida.

Y empezó frenéticamente a tirar de los faldones de su camisa, ansiosa por ver si, en realidad, estaba indemne.

—Deja que te ayude —rió él, mientras se desabotonaba la camisa.

—No veo nada. Está demasiado oscuro.

Jess estaba a punto de estallar en lágrimas. No había llorado por el incendio de su barco ni por el rechazo de sus vecinos, pero ya no se creía capaz de contenerse más.

—Palpa con las manos —sugirió él, suavemente—. Anda, Jessie, no soy digno de que llores. —Se apartó de ella para mostrarle la espalda—. El estallido de la pólvora hizo volar algunas piedras. ¿Sientes las costras? Ya estoy curado.

Ella deslizó las manos por aquella espalda fuerte, palpando las cicatrices. Recordaba demasiado bien que él las había recibido para protegerla. Y el torrente de lágrimas se hizo incontenible. Sepultó la cara en la espalda del Corsario, apretando la nariz contra su columna, abierta la boca, y las dejó correr, clavando las manos en la cintura del hombre.

—Jessie, querida mía —susurró él, girando para abrazarla—. Tienes más motivos que nadie para llorar. Anda, llora.

—Te creía muerto. O casado.

—Ni una cosa ni la otra. —La levantó en brazos para estrecharla contra sí. Sus lágrimas le mojaron el cuello, el pecho y la espalda—. No me casaría con una tonta como Abigail. Sólo me conformo con la mejor.

Jessica redobló su llanto.

Él le acarició el pelo y la espalda. Sus manos descendieron hasta las caderas y los muslos.

—Y no cometería la estupidez de declarar que he dormido con ella si no es cierto, aunque trataran de convencerme.

—Ella te ama —susurró Jess—. Lo vi.

—Viste a Abigail con Ethan, no conmigo —aclaró el Corsario, mientras le desabotonaba la camisa.

—Y yo llegué a casa con sangre en las manos. Todos dijeron que habías muerto. Alex dijo que era seguro.

—¿Qué sabe él? —Le subió los faldones de la camisa y desabrochó su cinturón—. ¿Por qué le dedicas tanto tiempo a ese hombre? La ropa que usa te hará daño a los ojos. Acabarás bizca.

—Son guirnaldas —sollozó ella—. ¿Sabes que incendiaron mi barco?

—Ah, sí, querida. —La levantó un poco contra su cuerpo para deslizarle los pantalones sueltos caderas abajo. Pero no pude hacer nada para impedirlo. Todo fue demasiado precipitado. Dicen que pasaste la noche con Montgomery.

Ella se apartó para mirarlo a los ojos, que relucían bajo la máscara.

—Pero no de ese modo. ¿Qué estás haciendo? —exclamó, horrorizada al encontrarse en camisa, con los pantalones alrededor de los tobillos y las botas puestas.

El Corsario la tumbó en la costa rocosa y, con un movimiento veloz, le arrancó a un tiempo las botas y los pantalones.

Jessica, sorbiendo por la nariz, parpadeando para aclararse la vista, había quedado inmovilizada por la estupefacción. El Corsario, con el torso desnudo, avanzó hacia ella como una pantera, sobre manos y rodillas, moviendo sedosamente el cuerpo sobre su piel.

—Pero...

Y entonces Jessica le pegó en la mandíbula con el puño derecho. Sin pérdida de tiempo, escapó de él. Pero el Corsario la sujetó por el tobillo y volvió a inmovilizarla.

—¿Qué haces, mujer?

—¿Yo? —protestó ella—. ¿Crees que voy a dejar que me toques? ¡Estás loco!

Él la besó.

—Si crees que...

Él la besó otra vez.

—Ni se te ocurra...

Pero la voz de Jessica sonaba ya más suave, y él volvió a besarla.

—Jessie, me estás volviendo loco. Pienso en ti sin cesar. Te amo, ¿no lo sabes? Te amo desde hace mucho tiempo y te propondría matrimonio si pudiera, pero no puedo seguir sin hacerte el amor.

—No, yo...

La besó otra vez.

—Puedes elegir: haremos el amor en la arena suave y fresca o te violaré en las rocas.

Ella dilató los ojos, protestando:

—¡No serías capaz de semejante cosa!

El Corsario sonrió.

—Me encantaría, una cosa o la otra. Tú eliges.

—Pero... pero eso no es elegir.

—Tal vez comience con una cosa y termine con la otra. Sin embargo, se dice que la violación es dolorosa, especialmente para las vírgenes, que quizá lo seas. Claro que a algunos hombres les excita tanto pataleo y arañazo.

—¡Por supuesto que soy virgen! —protestó ella.

—Ya me parecía —murmuró él, mientras empezaba a mordisquearla—. ¿Te has decidido?

—La mujer sólo debe acostarse con el hombre con quien se va a casar —recordó ella, con los ojos cerrados, dejando que él comenzara a recorrerla con los labios.

—Tal vez te cases conmigo cuando yo deje de ser el Corsario.

—¿Para vivir dónde?

Él, riendo entre dientes, escondió la cara en su seno. Le desató los cordones con los dientes, puesto que tenía las manos ocupadas en sujetar las de ella sobre su cabeza.

—Vivirás donde yo esté. Jessie, Jessie, qué bella eres. —Iba deslizando la lengua por la redondez de los pechos—. ¿Ya te has decidido?

—¿Decidido a qué? —La voz de Jessica sonaba muy lejana—. Sí, viviré donde tú estés.

—¿Será violación o acto de amor?

Ella no podía concentrarse.

—La religión dice que debo preservarme.

—Ah, en ese caso considérate violada. —Él le soltó las manos—. Cuánto te amo, Jessie.

Ella dejó de pensar; las manos del Corsario se habían deslizado por debajo de su ropa interior y se la estaba quitando diestramente. El aire de la noche sobre la piel fue una caricia más. Las manos del enmascarado parecían estar en todas partes, recorriéndole el cuerpo, el interior de los muslos, las pantorrillas. Entonces ella comenzó a acariciarle las piernas desnudas con la planta de los pies. La aspereza del vello le pareció estupenda y excitante, por ser tan distinta del contacto con su propio cuerpo.

Él le encerró los pechos entre las manos, le besó el cuerpo y deslizó la lengua hacia abajo, hacia el ombligo.

Jessica, con un gemido, recibió el peso de su cuerpo sobre el de ella.

Ante la penetración sintió el dolor y empezó a resistirse. Él la mantuvo inmóvil y la besó con lentitud, ampliamente, hasta sentir que se relajaba bajo él. Y al aflojar el cuerpo, sus piernas comenzaron a abrirse.

—No te resistas, Jessie: ámame. —Le mordisqueó la oreja. Cuando penetró en ella por completo ya casi no hubo dolor—. Jess... Jessie, te necesito.

—Sí —susurró ella—, aquí estoy.

Después de algunos movimientos rápidos, con los que trató de no hacerle daño, él se dejó caer sobre Jessica, sudoroso, laxo, saciado.

—Te amo, Jessica —susurró.

Ella le acarició el pelo oscuro, palpando el nudo de la máscara. Por alguna razón no respondió a aquella frase. Se limitó a estrecharlo contra sí, en silencio, tensa.

Sólo cuando comenzó a recobrar el sentido común pensó en la enormidad de lo que habían hecho. Ahora estaba atada a ese desconocido para toda la eternidad. Movió la cabeza para mirarlo, pero sólo vio la máscara. Ni siquiera sabía cómo era el hombre con quien acababa de hacer el amor.

—Hummm —murmuró él, estudiando su expresión—... ¿Enojada porque hice mi voluntad?

—¿Quién eres? —preguntó ella, con voz ronca.

—Eso no puedo decírtelo, tesoro. De lo contrario lo haría. ¿Te hice daño?

—No, pero ahora sí —respondió ella, con los ojos llenos de lágrimas.

El Corsario se puso a un lado y la tomó en brazos para mecerla.

—Te has pasado la semana hablando con la gente. ¿De qué?

Las lágrimas de Jessica comenzaban a secarse, reemplazado el enojo por otras emociones.

—De la cobardía.

—¿La de quién? ¿La de ellos, la tuya, la mía?

—La de ellos, por supuesto. No me considero cobarde. Y tú no lo eres, claro está.

Él le acariciaba la piel desnuda.

—Quiero que te vistas, Jessie. Si pasamos algunos minutos así, volveré a poseerte entre las rocas.

Ella vaciló.

—No, no —protestó él—. Las vírgenes necesitan descanso entre un arrebato y otro.

Ella se apartó para buscar sus ropas. Pese a la falta de luz y la máscara, notó que los ojos del Corsario la observaban, brillantes. Su primer impulso fue cubrirse, pero luego empezó a sentirse poderosa, como si sólo ella pudiera hacer que ese hombre magnífico bajara la cabeza. Mientras se ponía la ropa interior arqueó la espalda.

—Jessie —le advirtió él.

La muchacha le dedicó una sonrisa astuta, mirándolo con los ojos entornados.

El Corsario brincó hacia ella, emitiendo una especie de gruñido. «¡Oh, qué espectáculo delicioso!», pensó Jess, «este hombre enmascarado, musculoso y bronceado por el sol, moviéndose por la noche hacia mí...» Y abrió los brazos para recibirlo. Él le besó el cuello, sediento.

—Tal vez no reconozca tu cara cuando la vea, pero sí otras partes de ti. Será mejor que, cuando camines por la ciudad, te mantengas vestido.

Él rió contra su cuello.

—Levántate, pequeña seductora, y termina de vestirte. Luego me dirás de qué cobardía estabas hablando.

Ella deseaba volver a tenerlo entre los brazos, pero por más que se esmeró en sus movimientos, el Corsario no volvió a tocarla. Mientras él se vestía (sin dejar de observarla, con toda seguridad), la muchacha creyó oír algunos gruñidos, pero ese hombre parecía tener un infinito autodominio.

Cuando ambos estuvieron vestidos, la tomó otra vez en sus brazos; entonces Jess pudo sentir lo sudoroso que estaba. Sonriente, satisfecha, frotó la mejilla contra la seda húmeda de la camisa negra.

—Cuéntame ahora qué has estado haciendo.

Ella le contó lo que había ocurrido desde el último encuentro. Al hablar de su barco perdido se le estranguló la voz, pero el Corsario le dio una leve sacudida.

—Nada de autocompasión —le ordenó.

Cosa sorprendente: esas duras palabras la hicieron sentirse mejor y pudo continuar sin lágrimas. Por fin él dijo, lentamente:

—Conque quieres provocar más disturbios.

Ella se apartó para mirarlo.

—Quiero pelear. Ese hombre no tenía derecho de quemar mi nave. El que Inglaterra sea nuestra madre patria no lo autoriza a tratarnos como a... como a...

—¿Niños? —sugirió él.

—No somos niños, como bien sabes —adujo ella, en voz baja—. Somos adultos y tenemos la inteligencia necesaria para gobernarnos solos.

—Lo que estás diciendo es traición, Jessie.

—Tal vez, pero he oído rumores sobre cosas que se están diciendo y escribiendo en el sur. Pensé que quizá pudiera conseguir algunos panfletos. De ese modo la gente de Warbrooke comprendería que no somos los únicos.

—¿Y cómo obtendrás esos panfletos? ¿Cómo los distribuirás sin que te atrapen? ¿Cómo protegerás a tu familia mientras salvas al país?

—No lo sé —reconoció ella, furiosa—. Es sólo una idea. Aún no he resuelto los detalles.

—Tal vez yo pueda ayudar —sugirió él, suavemente.

Como de costumbre, Jess respondió sin pensar:

—No, gracias. Me meto en más problemas cuando te ayudo que cuando obro sola. Tal vez alguno de los barcos que zarpan de aquí acepten llevarme al sur. Podría...

El Corsario había tardado en llegar al punto de ebullición, pero en ese momento estalló. La aferró por los hombros y la maldijo, primero en italiano, luego en español. Por fin recobró el aliento y manifestó, entre dientes apretados:

—Seré yo el que consiga esos panfletos, yo el que los distribuya. Tú te quedarás en tu casa, como corresponde a toda mujer.

Los ojos de Jessica centellearon de furia.

—Si yo me hubiera quedado en mi casa hasta ahora, tú no estarías con vida.

Por un momento se fulminaron con la vista.

—¿Con quiénes has hablado? —preguntó él.

—Con nadie —respondió la muchacha, retrocediendo—. Alexander me señaló algunos detalles de la realidad.

—¿Esa morsa presumida y gorda? ¿Por qué te ronda tanto? ¿Qué quieres de él?

—¿Pretendes indicarme a quién tratar y a quién no? —Jessica se levantó—. Lo que acabamos de hacer no te convierte en mi dueño. ¡Y todavía debes demostrarme que eres capaz de hacer algo sin ayuda ajena! ¡Vaya Corsario el que eres! Tu único abordaje efectivo es el que haces bajo las faldas de las mujeres.

De pronto se llevó la mano a la boca, comprendiendo que había dicho demasiado.

El Corsario se levantó también, ardiendo de furia.

—Escucha... lo dije sin pensar —balbuceó ella—. Es que me enfadaste al ordenarme que permaneciera en casa.

Sin decir una palabra más, el enmascarado giró sobre sus talones y desapareció en la noche.

Jess permaneció allí por un rato, forzando la vista y aguzando el oído en el intento de percibir su proximidad. No se oía nada. No se veía nada.

Al fin recogió sus redes y su pesca para iniciar el regreso a casa.

# 11

Jessica, fatigada, dejó caer su carga de pescado y langostas en la mesa grande del salón de los Montgomery. Eleanor regañó secamente a Molly por no prestar atención a lo que hacía, colocó unos panecillos de maíz en el horno, chistó al perro que vigilaba el asador y miró con mal semblante a Nathaniel por no estar ya limpiando el pescado.

—¿Qué pasa? —inquirió Jess.

—Ése. —La palabra había salido de labios de Eleanor como espuma de una olla con agua hirviendo.

Jess volvió su mirada interrogante a Nate, que estaba recogiendo una langosta del suelo. El niño señaló la puerta con la cabeza y formó el nombre con los labios: Nick.

—¿Qué ha hecho ahora tu Nicholas? —preguntó Jessica, mientras retiraba un panecillo caliente del horno.

Eleanor giró hacia su hermana con expresión furiosa.

—No es mío, por cierto. —Por fin se dominó.

—Alexander está enfermo. Bien podría estar muriéndose, por lo que sé. Pero ese monstruo bruto y pendenciero no me deja entrar a verlo. Dice que Alex no quiere recibir a nadie.

—Puede ser verdad —observó Jess, con la boca llena—. Probablemente no quiera recibir a nadie sin sus vistosas chaquetas. —Sacudió las migas de sus manos—. Pero a mí me recibirá.

Caminó por el pasillo hasta la puerta de Alex. Ya tenía la mano en el pomo cuando Nick salió de otra habitación y la vio.

—El señor no quiere ver a nadie.

Jess llamó a la puerta.

—Soy yo, Alex. Jessica. Eleanor está preocupada por ti. Abre y déjame entrar.

No hubo respuesta. Ella miró a Nick. Aquel hombre corpulento y moreno la estaba mirando con la nariz en alto, con un aire más orgulloso que nunca.

—Quiero verlo —repitió Jess, apretando los dientes.

—Él no recibe visitas.

Jessica iba a decir algo más, pero al fin se encogió de hombros con una sonrisa.

—Bueno, cuide usted de que se alimente bien —recomendó alegremente.

Se dio la vuelta y volvió al salón. Eleanor la miró de reojo. Ella sacudió la cabeza y abandonó la casa.

No estaba dispuesta a que ese hombre le indicara qué hacer y qué no. Dio la vuelta a la casa, cruzando entre hierbas altas y matas, para acercarse al dormitorio de Alex. Al pasar junto a la ventana de Sayer se detuvo en seco. El anciano, muy tranquilo, levantó la vista de su lectura.

Jess tragó saliva con dificultad, pero como Sayer se limitaba a mirarla, le dedicó una sonrisa débil y vacilante y continuó su marcha. Cruzó ante la segunda ventana sin que él la llamara para preguntarle qué hacía por esa parte de los terrenos.

Al llegar a la ventana de Alex tuvo el placer de comprobar que las persianas estaban abiertas. Ya tenía un pie adentro cuando alguien la sujetó por el cinturón y la sacó a tirones. Era Nicholas Ivanovitch.

—Señorita Jessica —dijo, con voz recriminatoria—, no esperaba esto de usted. Vamos, corra, corra, y no vuelva a introducirse en la alcoba de los caballeros.

Jess apretó los puños, pero se dio la vuelta y se retiró. ¿Qué le importaba Alexander, después de todo? No hacía más que causarle dificultades. Por culpa de él había ofendido tanto al Corsario. Si Alex no le hubiera planteado esas dudas horribles sobre la utilidad de sus actos, ella nunca le habría hablado así. Sintió que los ojos se le llenaban de lágrimas, pero las contuvo. El Corsario le había dicho que la amaba y ahora probablemente la odiara, pero era algo a lo que ella podía sobrevivir.

Se encaminó hacia la ensenada. Los Wentworth querían veinticinco kilos de almejas para preparar la cena del almirante y sus oficiales. Al recordar la última vez que había visto a la presumida señora Wentworth, Jess sonrió. La mujer había tenido que hacerse cargo parcialmente de la cocina, pues se esperaba de ellos que albergaran y alimentaran a los ingleses. En llenarles la panza se estaban yendo todos sus ingresos.

—Así aprenderá —murmuró la muchacha, sonriente, mientras giraba su pequeña pala.

Esa noche Eleanor estaba llorosa. Los niños estaban habituados a las emociones y las rabietas de Jessica, pero Eleanor era otra cosa. Habitualmente cumplía el papel de piedra fundamental, estable, inconmovible.

—A Alexander le pasa algo malo, estoy segura —dijo.

Estaba sentada a la mesa y parecía haber olvidado por completo su habitual tarea de servir la comida. Los niños contemplaron los platos vacíos y estudiaron a la hermana mayor, como si comprendieran lo profundo de su preocupación.

Jess hizo una seña a Nick. Ellos dos se encargaron de traer el guiso y el pan de maíz a la mesa, repartiéndolo en silencio mientras Eleanor expresaba su preocupación por Alex.

—Apenas ha tocado la comida que le envié y no se oye ningún ruido detrás de la puerta. Las persianas están con cerrojo. La puerta, con llave. Creo que algo le pasa.

—¿Por qué te preocupas tanto? —preguntó Jess—. El hombre estará resfriado y, vanidoso como es, no soportará que lo vean con la nariz colorada.

Eleanor se levantó, furiosa, señalando a Jessica con la cuchara de madera.

—A ese hombre le debemos la vida —chilló—. Estás tan embobada con tu famoso Corsario que no te das cuenta de lo mucho que ese pobre querido ha hecho por nosotros. Impidió que nos quemaran la casa. Impidió que te ahorcaran. Cuando Pitman destrozó todas nuestras pertenencias, Alex nos las repuso. Cuando incendiaron el *Mary Catherine,* por culpa del Corsario, Alex te salvó el pellejo impidiendo que hicieras locuras. Es Alexander quien nos ayuda. Las ropas que usamos, la vajilla, los muebles, hasta la comida, todo se lo debemos a él. Y tú ni siquiera puedes referirte a él con amabilidad. Que Dios me perdone, Jessica, pero si vuelves a decir una palabra en contra de él te... te...

Jessica estaba horrorizada. Su hermana solía ser autoritaria, pero era la primera vez que le gritaba así.

—¿Me obligarás a usar chaquetas como las suyas? —preguntó mansamente, tratando de tomar la cosa a broma.

Un segundo después tenía un plato de guiso caliente chorreándole por la cara. La puerta se cerró violentamente detrás de Eleanor.

Jess se quitó el plato de la cara y hundió la cabeza en un balde de agua potable. Cuando la sacó, todos los niños estaban a su alrededor, con los ojos dilatados por el miedo.

—¿Y si Eleanor también muere y nos deja? —susurró Philip.

—No lo hará, a menos que yo la mate —murmuró Jessica. Luego observó a sus hermanitos con un suspiro—. No, sólo está enojada. Lo mismo me pasa a mí algunas veces.

—A cada rato —corrigió Nate.

Jessica le clavó una mirada fulminante.

—Vosotros quedaos aquí y comed. Yo iré a buscarla.

No le fue fácil cumplir con su promesa. Primero tuvo que perseguir a Eleanor por cuatrocientos metros de bosque. Por suerte, como la mayor no estaba habituada a caminar por la noche, Jess la encontró enredada en una mata de moras. Entonces tuvo que escuchar otra enumeración de las múltiples virtudes de Alexander Montgomery. Cuando Eleanor se quedó sin más elogios, la emprendió contra el siervo Nicholas.

Jess se limitaba a escuchar, mientras desprendía la cabellera de su hermana de entre las espinas. Prefería no hacer comentarios sobre aquel convencimiento de que uno era un santo y el otro, un demonio.

Ya en su casa, Jessica juró que al día siguiente conseguiría ver a Alex, fuera como fuese, y que sería muy amable con él. Le agradecería toda su ayuda y no haría comentarios sobre su ropa.

—Aunque los destellos me dejen ciega, no diré una palabra —prometió.

A la mañana siguiente, Eleanor la despertó a las cuatro para que fuera a casa de los Montgomery antes de que Nicholas despertara. Jessica, aunque gruñendo, obedeció. No quería otro ataque de mal genio de su hermana. Salió bostezando y ascendió la colina rumbo a la casa grande.

Alex trepó por la ventana de su cuarto a oscuras y estiró los hombros, haciendo girar el cuello para aliviar la tensión de sus músculos cansados. Al hacerlo tropezó con un pilar de la cama.

—¡Taggert! —exclamó la voz de Nick, desde la cama. Alex quedó inmóvil.

—Está Jess aquí —susurró.

Nick se incorporó, frotándose los ojos.

—Ah, eras tú. ¿Qué hora es?

—Las tres de la mañana.

Alex se sentó en el borde de la cama para quitarse las botas. Había sido maravilloso poder caminar por Boston con sus propias ropas, sin que nadie se burlara de él, disfrutando de las miradas que las señoras le arrojaban por encima de sus abanicos.

—¿Qué haces en mi cama y por qué gritaste «Taggert»?

—¡Esas mujeres! —gruñó Nick, mientras se levantaba sin prisa—. Eleanor estaba segura de que agonizabas y se empeñaba en verte. Después envió a la otra, a tu Jessica, a que espiara por las ventanas. La sujeté por los pantalones.

—Si le hiciste daño te...

—¿Me qué? —le desafió su amigo.

—Te daré las gracias, probablemente —murmuró Alex.

—¿Conseguiste tus panfletos?

El joven estiró la espalda.

—Llevo tres días a caballo, sin dormir y comiendo muy poco. Pero conseguí esos malditos panfletos. En cuanto haya dormido un día o dos me dedicaré a distribuirlos. —Sonrió—. Conque Jessica trató de escabullirse por la ventana. ¿Se dio cuenta de que no había nadie en el cuarto?

—No. La saqué a tiempo. Acuéstate, que yo iré a mi propia cama. Mañana podrán entrar esas mujeres.

—Pero no sin antes avisarme. Tendré que ponerme... —suspiró—. Una peluca y mi traje de gordo.

—Ése es asunto tuyo. Mañana iré a acostarme en mi bote para que mis sirvientes me atiendan. Tú puedes cuidarte solo.

Alex estaba demasiado cansado para protestar. Se quitó el resto de la ropa y se deslizó en la cama, desnudo. Antes de que las sábanas terminaran de asentarse sobre él ya estaba dormido.

Lo despertaron unas manos pequeñas en su muñeca y en su brazo.

—Alex —dijo la voz de Jessica—, ¿estás bien?

En algún rincón de su cansado cerebro, Alex percibió el peligro... y sintió la lujuria. Sujetó la mano de Jess y se la llevaba ya a los labios cuando obtuvo la sensación de peligro.

—¿Jess? —murmuró, gangoso.

—Sí —susurró ella—. Vine a ver si estabas bien. Eleanor está desesperada.

La mente de Alex comenzaba a funcionar poco a poco. En ese momento no era el gordo Alex ni el enmascarado Corsario. Abrió los ojos. Gracias a Dios, la habitación estaba a oscuras.

—Dame una de esas pelucas —pidió, cubriéndose con las mantas.

Si algo no le hacía falta era que Jess viera su melena oscura, por la que había deslizado los dedos aquella última vez.

—Te he dicho, Alex, que no me molestan las cabezas calvas.

—Por favor, Jessica —gimió él.

Sus ojos comenzaban a adaptarse a la oscuridad. Ella le arrojó la más pequeña de las pelucas. Entonces la miró entre las sábanas.

—Vuélvete.

La muchacha obedeció, aunque rezongando por lo bajo.

Esa peluca requería que él se recogiera el pelo, aplastándolo bien. Le costó bastante esconder sus gruesos mechones bajo los rizos falsos. Era de esperar que no asomaran rizos negros a la vista de Jess.

—¿Quieres darme una chaqueta? —preguntó, petulante.

El satén colorido distraería la atención de la muchacha.

Jess giró sobre sus talones para mirarlo.

—Prometí a Eleanor que no te criticaría por tus ropas, pero la única forma de respetar esa promesa es que no te pongas esas prendas. Ahora siéntate para que pueda echarte un vistazo. Eleanor te cree a las puertas de la muerte y, a juzgar por tu voz, no estás muy lejos de ellas.

Alex siguió bajo las sábanas. Después de algunas mudas maldiciones contra todas las mujeres entrometidas, miró a su amiga, explicando:

—No puedo sentarme. No tengo nada puesto.

Estuvo a punto de aflojar al ver que Jess se estremecía ante la sola perspectiva de verle el cuerpo desnudo. Demasiado pronto para su gusto, ella abrió un arcón colocado a los pies de la cama y retiró una camisa limpia. Después de arrojársela, le volvió nuevamente la espalda.

Alex se incorporó y las sábanas cayeron, descubriendo su cuerpo fuerte y musculoso, mientras se ponía la camisa decidió resarcirse por lo que ella había dicho al Corsario. Ya nuevamente acostado, se puso una almohada en el vientre y se cubrió los brazos, dejando al descubierto sólo las manos.

—Bueno —dijo, con voz cansada—, ya estoy decente.

Jess encendió una vela para estudiarle la cara.

—No se te ve tan mal. ¿Qué te pasa?

—Sólo un recrudecimiento de mi vieja enfermedad. ¿Te conté que, según cierto médico, tal vez no viva mucho tiempo?

Ella bajó la vela, con el ceño fruncido.

—Generalmente no pareces enfermo. Tu aspecto es horrible, pero no se te ve muy decrépito. —De pronto dilató los ojos—. Oh, disculpa. Prometí a Eleanor que no te insultaría. Bueno, ahora que te veo bien, me voy. Tengo pescado que entregar. Come algo y deja de poner nerviosa a mi hermana, que está intratable. Quizá nos veamos en un par de días.

Se movió para retirarse, pero él la sujetó por la muñeca, con un movimiento rápido.

—¿Podrías quedarte un momento, Jess? Me siento muy solo.

Ella trató de desasirse, pero no pudo.

—Es culpa tuya, Alex. Has situado a ese toro ante tu puerta, que no deja entrar a nadie.

—Lo sé —respondió él, melancólico—. Pero no quiero que nadie me vea así.

—Se te ve mucho mejor así que con esas... —Se interrumpió—. Está bien, me quedaré un minuto. ¿De qué prefieres que conversemos?

Iba a tomar una silla, pero Alex la retuvo y la obligó a sentarse en la cama, a su lado.

—¿Qué has hecho desde que enfermé?

—Pescar.

—¿Nada más?

—¿Y qué otra cosa puedo hacer? Me lleva el triple de tiempo, ahora que no tengo barco.

Él seguía sin soltarle la mano.

—¿No tienes problema para vender tu pesca?

Ante eso Jessica sonrió.

—El almirante Westmoreland y sus hombres se están comiendo cuanto los Wentworth ganan en la candelería. Ayer encontré a la señora friendo almejas.

—Y Abigail, ¿cómo está?

Jessica torció la boca con un gesto de disgusto.

—Dicen las malas lenguas que ella y Ethan se retiran en cuanto terminan de cenar.

Alex tosió para disimular la risa.

—Y tu Corsario, ¿cómo está?

—Enloquecido.

—¿Por el enojo o por la demencia?

—Eso no es asunto tuyo. —Jess trató de apartarse, pero él la sujetó con firmeza.

—¿Riña de enamorados? —la provocó.

—Nosotros no somos...

Jess se interrumpió y bajó la vista.

—Puedes contarme todo —le aseguró él—. Adivino que has vuelto a verlo. Menos mal que no fue por una de sus batallas. He estado demasiado enfermo como para acudir a salvarte.

En esta oportunidad ella logró escapar y le plantó una almohada en la cabeza. El aire se llenó de polvo.

—¡Pedazo de cerdo! —gritó—. ¡Cerdo pomposo y haragán! Lo que ha pasado ha sido sólo por tu culpa. Tú me haces dudar de él, que es la esperanza de esta ciudad. Tú, en cambio, eres sólo su hazmerreír, nada más que...

Una vez más se interrumpió en seco. Al levantar la almohada, Alex no se movió. Tenía la cabeza vuelta hacia un lado, en un ángulo extraño.

—¡Alex! —exclamó Jess, arrojándose sobre él y acercándole la mejilla—. Oh, Alex, no quise hacerte daño. Siempre olvido que eres tan frágil. Escucha, no era mi intención... Por favor, no te mueras. Te estoy realmente agradecida por toda la ayuda que nos has prestado. —Le levantó la cabeza para apretársela contra el seno, mientras le acariciaba las sienes—. Lo siento, Alex. No volveré a pegarte.

Él sonrió contra su pecho, disfrutando de aquellos momentos. Después levantó las manos hacia la espalda de la muchacha, con un gemido.

Jessica quiso apartarse, pero él se lo impidió.

—Qué bien me hace tu fuerza, Jess. Abrázame un momento. Déjame sentir tu fuerza, que mana hacia mí.

Ella lo estrechó con más energía.

—No quería hacerte daño, pero dices cosas tan horribles que me olvido de tu poca salud.

—¿Y tú... me echarías de menos si me fuera de este mundo?

Jess vaciló.

—Caramba, sí, creo que sí. Me has causado un montón de problemas, pero eres un gran amigo para mí y para mi familia. Aunque cuando quemaron mi barco me puse furiosa, ahora me doy cuenta de que me salvaste de hacer algo un poco tonto.

—Un poco, sí —musitó él, incorporándose sobre un codo.

—¿Te sientes más fuerte? —preguntó Jess.

—Mucho mejor —suspiró él, refugiándose en su seno.

—Alex... en realidad... no estoy segura de que fuera esto lo que Eleanor pensaba. Tengo que ir a trabajar.

—Sí, por supuesto —murmuró él, débilmente, dejándola en libertad—. Comprendo. Bien, aquí seguiré hasta que alguien se acuerde de mí y me traiga comida.

—Se lo diré a Eleanor antes de irme —prometió ella, acomodándose la ropa.

—Es demasiado temprano. Aún no estará aquí.

—Creo que no. Se lo diré en casa. Tengo que pasar por mis redes.

—Y para quien está tan cerca de la muerte ¿qué importan una horas más de hambre? —Alex desvió la cara hacia un costado.

Jessica suspiró.

—Iré a ver si quedan sobras en la cocina.

Volvió trayendo pollo frío, pan y queso, vino con agua y huevos duros. Puso la bandeja junto a Alex, con intención de retirarse inmediatamente, pero él parecía incapaz de llevarse nada a la boca. Minutos después Jess se encontró a su lado, cruzada de piernas, comiendo de tan buen grado como él. Entonces comenzó a contarle sus ideas de distribuir panfletos entre la gente de Warbrooke.

—No podemos permitir que esta opresión continúe —dijo, implacable.

—¿Y tu Corsario se niega a ayudar? Supongo que se lo pediste.

Fue así como Jess le contó todo casi sin darse cuenta... excepto sus amores con él.

—Dices que se enojó. ¿Por qué?

Los ojos de la muchacha lanzaban destellos.

—Porque te presto demasiada atención. Le dije que era incompetente.

—¿Con esas palabras?

—Más o menos —reconoció ella, ruborizándose al recordar sus frases textuales—. En estos momentos no está satisfecho de mí. Tal vez no vuelva a verlo.

Alex le estrechó la mano.

—Si es inteligente, volverá.

Ella le sonrió, pero de pronto vio que el sol ya se filtraba por las persianas.

—Tengo que irme o perderé la pesca. —Puso la bandeja cubierta de migas en el escritorio de Alex y, siguiendo un impulso, lo besó en la frente—. Gracias por todo cuanto has hecho y gracias por escucharme. Diré a Eleanor que te deje descansar.

Él le sonrió de tal manera que la sorprendió por un instante.

—¿Sabes, Alex? Así no estás tan mal. Cuando te encontremos novia, haremos que te vea en la cama. Ahora descansa.

Y salió de la habitación.

Alex se recostó en las almohadas, riendo.

—¿Celoso, Corsario? —dijo en voz alta—. Pues deberías estarlo. A ti nunca te dice estas cosas.

Dejó caer la peluca en el suelo y se acomodó para dormir, aún con la sonrisa en los labios.

# 12

Como no había señales del Corsario tras la llegada del almirante y la ciudad se mostraba acobardada ante las tropas inglesas, Westmoreland empezó a relajarse. Disfrutaba viendo que los habitantes de Warbrooke pasaban con la vista baja y expresión furiosa, pero sin atreverse a contradecirlo. Hasta empezó a jactarse. Decía a quien quisiera oírlo que sólo hacía falta puño de hierro.

Por eso no estaba preparado cuando el Corsario hizo su siguiente aparición.

Los habitantes de la ciudad despertaron al alba con el tañido de la gran campana instalada en casa de los Montgomery. En otros tiempos se la había usado para anunciar cualquier ataque de los indios, pero ahora sólo advertía de incendios y otros desastres.

Hombres y mujeres, cubiertos con distintas prendas, salieron de sus casas a toda carrera, preguntándose unos a otros:

—¿Qué pasa? ¿Qué ha ocurrido?

Uno a uno comenzaron a descubrir los panfletos clavados en sus puertas y los leyeron, abriendo los ojos más y más a cada palabra. Los billetes decían que los americanos tenían derechos y que el imperio inglés debía llegar a su fin. Decían que los ingleses no tenían derecho a allanar casas sin orden escrita ni a alojar sus tropas en el domicilio de los colonos. Se hablaba contra las leyes aduaneras, asegurando que los americanos tenían derecho a importar y exportar mercancías sin pasar por Inglaterra.

—¡Secuestradlos! —aulló el almirante Westmoreland, de pie en el porche de los Wentworth, con la chaqueta del uniforme puesta sobre la camisa de dormir. Después de echar una mirada de disgusto a la dueña de la casa le arrancó el papel de las manos—. Vuelva a la cocina, que es el lugar que le corresponde, mujer.

Giró sobre sus talones para entrar, pero en ese momento comenzó a sonar la campana del faro, en el extremo sur de la península. Todos se volvieron en esa dirección.

Precariamente encaramada en lo alto del faro se veía una silueta vestida de negro.

—Es el Corsario —susurró alguien.

La palabra Corsario pareció correr como un tifón por entre la multitud. A la vista de toda la población, el personaje soltó una pila de panfletos y dejó que flotaran hasta la tierra; un momento después había desaparecido.

—¡Tras él! —gritó el almirante a sus soldados, medio desnudos.

Dos de los hombres tenían la cara cubierta de espuma de afeitar.

—Y secuestrad esta porquería —gritó Westmoreland, pisoteando su papel hecho un bollo—. Se ahorcará a cualquiera que tenga uno de estos en su poder.

Diciendo esto, volvió a la casa. Por eso no vio que la señora Wentworth apoyaba el pie sobre el papel arrugado y lo deslizaba bajo un tiesto de flores.

Aquella tarde, al levantar la vista de la cerveza que estaba tomando en el salón de los Montgomery, Alex vio entrar a Jessica, con una sonrisa en los labios. Arrojó la red cargada y, al encontrarse frente a su amigo, ensanchó su sonrisa.

—¿Lo viste? —susurró—. Yo no. No pude llegar a tiempo, pero todos dicen que estuvo estupendo.

—Supongo que te refieres al Corsario —comentó Alex, volviendo a su libro de contabilidad. Estaba tratando de descubrir qué hacía Pitman con las cuentas de los Montgomery—. Si quieres que te dé mi opinión, fue una perfecta tontería. Ahora la ciudad tendrá graves problemas con el almirante.

—Estoy de acuerdo —aseveró Eleanor, poniendo la mano en el horno para controlar su temperatura—. Nos castigarán a todos por lo que él hizo.

—Sí, pero ¿leísteis los panfletos? No he visto ninguno —protestó Jessica, con la cara larga—. Él no dejó ninguno en nuestra puerta.

—Es su primera muestra de sensatez, que yo sepa —comentó Alex—. Y ahora, Jess, ¿querrías dejar de interrumpirme con tus cuentos de hadas sobre ese agitador presumido? Estoy tratando de sumar estas cifras.

Jess clavó una mirada furiosa en su peluca empolvada. Luego hizo girar bruscamente el libro hacia ella. Casi de inmediato, cantó:

—Doscientas treinta y ocho libras con veintinueve chelines.

Miró a Alex y le quitó la pluma; después deslizó el dedo por las otras cinco columnas y escribió el total al pie de cada una. Por fin volvió a poner el libro bajo las narices de él.

—Algunos sabemos hacer estas cosas. No todos nos pasamos el día calentando la silla.

Al decir esto, se dio la vuelta y abandonó la casa, sin prestar ninguna atención a la exigencia de Eleanor de que volviera para disculparse ante Alex.

Por desgracia, las palabras de Alex resultaron ciertas. El almirante Westmoreland se enfureció ante la aparición del Corsario en su misma presencia. De inmediato se confiscaron tres cargas y se pusieron bajo custodia. El almirante dijo que los armadores eran sospechosos de contrabando, pero todos sabían que aquello era pura represalia porque a los tres se les había visto leyendo los panfletos del enmascarado en la calle, aquella mañana.

Dos hombres fueron encarcelados al aparecer soldados ingleses en sus domicilios, en medio de la noche, para efectuar un allanamiento en el que se encontraron los documentos ilegales.

De cualquier modo, el almirante no se atrevió a ahorcarlos. Hasta él se daba cuenta de cómo estaba reaccionando la población. El Corsario había hecho exactamente lo que Jessica deseaba: había dado esperanzas a la gente.

Westmoreland no quiso provocar a la turba con un doble ajusticiamiento. Sólo quería hacer saber quién mandaba allí. Por lo tanto, hizo azotar a un joven por impertinencia tras habérsele oído murmurar algo sobre la independencia.

Un atardecer, cuando Jessica volvía de su pesca, vio a alguien en el cepo de la plaza. De pronto estuvo a punto de tropezar con Abigail, que estaba escondida entre las sombras, sollozante.

—¿Qué haces aquí? —preguntó Jess—. Casi me topé contigo.

Abigail sollozó con más energías. Jessica, suspirando, dejó su saco de almejas.

—¿Qué pasa, Abby? —preguntó, tratando de dar a su voz un acento solidario—. ¿Has discutido con Ethan?

La muchacha se sonó la nariz y señaló el cepo.

En los últimos días los cepos siempre estaban ocupados, pero aquella escena abrió los ojos de Jess.

—¿Ésa es... tu madre? —exclamó, horrorizada.

Abby, asintiendo, volvió a llorar.

Jess apoyó la mano en un árbol para no perder el equilibrio. Había sido divertido ver a la señora Wentworth friendo almejas, pero no lo era tanto encontrar en esa situación a una dama tan orgullosa.

—¿El almirante? —volvió a preguntar.

Abby asintió otra vez.

—Dijo que ella no se mostraba debidamente sumisa ante los ingleses —explicó la muchacha, levantando la voz—. Él manchó de cenizas la silla de brocado de mamá y se quejó. —El llanto se redobló.

—¿Cuánto tiempo lleva tu madre allí?

—Cuatro horas. Y debe pasar otras tres, en la oscuridad.

—Sin agua, supongo.

Abby se mostró horrorizada.

—Oh, no... las órdenes del almirante...

Jessica dijo algo que abrió los ojos de la muchachita.

—Creo que estoy de acuerdo contigo —susurró—, pero dijo que nadie debía decirle una palabra.

—No diré una palabra —aseguró Jessica.

Fue a la fuente pública y llenó un cazo de agua para llevarlo a la señora Wentworth. La mujer tenía un aspecto patético: sus ojos estaban opacos y sin vida; su pelo, en contra de su costumbre, desaliñado. Cuando Jessica le acercó el agua a los labios levantó la vista, sorprendida.

—Lo más probable es que la sirvienta le esté robando hasta el apetito —dijo la muchacha, con suavidad—. Y dicen que el señor Wentworth ha dejado entrar a los perros en la sala principal. Además, Abigail y Ethan riñen a cada rato.

La señora Wentworth levantó la cabeza todo lo que le permitía el cepo.

—Si esa niña cree que la voy a recibir en casa después de la vergüenza que me ha hecho pasar, está muy equivocada. En cuanto a James, lo voy a despellejar. Y esa criada...

Se interrumpió. En sus labios empezaba a formarse una sonrisa.

—Gracias, Jessica —susurró—. No merezco tu bondad después de todo lo que...

—Chist —la acalló Jess, alisándole el cabello—. Usted es mi mejor cliente. ¿Le llevo una carga de ostras para mañana?

—Sí, ¿y podrías pedir a Eleanor que me amasara seis pasteles de ostras, de esos que prepara tan ricos? Siempre que a Sayer no le moleste, claro está. También necesitaré... —Su encargo se cortó bruscamente—. ¡Oh, Jess, corre!

A espaldas de Jessica, saliendo de un callejón, como si quisiera atrapar a cualquier infractor, acababa de aparecer el almirante, montado a caballo. Alargó la espada e inmovilizó a Jessica con ella.

—¿Quién eres? —bramó.

—Jessica Taggert, antes capitana del *Mary Catherine* —respondió ella en voz alta.

Él levantó la espada para obligarla a mirarlo de frente.

—Ah, sí —comentó, bajando la voz—, la que quería el Corsario. Y ya me doy cuenta por qué. —Bajó la espada—. Di órdenes de que nadie hablara con esta mujer.

—No dijo nada —aseguró la señora Wentworth—. Ella sólo pasaba.

Westmoreland las miró alternativamente, sin saber qué creer. La prisionera dio un tono de súplica a su voz:

—Es la señorita Jessica quien entrega las almejas que tanto le gustan a usted, señor.

Jessica se limitaba a mirarlo, con fuego en los ojos.

Él la valoró con la vista.

—Eres una mujer demasiado bonita para vestir así. Ponte ropas de señora si no quieres acabar en el cepo. —El hombre sonrió—. O tal vez deje que mis soldados te vistan. Buenas noches, señoras.

Hizo girar a su caballo y se alejó.

—¡Vete! —rogó la señora Wentworth—. Vete... y gracias, Jessica.

Jess cruzó la plaza corriendo. Dejó atrás a Abigail, que la miraba como si no supiera si considerarla tonta o santa, recogió sus almejas sin detenerse y continuó la marcha hacia la casa de los Montgomery.

El salón estaba desierto. Mientras ella trataba de recobrar el aliento entró Alex.

—Te vi correr —dijo, preocupado—. ¿Hay algún problema?

—Eleanor ¿ya se fue?

—Uno de los niños estaba enfermo y Mariana la envió a su casa.

—¿Cuál de los niños?

—Uno de los más pequeños. —Él se encogió de hombros—. ¿Por qué corrías?

Jess le contó entonces lo del almirante y la señora Wentworth.

—Ahora debo ir a casa. Estas almejas son para mañana.

Alex la sujetó por el hombro antes de que pudiera moverse.

—Me gustaría que no te acercaras al almirante, Jess. ¿No se te ha ocurrido pensar que, si el Corsario no dejó panfleto a tu puerta, debió ser porque te quiere fuera de esto?

Ella se volvió para enfrentarse a él.

—Estoy harta de tu cobardía. ¿Somos ovejas para dejarnos llevar mansamente al matadero? ¡Tenemos que pelear!

—Deja que peleen los hombres —adujo él, enfadado—. Ésa no es tarea de mujeres y niños.

—La pobre señora Wentworth está en el cepo sólo por proteger sus muebles. ¿Y tú dices que las mujeres no debemos entrometernos? Suéltame el brazo. Quiero ver a mi familia.

—Si sigues provocando al almirante no tendrás familia alguna —le advirtió él—. ¡Maldito sea ese Corsario!

Cuando Mariana entró en el salón agregó para sí: «Y maldita ésta, también, por haberse casado con Pitman e iniciado todo esto».

—¡Qué cara, Alexander! —observó Mariana—. ¿Te he hecho algo?

Él se tragó el enfado.

—Puedes ayudarme a buscar algunos vestidos para Jessica Taggert.

La hermana abrió y cerró la boca un par de veces.

—No quiero preguntar en qué se ha metido esa muchacha esta vez. Vamos al cuarto de mamá y cuéntame todo mientras busco algo que ella pueda ponerse.

Horas después, cuando Alex iba a acostarse, oyó la llamada de su padre. De inmediato irguió la espalda. Al parecer, podía perdonar a cualquiera que se dejara convencer por su disfraz.., pero a su padre no. La frialdad con la que el anciano le había recibido a su retorno aún le provocaba enojo. ¿Qué había dicho Jessica, a propósito de eso? Que Kit y Adam eran los «mejores» hijos.

—Me pareció oír que Jessica gritaba como si estuviera enfadada.

—Así fue. —Alex bostezó, haciendo mover el encaje de su manga—. Estaba furiosa porque no reconozco al Corsario como nuestro salvador.

—¿No estás de acuerdo en que está ayudando a la ciudad?

Alex flexionó las rodillas para mirarse en el espejo que estaba al otro lado de la cama y se acomodó un rizo sobre el hombro.

—Creo que ese hombre no hace más que provocar problemas. Si no apareciera, tal vez el almirante volvería a Inglaterra.

—¿Eso le dijiste a Jessica?

—Por supuesto. ¿Hice mal?

—Cada uno puede pensar lo que guste. A propósito, ¿te encontró la tarde en que iba correteando por las hierbas del patio?

Alex disimuló su sorpresa.

—Vino a la mañana siguiente. ¿Quieres algo más? Mi reciente enfermedad me ha dejado fatigado.

—Vete —dijo Sayer, con una mueca—. Ve a dormir.

Alex siguió caminando por el pasillo hacia su dormitorio, con los puños apretados contra los pantalones.

A la mañana siguiente, cuando Jessica recogió sus redes y comenzó a andar hacia la ciudad, aún estaba enojada con Eleanor. Había dejado su palita de excavar almejas en casa de los Montgomery y debía ir a buscarla. Además, Eleanor había insistido en que le correspondía presentarse ante Mariana para agradecerle los cuatro vestidos que le había enviado la noche anterior.

—Esta mujer se está volviendo muy autoritaria —murmuró Jess, refiriéndose a su hermana mayor.

Eleanor había malgastado unos preciosos minutos del amanecer en arreglarle la cabellera, ajustarle el corsé e inspeccionar su aspecto.

—¿Cómo voy a pescar con estas faldas? —se había quejado ella.

—En la cárcel no se puede pescar. Y a la cárcel irás si no obedeces al almirante.

Por eso iba camino de la casa de los Montgomery, vestida como un maniquí de modista. Estaba tan furiosa que ni siquiera reparó en lo que pasaba a su alrededor.

Un hombre que iba a caballo quedó tan asombrado ante su aparición que chocó contra un carruaje. Los caballos del coche se espantaron, pero el conductor no pudo dominarlos porque toda su atención estaba concentrada en la bella Jessica Taggert. Los caballos se alzaron de manos y el conductor cayó hacia adelante. En tanto el hombre aterrizaba en un abrevadero, los caballos se desbocaban y partían a todo galope, con la anciana señora Duncan gritando dentro del carruaje... pero nadie le prestó atención. Dos hombres, que miraban a Jessica boquiabiertos, atropellaron a una mujer que llevaba seis docenas de huevos. Los huevos cayeron al suelo; algunos se estrellaron y otros echaron a rodar. Un hombre que cargaba una jaula con gansos, atento al paso de Jess, resbaló con tres de los huevos y dejó escapar los gansos, que se metieron entre las piernas del herrero. El herrero dejó caer una herradura caliente (estaba mirando a Jess, sin prestar atención a su trabajo), que rozó la pata de un caballo. El animal descargó una coz contra el flanco del edificio y derribó un poste, sobre el cual había un yunque. El yunque derribó un segundo poste y todo el edificio se vino abajo, mientras herrero y caballo escapaban de milagro. Por desgracia, el almirante estaba junto a Alexander, en la cima de una loma, y presenció toda la escena.

Cuando Jessica llegó hasta ellos, Alex tenía los ojos llenos de lágrimas por la risa contenida.

—He venido a agradecerte los vestidos —dijo la muchacha, en tono belicoso, sin mirar al almirante. Westmoreland contempló el caos que reinaba al pie de la colina: hombres y mujeres chillaban, los animales relinchaban y todo el mundo corría de un lado a otro. Luego miró a Jessica. Su cara se puso roja. Entonces le apuntó con un dedo.

—¡Te quiero casada! —aulló—. ¡Te quiero casada dentro de quince días! Y que Dios proteja al pobre hombre.

Pasó junto a ella como una tempestad, colina abajo, para tratar de organizar el caos con sus estentóreas órdenes.

Jessica lo siguió con la vista.

—Pero ¿qué demonios...? ¿Qué pasó allá abajo?

Alexander estalló por fin en una carcajada y la empujó al interior de la casa.

—¿Qué te ha atacado? —se extrañó ella, pensando que Alex había perdido el seso.

Su amigo iba a explicárselo, pero en ese momento Amos Coffin se dio la vuelta, vio a Jess y estrelló su jarrito contra el hogar de piedra. El jarro se hizo añicos. Amos quedó boquiabierto, con el asa en la mano.

—¿Acaso has visto un monstruo marino? —exclamó la muchacha, mientras Alex volvía a reír—. ¡Oh, los hombres!

Recogió su palita para las almejas y echó a andar hacia la puerta. Alex la siguió con una recomendación, medio sofocada por la risa.

—No vuelvas a cruzar la ciudad. Warbrooke no podría soportar otro tránsito tuyo.

Ella le arrojó una mirada de disgusto y salió dando un portazo. No pensaba volver a la ciudad, por supuesto. Siempre tomaba el camino del bosque y él lo sabía muy bien.

# 13

A Jessica le costó descubrir el modo de pescar vistiendo faldas. Puesto que estaba sola en la pequeña ensenada que había llegado a considerar suya (suya y del Corsario, pensó con una sonrisa), se quitó la chalina del profundo escote cuadrado y la usó para atarse las faldas a la cintura. Al retirar la chalina había dejado sus pechos bastante descubiertos, pero estaba demasiado atareada como para prestar atención al detalle. Se quitó los zapatos y las medias y, con las piernas descubiertas hasta la rodilla, arrojó sus redes.

Cuando empezaba a ponerse el sol apareció Eleanor, descendiendo con torpeza el acantilado hacia la bahía. Jessica sintió una inmediata preocupación.

—Alguien se lastimó —adivinó, dejando caer las redes.

—No —dijo Eleanor—, pero supuse que te encontraría aquí. Dejé a los niños con Alex para venir a conversar contigo. —Miró a su hermana de pies a cabeza, apreciando la exposición de sus pechos—. Y ruego a Dios que no me haya seguido ninguno de esos hombres.

—¿Qué hombres? —preguntó Jess, extrayendo una red llena de pescados y con langostas colgando de los bordes.

—Ya le había dicho a Alex que no tendrías idea de lo que estaba pasando. ¿No oíste al almirante, Jessica? Dijo que debías casarte con alguien en un plazo de quince días.

—Oh, eso. ¿Preparaste los pasteles de ostras para la señora Wentworth?

—¡Jessica! —gritó Eleanor—. ¡Haz el favor de escucharme! Tienes que elegir marido.

—No pienso dejar que ese hombre me acobarde, Eleanor. Y no tengo intenciones de casarme con nadie... al menos por ahora.

La hermana se enfrentó a ella directamente.

—La orden del almirante, esta mañana, fue oída por muchas personas. Ese hombre tiene que hacerla respetar si no quiere quedar como un tonto. Oh, Jessica, ¿cómo haces para meterte en estos berenjenales?

—No sé nada de esto. Deja que Alex se encargue de hablar con ese hombre. Parecen muy amigos —insinuó ella, con malignidad.

Eleanor se sentó en un árbol caído.

—¿Cómo voy a lograr que me escuches? El almirante tiene su reputación en juego. Ante mis propios oídos, veinte personas le han dicho que no te casarías jamás. En cada uno de esos casos el hombre se puso más y más furioso. Ahora dice que te casarás con un americano en el plazo de dos semanas o, al decimoquinto día, te casarás con un inglés.

Por fin Jessica comenzaba a captar las palabras de su hermana.

—¿Y todo esto ha pasado en un solo día?

Eleanor arqueó una ceja. Jessica no tenía idea de los desastres que había provocado esa mañana.

—Hoy han venido a casa de los Montgomery catorce hombres casaderos y dos no casaderos, casi todos con regalos para ti.

Jess comenzó a sonreír.

—¿Qué tipo de regalos? Nos vendría bien un cerdo. Si alguien nos trae una cerda preñada, suya soy.

—Esto es grave, Jess.

La muchacha se sentó junto a su hermana.

—Se envió aquí al almirante para que buscara al Corsario, nada más. No tiene poderes para obligar a nadie a contraer matrimonio.

Eleanor le tomó la mano.

—Quemó tu barco. Bien puede quemarnos la casa. Creo que esta mañana habló sin pensar, pero ahora tiene que mantener lo que ha dicho. Además, no creo que los hombres de esta ciudad le permitan echarse atrás. Son demasiados los que desean la oportunidad de casarse contigo.

—¿De veras? —se extrañó Jess, sonriente—. ¿Hay alguno interesante? ¿El hijo menor del señor Lawrence, por ejemplo?

—¡Tiene diecisiete años!

—Cuanto más jóvenes, más fáciles de domar. —Viendo que Eleanor empezaba a chillar otra vez, se puso seria—. Está bien, ya arreglaremos esto. Creo que Alexander es el más adecuado para hacerse cargo del asunto.

—Pues te rescata con bastante frecuencia, sí.

—Porque es una tía solterona entrometida. Ya que no sabe hacer otra cosa, que hable y convenza. A ver, ayúdame con este pescado y nos iremos a casa. Mañana nos preocuparemos por esto.

—Mañana quedarán sólo trece días —advirtió Eleanor, sombría.

Jess, inclinada sobre las redes, miró a su hermana.

—Podría casarme con ese gigante ruso que ha traído Alex.

—Pasando sobre mi cadáver —le contestó Eleanor. De inmediato se llevó la mano a la boca—. Es decir... por supuesto...

Jessica comenzó a vaciar las redes, silbando.

Sólo después, mientras caminaban hacia la pobre casita, comenzó a entender lo que su hermana había dicho. Ante la puerta había una fila de hombres; algunos, con flores marchitas; otros, con golosinas mohosas. Otros se limitaban a esperar, con la gorra en las manos.

—Poseo dos hectáreas y media de tierra buena para el cultivo, señorita Jessica, y me gustaría tomarla por esposa.

—Soy dueño del *Molly D* y usted podría navegar conmigo. Le extenderé una cuerda para la colada cuando usted guste.

—Tengo un establecimiento a treinta kilómetros de aquí. Podría comprar una mula para arar.

—Poseo seis mulas, tres bueyes y ocho cacerolas. Quiero casarme con usted, señorita Jessica.

La muchacha los miraba, boquiabierta, mientras Eleanor la obligaba a pasar por la doble fila. Cuando Jessica se detuvo frente a un hombre que llevaba un gordo cerdo, atado con un cordel, la hermana estuvo a punto de arrancarle el brazo.

—No tenía idea de que fuera tan atractiva —comentó, sonriente—. Podría plantarme en el muelle y dejar que cada uno haga su oferta. Pero ese hombre del cerdo era muy apuesto.

Eleanor dejó caer un saco de cereal en la mesa.

—Debería venderte. Venderte al mejor postor, como lo oyes. De ese modo los niños y yo tendríamos un poco de paz.

—Comida no, pero sí paz —reconoció Jess, complaciente—. No te alteres, Eleanor. Esto pasará. Por el momento no tengo intenciones de casarme con nadie. Ya verás que Alex, con su pico de oro, convencerá al viejo almirante de que se olvide de mí. Ya verás.

Se reclinó en la silla, pensando que sólo tenía intenciones de casarse con el Corsario. Una vez que él pudiera revelarle su identidad, ambos se presentarían con mucho orgullo al sacerdote.

Jessica trataba de concentrarse en la pesca, pero sin dejar de echar algún vistazo sobre el hombro. Los últimos diez días sólo merecían la definición de infierno. Al parecer había hombres por todas partes: trataban de retenerla, la miraban con la cabeza inclinada, le ofrecían sus bienes terrenales. Llegaban hasta desde Boston. Hubo un francés, mercader de pieles, que llegó desde los bosques del norte, habiendo oído decir que había un barco lleno de mujeres bonitas para la venta. Pareció bastante desilusionado al ver que se trataba sólo de una. Jessica le pareció muy bonita, pero con ella no bastaba.

Jess las había pasado negras para escapar de sus pretendientes y llegar a su pequeña ensenada.

Eleanor y Alex tuvieron que discutir con ella durante la mayor parte de la primera semana para convencerla de que el almirante había hablado con toda seriedad al ordenarle que se casara. Había ciertas amenazas pendientes: contra su casa, su familia y su modo de ganarse el sustento, para el caso de que no le obedeciera y lo hiciera quedar como un tonto. El almirante había llegado a presentarle al hombre con quien la obligaría a casarse si no elegía marido ella misma: un idiota corpulento, cuyo grueso labio inferior babeaba sin cesar. Westmoreland había soltado la carcajada ante el involuntario estremecimiento de la muchacha.

Pero el hacer cosas familiares, como arrojar y recoger sus redes, hizo que Jess pensara en cuáles serían los cambios de su vida si contraía matrimonio. Hasta ese momento, ninguno de sus pretendientes había mencionado a sus hermanos; algunos de ellos sentían una decidida antipatía hacia Nathaniel.

Jessica sonrió. Nate los provocaba, por supuesto. Le encantaba hacerlos quedar mal. Preguntaba a los viejos qué edad tenían y reía estruendosamente ante la respuesta. Insistía en que los debiluchos mostraran los bíceps y aseguraba a su hermana que ella necesitaba un marido más fuerte. A uno le sacudió la cabeza, asegurando haber visto piojos en su vieja peluca. El niño se encargaba de deshacerse de los peores.

Pero ni siquiera el mejor de ellos interesaba a Jessica. Ella sólo sentía interés por un hombre: el Corsario. Le bastaba cerrar los ojos para sentir sus manos en el cuerpo. ¿Por qué no se presentaba? ¿Por qué no le pedía que se casara con él? ¿Por qué no la rescataba de esos libidinosos?

El ruido de una piedra, al caer, le hizo abrir los ojos y volverse precipitadamente. El viejo Clymer estaba a pocos centímetros de ella, con las sucias manecitas extendidas hacia sus carnes. Jess dio un paso atrás y estuvo a punto de tropezar con su red.

El viejo no le quitaba los ojos del pecho casi descubierto. Después bajó la vista a sus pantorrillas. Aquellas pupilas subían y bajaban por ella sin descanso.

Jess se cubrió el escote con las manos, diciendo:

—Usted no debería estar aquí, señor Clymer. —Mientras tanto seguía retrocediendo.

—¿Por qué no? —jadeó él, avanzando siempre—. He venido porque estás aquí. Te amo desde hace años, Jessica. Cásate conmigo. Te daré lo que quieras.

Ella miró a su alrededor, en busca de un arma, pero sólo vio los pescados entre sus pies. Se inclinó para recoger por la cola un pescado de diez kilos y golpeó con él al viejo sobre la oreja.

Él quedó aturdido sólo por un momento; de inmediato la sujetó, la atrajo hacia sí y trató de besarla en la boca.

Jess le empujó la cara, apartándose, pero Clymer tenía una fuerza asombrosa para su edad.

—Jessica —murmuró él, escondiendo la cara entre sus pechos.

—¡Suélteme, viejo asqueroso, pedazo de carnada! —chilló la muchacha.

Él no le prestó atención.

—Quiero que seas mi esposa. Quiero tenerte siempre. Quiero que seas mía, Jessica, mía para toda la eternidad.

Ella, al volverse, vio a Alexander de pie en el acantilado, por encima de la bahía.

—¡Ven a ayudarme! —gritó—. ¡Quítame este pulpo de encima! —Y suplicó:— Por favor, Señor Clymer, domínese.

Alexander, con una lentitud enfurecedora, descendió a la ensenada, mientras Jess se debatía entre las manos del viejo, que le baboseaba el seno con sus húmedos besos. La joven temió descomponerse.

Alex bajó a pasos pequeños, entre las rocas, cuidando de no mojarse los zapatos. Apartó un pescado de un delicado puntapié y se acercó al señor Clymer para darle una palmadita en el hombro.

El hombre no reaccionó de inmediato. Alex tuvo que repetir el gesto tres veces para que levantara la cabeza. Sus ojos enrojecidos y vidriosos se abrieron al verlo. Entonces irguió la espalda y se apartó de Jessica.

—¿Me permite sugerirle que estará más cómodo en su casa?

—Pues sí... claro... es que yo... Sí, en seguida...

El señor Clymer soltó a Jessica y trepó por el barranco. Después le oyeron cruzar el bosque corriendo.

—¡Bueno! —protestó Jess, enderezándose el vestido, mientras observaba su pesca esparcida por toda la ensenada—. ¡Bonito salvador me he echado!

—Te libré de él, ¿verdad?

—No sin darle tiempo para... Deberías haberle pegado. —Se miró el pecho con una mueca burlona—. Mira cómo me ha baboseado.

Tuvo que acercarse al agua para lavarse, pero no reparó en la forma en que enrojecía la cara de Alex al contemplarla. Por fin su amigo se alejó para sentarse en el árbol caído.

—¿Ya te has decidido?

—¿Con respecto a qué? —preguntó ella, dejando caer un par de arenques en un saco—. Ah, te refieres al matrimonio. Sí y no.

Él se quitó una pelusa imaginaria de la chaqueta.

—Veamos si adivino. Quieres casarte con el Corsario, pero él no se ha presentado a pedir tu mano.

Jess dejó caer un pescado al suelo y se agachó a recogerlo.

—¿Qué sabes tú de eso?

—Todas las jóvenes casaderas de la ciudad quieren casarse con el Corsario. Parecen pensar que es un gigante, el apuesto príncipe de los cuentos de hadas.

—Es de carne y hueso. Eso puedo asegurarlo —afirmó ella, ufana.

—Carne y hueso que no están aquí. ¿Cómo sabes que no es ninguno de tus muchos pretendientes?

—Lo reconocería, puedes estar seguro. A ver, Alex: pisa este pescado por la cola y sujétalo así.

Él obedeció con un suspiro.

—Tienes cuatro días para decidirte, Jess. Debes resolver este problema.

Ella arrojó a la bolsa el último pescado y se sentó en el árbol, junto a Alex.

—¿Puedo ser franca contigo?

—Por supuesto —respondió él con suavidad.

—No me gusta ninguno de ellos. —Jess se miró las manos—. No quiero que Eleanor se entere, pero estoy algo preocupada. Sé que tú has adivinado lo que siento por el Corsario. Él y yo somos... tenemos más intimidad de lo que la gente imagina. —Levantó la cabeza—. No quiero casarme con ningún otro hombre. Quiero esperar a que todo esto acabe. Entonces el Corsario podrá revelarme su identidad y me sentiré felicísima de casarme con él.

—Pero Jessica, nuestros problemas con Inglaterra no se resolverán de la noche a la mañana. ¿Y si duraran años enteros? ¿Y si Inglaterra enviara a más soldados para perseguir al Corsario? ¿Y si él jamás pudiera descubrirte su identidad?

—Esperaré. Algún día él se presentará ante mí sin máscara. Y entonces lo estaré esperando.

—Pero no puedes esperar hasta ese día. Te quedan cuatro. Después tendrás que casarte con alguien.

—Esperaré.

Él puso los ojos en blanco, fastidiado.

—¿Qué piensas hacer? ¿Esperar a que pase la medianoche del cuarto día? Si para entonces no ha llegado, ¿cerrarás los ojos para elegir a cualquiera de tus candidatos?

—¡Es que no quiero a ninguno de esos! —exclamó ella, con apasionamiento—. Ellos sólo quieren de mí... lo mismo que el señor Clymer. No puedo casarme y dejar a los niños. ¿Quién alimentará a Eleanor y a los pequeños? Esos hombres me quieren sólo a mí, sin mis hermanos. Quieren tener hijos propios, no los de otra pareja.

—Yo me haré cargo de los niños —dijo Alex, suavemente—. En casa hay lugar para todos ellos.

Jess hizo una pausa. Luego le sonrió, estrechándole la mano.

—Eso es muy amable de tu parte, pero no puedo aceptar. ¿Y si el Corsario es capitán de un barco? Mientras yo navegue con él, tú tendrás que encargarte de todos esos niños. Yo no podría siquiera ayudar a mantenerlos.

Él le estrechó la mano con fuerza.

—Quiero que tú vengas con tus hermanos.

Jess lo miró sin comprender.

—¿Que el Corsario, los niños y yo vivamos contigo? Eres muy generoso, Alex, pero... —Se interrumpió, con los ojos muy abiertos—. ¿O quieres decir que...?

—Podrías casarte conmigo, Jess —dijo él, solemne—. Yo cuidaría de ti, de Eleanor y de los niños.

Ella comenzó a sonreír, pero al fin estalló su carcajada.

—¡Contigo! —exclamó—. Oh, Alex, qué broma. Quiero casarme con el Corsario y se me ofrece un trozo de alga roja y colorida. Sí que me has hecho reír. Y el viejo señor Clymer, que pensaba...

Se interrumpió al ver la cara de su amigo. Nunca hasta entonces había visto tanta furia en un rostro humano.

Él se levantó del tronco.

—Estabas bromeando, Alex, ¿verdad?

Alexander le volvió la espalda e inició el ascenso de la colina:

—¡Alex!

Pero él no se volvió. Jess dio una patada a las piedras de la playa e hizo volar varios caracoles. No había sido su intención ofender a Alex... una vez más. Eleanor tenía razón; él era todo bondades para con ella y su familia. Le debían muchísimo. Su obligación habría sido rechazarlo con suavidad, o al menos sin tratar de... No le gustó recordar los calificativos que le había aplicado.

Se ajustó la chalina al cuello, recogió sus redes y echó a andar hacia su casa.

Apenas había cruzado la marea de pretendientes (aceptando regalos en el trayecto, puesto que no era tonta), Eleanor empezó con su cantilena.

—Vino el señor Clymer, muy enojado.

—Me parece que esto es jamón —dijo Jess, inspeccionando sus paquetes—. Y aquí hay golosinas para todos vosotros.

—Espero que siempre estés llena de pretendientes, Jessica —rezó Molly, llevándose a la boca el muñequito de azúcar.

—Pues no podrá ser siempre —recordó Eleanor—. Oh, Jess, tienes que decidirte.

—Yo sé a quien quiero.

Eleanor pasó por alto ese comentario. Ya habían mantenido una larga discusión sobre el Corsario y ella opinaba que su hermana debía olvidar el romanticismo en aras de lo práctico.

—Está ese que posee un barco, el *Molly D* —le recordó.

—¿A cuántos de los niños llevará consigo cuando se haga a la mar? —apuntó Jess, mientras se sentaba para chupar una golosina—. Además, tiene una verruga en el mentón.

Eleanor nombró a varios otros, pero a todos Jessica les encontró un defecto.

La mayor se sentó ante la mesa, con la cabeza entre las manos.

—Y no hay más. Has rechazado a todos los hombres que conozco.

—Incluido Alex —dijo Jess, recordando el enojo de su amigo.

—¿Alex? —Eleanor levantó la cabeza—. ¿Alex te pidió que te casaras con él?

—Creo que sí. Ofreció recibir a todos los niños en su casa, pero quería que yo también fuera.

—¿Y qué le dijiste, Jessica? —preguntó Eleanor, con voz muy, pero muy serena.

Jess hizo una mueca.

—Pensé que hablaba en broma. Me temo que me reí de él. Mañana le pediré disculpas. Pienso rechazarlo de un modo más cortés y...

Eleanor se levantó de un salto.

—¿Qué hiciste? —chilló—. ¿Rechazaste a Alexander Montgomery? ¿Te reíste de su propuesta matrimonial?

—Ya te lo expliqué, pensé que bromeaba. Sólo me di cuenta de que hablaba en serio cuando le vi la cara.

Eleanor tomó a su hermana del brazo y la levantó a empujones.

—Cuida de los niños, Nate —ordenó.

Llevando a rastras a Jess, que protestaba sin cesar, cruzó entre los hombres que cercaban la casa, atravesó la ciudad y ascendió la colina de los Montgomery.

Alex estaba en su dormitorio, con un libro abierto ante sí. Cuando Eleanor irrumpió en el cuarto no se levantó ni miró a Jessica.

—Acabo de enterarme de que mi hermana ha cometido una gran tontería —dijo la mayor, sin aliento—. La pobrecita estaba tan desconcertada por la generosidad de tu ofrecimiento que se confundió.

Alex echó un vistazo a su libro.

—No sé de qué me estás hablando, Eleanor. Me limité a salvar a la señorita Jessica de uno de sus pretendientes. Recuerdo que hablamos de matrimonio en general. Pero sin decir nada específico.

—Salgamos de aquí —pidió Jessica, volviéndose hacia la puerta.

Eleanor se había cruzado ante la salida.

—Sé que estuvo grosera, Alexander, pero ya sabes que suele ser así. A pesar de eso será buena esposa. Es fuerte y a veces da muestras de inteligencia. Un poquito orgullosa, lo admito. También suele abrir la boca cuando debería mantenerla cerrada. Pero sabe trabajar duro y te ayudará a mantener la casa. Además...

—¡Eh, que no soy una mula! Me voy, Eleanor.

Alex se reclinó en la silla, mientras Eleanor empujaba su cuerpo contra la puerta. Jess tiraba del picaporte.

—La he visto iniciar el trabajo desde antes del alba y no detenerse hasta caer rendida. Y...

Alex apartó su libro, cruzó los dedos y contempló a Jessica.

—Con esa finalidad podría comprar un par de bueyes. Y los bueyes no contestan. ¿Qué más obtendría de esto, aparte de un peón?

Jess fulminó a ambos con la vista y forcejeó con su hermana redoblando sus energías.

—Viene con seis pequeños trabajadores gratuitos. Piensa en todo lo que podrías hacer con la ayuda de esos seis cuerpecitos bien dispuestos. Podrías expandir la casa y...

—... y quebraría tratando de alimentarlos. ¿Alguna otra ventaja que me tiente? ¿Una dote, quizá?

—¿Dote? —Jessica resopló—. Si estás pensando que...

Eleanor le dio un codazo en las costillas.

—Con la boda obtendrás la mitad del rendimiento de cierta bella ensenada que está llena de ostras y mil frutos de mar.

—Hummm... —Alex se levantó lentamente y se acercó a Jessica para mirarla de arriba abajo.

Jess, horrorizada, soltó la puerta y lo miró con el ceño fruncido. Él la tomó del mentón para levantarle la cara.

—No es mal parecida.

—Es la muchacha más bonita de la ciudad, de toda la zona, y tú lo sabes. Algunos marineros dicen que no han visto muchacha más bonita en el mundo entero.

Alex dio un paso atrás.

—No sé cómo se me ocurrió pedirle que se casara conmigo. Pura solidaridad, te lo aseguro. Le tuve lástima después de ver cómo la manoseaba ese viejo gordo. —Y se acomodó el encaje de la manga.

—Sí, Alexander, por supuesto. Pero le pediste que se casara contigo. Y sería muy feo que se hablara de incumplimiento de promesa en relación con uno de los ilustres Montgomery, ¿no te parece?

—Pues yo no me casaría contigo...

Eleanor puso una mano en la boca de su hermana. Alex les volvió la espalda, sofocando un bostezo.

—Cualquier mujer da igual, supongo. Y es más conveniente tener una esposa que un montón de sirvientes entrando y saliendo. Cuando logras adiestrar a uno, se va. Y tú te casarás pronto, Eleanor, sin duda. ¿Qué será entonces de nosotros? Está bien. ¿Te parece bien anunciar la boda para dentro de tres días? —Se sentó para volver a su lectura. —Puedes instalarte en la casa esta misma noche. Pon a los varones en el cuarto de Adam. Tú y las niñas, en el de Kit. Y da de comer a todo el mundo.

Jess se apartó de Eleanor.

—Los Taggert no aceptamos limosnas.

—No se trata de limosnas, querida mía. Todo queda en la familia.

Eleanor ya se llevaba a Jess a rastras.

—Gracias, Alexander. Por este acto de generosidad, algún día Dios te sentará a su diestra.

—Y ropas para todos, Eleanor. No quiero niños harapientos en mi boda.

—Sí, Alexander. Bendito seas.

Eleanor cerró la puerta detrás de ellas.

# 14

Jessica, sentada en el suelo de su propia casa, asaba un pescado ensartado en una larga varilla, sobre el fuego del hogar. La casa parecía extrañamente silenciosa sin los niños. No había risas ni llantos, nadie que le saltara a la espalda y le pidiera una cabalgata. Y ella, en vez de disfrutar de esa calma, echaba de menos a los niños. Hasta echaba de menos a Eleanor; al menos, a la antigua Eleanor, la que no se pasaba la vida gritándole.

Dos días antes, al anochecer del día en que Alexander le había propuesto casamiento, Eleanor había empaquetado sus escasas pertenencias para mudarse a casa de los Montgomery. Jessica se negó a acompañarla, diciendo que, como no tenía intenciones de casarse con Alexander, no se instalaría en la casa de los Montgomery. La hermana le gritó algunas cosas que la asombraron; ni siquiera sospechaba que la recatada Eleanor conociera esos vocablos. Acabó diciendo que tarde o temprano tendría que recobrar el sentido común. Y entonces ella y los niños la estarían esperando junto a Alexander.

Desde entonces Jessica estaba sola. Alex, ese cerdo presuntuoso, había hecho que un pregonero anunciara su compromiso con ella por toda la ciudad. Como algunos de los pretendientes más obstinados se negaban a retirarse, el arrogante ruso que lo servía hizo algunas triquiñuelas con la punta de la espada y la ropa de los cortejantes sufrió raros efectos. Jessica, que volvía de pescar, vio al del cerdo escapando a toda carrera y sujetándose los pantalones con las dos manos. Echó apenas un vistazo a Nicholas y cerró de un portazo. Alexander, el muy cobarde, no estaba a la vista.

Y allí estaba, pasando su segunda noche a solas, mientras el viento silbaba entre las hendijas de las paredes. No tenía nada para comer, que no fuera pescado asado, pues sólo eso sabía cocinar.

Un trueno y el consiguiente diluvio hicieron que se sintiera aún más solitaria y aislada. No oyó abrirse la puerta.

—¿Jessica?

Al levantar la vista vio allí a Alexander. Su chaqueta amarilla, reluciente, brillaba en la penumbrosa habitación.

—Vete.

—Traje algo de comer —anunció él, mostrando un cesto—. Unos pasteles preparados por Eleanor. Con carne. No hay nada que tenga pescado.

Dejó el cesto en el suelo, se quitó la chaqueta y la tendió cuidadosamente a secar. Ella, sin contestar, mantenía la vista fija en el pescado.

—También hay queso, pan y una botella de vino. —Vaciló—. Y un trozo de chocolate.

El chocolate la convenció. Jess dejó caer el pescado en el fuego y alargó la mano. Alex puso en su palma un trozo de chocolate auténtico, que ella lamió de buena gana.

—¿Qué debo pagar por esto?

—Casarte conmigo —replicó él. Se sentó a su lado y la sujetó por el hombro para impedir que se apartara de un salto—. Tenemos que discutir esto, Jessica. No puedes seguir en esta casa, entre pensamientos tristes y resentidos. Dentro de dos días, Westmoreland vendrá a buscarte.

—No me encontrará —afirmó ella, apretando los dientes.

Alex empezó a sacar la comida del cesto, con los ojos bajos.

—¿Tanto detestas la idea de casarte conmigo? —preguntó, con suavidad.

Ella se volvió a mirarlo. Sin la chaqueta no parecía tan ridículo. La amplia camisa blanca, mojada por la lluvia, se adhería a sus hombros. Aunque ella sabía que era gordo desde ese ángulo parecía casi delgado.

—No me gusta que me obliguen a nada —explicó ella—. Las mujeres no tienen muchas alternativas en esta vida, pero al menos deberían poder elegir el marido.

Él desenvolvió un pastel de carne y verduras y se lo entregó.

—Creo que las situaciones desesperadas necesitan medidas desesperadas. Debes ser práctica, Jess. O te casas en un plazo de dos días o te verás entregada a un retrasado mental. Yo no soy muy apuesto, pero al menos tengo un buen cerebro.

—No eres tan mal parecido, Alex, sobre todo cuando no te pones esas chaquetas horribles —comentó ella, señalando con la cabeza el relumbrante montículo de satén.

Alex se volvió a mirarla con una sonrisa.

—Toma un poco de vino, Jess —dijo, jovial—. Lo robé de la bodega privada de mi padre, que lo trajo de España hace diez años.

Ella le devolvió la sonrisa y aceptó la jarrita de vino. Aquel sabor limpio y áspero le resultó muy agradable.

—Por los negocios —propuso él. Se dedicó a asar un trozo de queso en las llamas y lo retiró un instante antes de que se fundiera.

—No quieres casarte conmigo, pero tu Corsario no ha reaparecido y sólo te quedan dos días. ¿Qué piensas hacer?

—No puedo fugarme dejando a los niños —replicó ella—. De lo contrario abandonaría la ciudad. Pero alguien tiene que mantenerlos. Eleanor no puede hacerlo sola. Y los otros hombres no ofrecen recibirme con los niños.

—Comprendo. Puede que te obtenga por abandono —comentó él, ofreciéndole un trozo de pan y queso.

—Alex —rogó ella—, no es por ti. Es que sólo quiero casarme con él.

—Con tu huidizo Corsario.

—Sí. —Jessica terminó el vino—. Además, hay cosas que tú ignoras de mí. De lo contrario no querrías casarte conmigo.

—Cuenta —dijo él, volviendo a llenarle el jarrito—. Estoy preparado para lo peor. Cuéntame esos horribles secretos que ignoro.

—Yo... no soy virgen —susurró ella, con la cabeza gacha.

—Yo tampoco. ¿Qué más?

—¡Alex! ¿No me has oído? Dije que he estado con otro hombre. Sólo puedo casarme con él.

—¿Quieres otro poco de queso? Deja de mirarme como si me creyeras idiota. Comprendo perfectamente lo que dices. También sé que has pasado toda tu vida en esta pequeña ciudad. En algunos lugares no es raro que la mujer casada tenga dos o tres amantes al mismo tiempo.

—¿De veras? —preguntó ella, interesada—. Cuéntame.

Él le sonrió.

—No me parece bien hablar de adulterio con mi futura esposa. Bien, ya me has dicho que no eres doncella. Supongo que es gracias a tu Corsario.

—Sí, él y yo...

—Preferiría no conocer los detalles. Sin duda fue en una noche de luna y su máscara te resultó fascinante. Toma, come esto. No me gustan las mujeres flacas.

Ella aceptó el queso.

—Alex —preguntó, suavemente—, ¿cómo perdiste... quiero decir, quién fue tu primera... ya me entiendes?

Él se reclinó sobre un codo. Por un juego de luces apenas se veía el montículo de su panza, rodeada por el satén amarillo del chaleco.

—¿Te acuerdas de Sally Henderson?

—¿La costurera? —Ella levantó la cabeza—. ¡Pero si tenía la edad de mi madre! Se fue de la ciudad cuando éramos niños. Estás mintiendo, Alex.

Él se volvió con una sonrisa que la tranquilizó. Jess se tendió en el suelo, a poca distancia de Alex.

—Con que Sally Henderson —murmuró—. Eras apenas un niño.

—Tenía edad suficiente, al parecer.

—Y desde entonces, ¿nadie más? —preguntó ella, observándolo.

En realidad, esa luz lo hacía diferente. Llevaba puesta la peluca pequeña, sin rizos largos, con una cinta negra en la nuca. Jess notó por primera vez el contraste de la peluca blanca con el negro de sus cejas.

—Algunas, aquí y allá —corrigió él, sonriéndole por encima del hombro. Se puso boca abajo para mirarla—. Me porté muy mal contigo cuando viniste a mi cuarto con Eleanor, Jess.

Es que nunca he conocido a otra persona que me enoje tanto como tú. A nadie le gusta que lo comparen a un trozo de alga cuando acaba de proponer matrimonio a una mujer.

—Por el bien de los niños.

—¿Qué niños? —se extrañó él.

—Me propusiste matrimonio por los niños, ¿verdad? Y porque tu padre quiere que te cases. ¿No es cierto?

Él tardó un rato en contestar. Se incorporó y clavó la vista en el fuego.

—Por supuesto. Me hace mucha falta tener a siete niños colgados de mí, plantando sus manitas pegajosas en mis finas chaquetas. Apenas ayer Molly usó mi mejor peluca para alojar a un pájaro con el ala rota. Samuel se sentó en el bordado de Mariana con los pañales mojados. Y esta mañana, a las dos de la madrugada, Philip se metió en mi cama porque oyó un ruido; como a los otros les dio miedo dormir solos, a las tres estaban todos en mi cama. Sí, no niego que es un verdadero placer tenerlos en la casa. Es lo que siempre he deseado.

Jess contemplaba las llamas, temerosa de decir una palabra. Quería preguntarle por qué la había pedido en matrimonio, pero no se atrevía. ¿Era posible que deseara, en realidad, casarse con ella? Lo observó discretamente, mientras él miraba hacia otro lado. Desde que Alex había desembarcado no recibía un trato muy amable de su parte, por cierto, pero habían pasado mucho tiempo juntos y ella le tenía cierto cariño. El primer hombre que le había llamado la atención era un Montgomery. Vendía pescado a la familia desde que había aprendido a utilizar la red. Se acordó de la madre de Alex, que solía sentarla junto a su hijo menor para servirles leche y pastas.

—Alex —preguntó, en voz baja—, ¿y los niños...?

—Me quedaré con ellos —afirmó él—, hagan lo que hagan. Mi padre pasa mucho tiempo con Nate. Mariana acabará por encariñarse con las niñas. Así sólo me quedarán los otros varones. Sam me sigue a todas partes como un ganso gordo. En cuanto a Philip...

—No. Me refería a nuestros propios niños.

Él seguía dándole la espalda.

—Tendremos que dejar eso para más adelante, Jess —respondió, con mucha tristeza en la voz—. No puedo... todavía no. Tendremos que esperar.

Jess le tuvo mucha lástima. Así, recortado por la luz del fuego, sólo veía de él sus hombros anchos, su mandíbula delgada y su bondad. Recordó todas las veces que la había ayudado y todas las oportunidades en que ella lo había hecho blanco de su mal genio.

Por fin se incorporó y le apoyó una mano en el hombro, acercándole los labios a la mejilla. Él le cubrió una mano con la suya.

—Gracias por todo lo que has hecho por mí, Alex. Gracias por soportar a los niños y por tolerar mi mal carácter.

Se inclinó hacia adelante hasta mirarlo de frente. En verdad tenía hermosas facciones. Siguiendo un impulso, lo besó en los labios.

Él se movió y el beso se posó en la comisura de su boca. Esa reacción hizo que Jess lo compadeciera profundamente. Sin duda, la escena le hacía pensar en los tiempos anteriores a su fiebre. Entonces le dio una palmadita en la mano.

—Está bien, Alex, no importa. Me casaré contigo. Si el Corsario no se ha presentado a reclamarme el martes por la noche, el miércoles por la mañana me casaré contigo.

Alexander reaccionó con celeridad, teniendo en cuenta su gordura. En un abrir y cerrar de ojos estaba de pie.

—¿Si él no se presenta? —gritó—. ¿Tengo que esperar hasta la noche anterior a mi boda para saber si tengo novia o no? ¡Has ido demasiado lejos, Jessica! Tal vez creas que eres la mujer más deseable del mundo, pero no eres la única, ¿sabes?

Ella también se levantó, con los brazos en jarras.

—¡Claro! ¡Hay otras mujeres, que estarán dispuestas a casarse contigo por dinero! ¿Qué otro motivo podrían tener? ¿Tu gallardía? ¿Tu modo de hacer el amor? Ni siquiera con tu fortuna pudiste conseguir a otra. Nunca te he mentido. Quiero al Corsario. Si él viene a buscarme, lo aceptaré.

—Y yo soy la segunda alternativa, ¿no?

—No me han dado ninguna alternativa, Alex —replicó ella, con más suavidad, acercándose.

Pero él ya estaba poniéndose la chaqueta húmeda

—¿Cómo puedes cometer la tontería de amar a un hombre que sólo aparece de vez en cuando? ¿A un hombre que ni siquiera te muestra su cara ni te dice su nombre?

—Yo no dije que lo amara.

Alex se detuvo a mirarla.

—Si no lo amas, ¿qué sientes por él? ¿Deseo?

—No... no sé. Él es como yo. Pensamos de modo parecido. Nunca había conocido antes a nadie como él. Creo que podría amarlo.

Alex se volvió hacia ella desde la puerta.

—Pues bien podrías amarme a mí también, demonios.

Y salió a la lluvia. Por un momento Jess mantuvo la vista clavada en la puerta, atónita.

—¿Amarlo? —susurró.

¿Acaso Alexander estaba enamorado de ella? Por algún motivo, la idea le resultó placentera.

Y subió la escalera, silbando, para acostarse en su cama fría y solitaria.

Alex estaba echando heno al gran potro negro del Corsario.

—Estaba seguro de encontrarte aquí —comentó Nick, con voz risueña y una mueca burlona en los labios—. Cada vez que se oyen gritos, corres a tu isla particular.

Alex cambió de tema.

—Parece que Eleanor no te mantiene del todo ocupado.

—Esta mañana le di algo en que pensar —dijo el ruso, ufano—. La dejé tan atareada que ni siquiera recordaba el nombre de su hermana. Conque mañana te casarás con tu señorita Jessica.

—Alguien se casará con ella —confirmó Alex, mientras llenaba el abrevadero del caballo.

Como de costumbre, tenía el torso desnudo. Cuando no se veía obligado a usar la ropa acolchada trataba de usar muy pocas prendas.

—La noche de bodas con esa gatita ha de ser memorable.

Alex miró a su amigo con aire malévolo.

—No puedo acostarme con ella. Lo sabes bien. Al descubrir que no soy gordo adivinaría el motivo del disfraz en un segundo.

—Podrías decirle la verdad.

—¿A Jessica? ¿Decir la verdad a Jessica? Esa mujer no tiene cordura. Sería capaz de tomar mi máscara prestada para desafiar a duelo al almirante. Además —agregó, sonriente—, es mejor que yo no le guste. Si pasáramos algunas noches juntos comenzaría a mirarme con otros ojos. La gente se daría cuenta de que no soy el debilucho que finjo ser.

Nick gruñó, disgustado.

—¿Te casarás con ella, pero no le harás el amor?

—Claro que le haré el amor... en mi papel de Corsario. Alex se encargará de mantenerla y de soportar a esos malditos críos mientras el Corsario caliente su cama.

—Y Jessica pensará que es adúltera.

—Será sólo por un tiempo, hasta que pueda confesarle la verdad sin peligro. También puedo hacer un viaje a Boston y volver curado de mi enfermedad. Alex bajará de peso y el Corsario dejará de existir.

—Espero que tus planes resulten. ¿Estás listo para regresar? No me gusta esta isla por la noche.

—El Corsario te protegerá —aseguró Alex, con una voz grave que hizo reír a Nick.

Juntos remaron hasta tierra firme.

Alex pasó toda la noche con la esperanza de que Jessica se presentara ante él para disculparse por sus comentarios, pero no fue así.

Eleanor entró en el salón.

—Por fin se acostaron todos. ¿Ella aún no ha venido?

—No —respondió Alex, con la vista clavada en su taza vacía.

—Creo que todo está listo para la boda de mañana.

El joven asintió, sombrío. Eleanor le dio unas palmaditas en la mano.

—Todo saldrá bien, Alex. En realidad, Jessica es inteligente y algún día comprenderá que eres un hombre estupendo. Sólo tienes que esperar a que entre en razón.

—No creo vivir tanto. ¿Supones que está con el Corsario?

—Ha de estar en casa, mohína y esperando que el Corsario acuda a rescatarla.

Alex descargó un puñetazo en la mesa.

—Pues no quiero que lo vea. Si esta noche se encuentra con él jamás se casará conmigo.

Eleanor le estrechó la mano.

—Yo no estaría tan segura. En la vida hay cosas más importantes que... hacer bebés —concluyó, ruborizada.

Él le sonrió ampliamente.

—Pero no para una mujer joven y saludable como Jessica.

—La misma que me ha ayudado a vestir, alimentar y mantener un techo sobre la cabeza de estos siete niños —le recordó Eleanor—. No la subestimes. —Echó un vistazo a su alrededor—. ¿No has visto a Nate? Ya debería estar acostado.

—Le mandé ir a comprobar si Jess necesitaba algo.

—¡Oh, no! —exclamó la muchacha—. ¿Enviaste a Nate a casa? ¿No sabes que ese niño adora a Jessica? Si la ve derramar una lágrima... —Eleanor se interrumpió ante la expresión desconcertada de Alex—. Si Jess decide algo estúpido, como fugarse, Nate la ayudará. —Se puso de pie—. Alex, tienes que ir en busca de Nathaniel para averiguar qué pasa.

Alex se levantó con un movimiento abrupto. De inmediato recordó su papel.

—Oh, no me gustaría salir con este frío. Y me parece que está por llover otra vez. Ya viste cómo me mojé anoche. ¿No puedes enviar a otro? A alguien saludable, como Nick.

—Nicholas es demasiado saludable. No, Alex, tendrás que ir tú. Llévate el caballo de tu padre. Hace meses que nadie lo monta.

—¿Ese bruto?

—El potro de Adam, entonces. Lo que quieras, pero vete.

Alex quiso protestar, pero la urgencia que expresaba la voz de Eleanor era un acicate. Por suerte, no había nadie en los establos que pudiera ver al inútil de Alex ensillar el caballo de su padre con la velocidad del relámpago. Rodeó la ciudad a todo galope, bajo la lluvia, hasta la casa de los Taggert.

Nathaniel dormía en el suelo, junto al fuego casi apagado, con una manzana a medio comer en la mano.

—¿Dónde está Jessica, Nate?

—Hola, señor Alex —saludó el niño, parpadeando.

Se incorporó y siguió comiendo su manzana.

—¿Dónde está Jessica? —repitió el joven.

—Como estaba llorando por el Corsario, se lo dije.

—¿Qué cosa le dijiste?

—Que el Corsario tiene su campamento en la Isla Fantasma y que allí está su caballo.

Alex quedó mudo y boquiabierto.

—Oh, pero no le dije que el Corsario es usted.

El estupefacto joven se dejó caer en un banquillo.

—¿Quién más lo sabe? —preguntó, en un susurro.

Nate tragó saliva y cruzó los dedos a la espalda.

—Sólo yo. Y Sam. Porque lo seguimos. Es decir, yo lo seguía a usted y Sam dormía. Creo que por eso lo quiere tanto a usted. Pero no se preocupe: todavía no sabe hablar.

—Pero tú sí, pequeño espía. —Alex atrajo a Nate hacia sí—. Debería darte unos cuantos azotes en el trasero. ¿Desde cuándo lo sabes?

—Desde la segunda aparición.

Alex se reclinó contra las piedras del hogar, preguntando:

—¿Y en todo ese tiempo no se lo has dicho a nadie?

—A Jessica —respondió Nate, evitando la respuesta directa.

Montgomery comenzaba a mirarlo con nuevo respeto.

—Conque dijiste a Jessica que el Corsario acampaba en la Isla Fantasma.

Los ojos de Nate delataban su dilema.

—Es que estaba muy triste. Quería verle a usted antes de casarse con usted.

Era asombroso que el niño hubiera descubierto al doble personaje y supiera callar hasta tal punto la información.

—Bien, tu hermana verá esta noche al Corsario. Quiero que vuelvas a casa. Eleanor está preocupada por ti. Dile que he ido en busca de Jessica.

El niño asintió, solemne.

—Y no menciones a Eleanor lo de la Isla Fantasma.

—No, por supuesto —respondió el pequeño, con mucha dignidad—. Si la noticia se divulga usted podría ser capturado y ahorcado.

La idea de que su vida dependía de un niño de nueve años infundió cierto temor a Alex. Pero Nate sólo había faltado a su lealtad en bien de su amada hermana.

—Anda, ve a casa —le dijo, con suavidad—. Di a Eleanor que te dé un trozo de pastel de manzana. —Y agregó, sonriendo—. Y un poco de cerveza ligera. Te mereces un trago como el que más.

Nate sonrió como para rompérsele la cara en dos.

—Sí, sí, señor —exclamó.

Y salió a la lluvia.

—Jessie... Jessie...

Al oír la llamada, Jessica se enjugó las lágrimas y echó a correr a ciegas, sabiendo sólo que corría hacia él. De pronto se le encajó el pie en una rama rota. Tiró inútilmente, frenética.

—No, Jessie, ten cuidado —le oyó decir.

Un momento después estaba en sus brazos y él la besaba con desesperación. Ella se limitó a abrazarlo con fuerza, como si temiera dejarlo ir. Sus dedos se clavaron en el torso del Corsario.

—¿Me extrañaste? —preguntó él, con la voz cargada de buen humor.

Jess estaba demasiado feliz de volver a verlo como para enfadarse porque se riera de ella.

—Cuando te dije aquello no hablaba en serio. Eres un Corsario muy efectivo. Estuviste estupendo al repartir los panfletos. Diste esperanza a mi pueblo. Y...

Él la calló con un beso. Cuando la hubo dejado sin aliento, se arrodilló para liberarle el pie. Después la llevó en brazos hasta el cobertizo donde dormía su caballo.

—Prométeme que no volverás aquí.

—¿Cómo supiste que estaba aquí? ¿Te lo dijo Nate?

Él le puso un dedo en los labios.

—¿No sabes que te vigilo, que te sigo adonde vas?

—En ese caso has visto a todos esos hombres. ¿Sabes lo de mi matrimonio? Tienes que...

Él volvió a besarla. Mientras lo hacía fue desabrochando la pechera del vestido. Entre besos y caricias la desnudó hasta la cintura, expuesta a sus miradas y a sus dedos.

Sólo podía confiar en ese hombre. Sólo en sus brazos se sentía segura, como si pudiera dejar en sus manos el control de la situación. Comenzó a tocarle el cuerpo, quitándole la camisa de seda hasta que pudo acariciar su piel. El Corsario se quitó la prenda con facilidad, como si la desnudez fuera su estado natural.

Luego la tendió en el heno para deslizar hacia abajo las faldas, mientras la recorría con la boca y las manos, pellizcando la curva suave de las nalgas. Le besó las rodillas, las pantorrillas y el arco del pie. Cuando volvió a los labios ya no tenía más prenda que la máscara negra.

Jessica ahogó una exclamación ante el contacto de su piel, ante el suave frotar de aquellas piernas largas contra las suyas.

Esa vez no hubo dolor en la penetración: sólo una pasión jubilosa. Lo esperaba con ansias y estaba dispuesta a demostrarlo.

Él rió de placer ante su exuberancia y rodó con ella hasta tenerla sobre su cuerpo; sonreía al contemplar el placer y la sorpresa en sus ojos. La guió por algunos momentos y luego volvió a rodar para tenerla abajo, pero en esa oportunidad le levantó las piernas alrededor de su cintura y puso las manos bajo las nalgas de Jessica para alzarla hacia sí, mientras empujaba más y más.

Olvidó observarla, atento sólo al placer. Ella se aferraba a su cuerpo, arqueándose para recibir sus últimos impulsos, ya frenéticos.

Al final dejó escapar un grito breve y seco, pero de inmediato apretó la boca abierta contra el hombro caliente del Corsario.

—Jessie, amor mío —susurró él, estrechándola con fuerza contra su cuerpo sudoroso.

Pasó largo rato antes de que ella sintiera entumecidas las piernas y se moviera para estar más cómoda. El Corsario la retuvo cerca de sí.

—¿Tienes frío, amor? —preguntó.

—No —respondió ella, sonriendo. Besó el brazo que la ceñía como para no dejarla escapar—. Temía no encontrarte —murmuró, relajada y soñolienta—. No esperaba esto. Alexander sufrirá, pero trataré de tranquilizarlo.

—¿Alexander?

—Sí —respondió ella, sonriendo en la penumbra—. Tendré que decirle que no puedo casarme con él.

—¿Casarte? —El Corsario parecía estúpido.

—¿No has dicho que me observas? Tienes que conocer el decreto del almirante. Mañana debo casarme con alguien. Te esperé tanto tiempo como pude, pero Alex pidió mi mano y pensé que ya no me quedaba otro remedio. Tú estás dispuesto a recibir a los niños, ¿verdad?

El Corsario no aflojó su abrazo.

—No puedo casarme contigo, Jessie.

—Bueno, comprendo que no puedes presentarte en la iglesia con esa máscara. Diré a la gente que nos conocimos mientras yo pescaba y que has estado lejos, navegando. De ese modo nadie sospechará que eres...

—No puedo casarme contigo, Jessie.

—¿Por lo de Alex? Él sabe lo nuestro. Es muy comprensivo. Le explicaré...

—Jessie, por favor, no empeores las cosas. No puedo casarme contigo.

Lo que él trataba de decir llegó, por fin, al cerebro de Jess. Trató de apartarse, pero él la retenía.

—Suéltame —dijo, entre dientes.

—Jessie, debes comprender que tengo motivos para no casarme contigo.

—Dame uno —pidió ella, forcejeando para apartarse—. Me conformo con un solo motivo razonable.

—Tienes que confiar en mí.

—¡Ja! —Ella apartó la cabeza lo suficiente como para mirarlo a los ojos—. Ahora comprendo por quién me has tomado. ¿Estás casado? ¿Tienes hijos propios? ¿Qué sé de ti? Debo haberte parecido muy fácil. Sin duda te ríes de mí con tus amigos. ¿A cuántas mujeres has...?

Él la besó en la boca y siguió haciéndolo hasta que Jess dejó de forcejear.

—Tienes todo el derecho del mundo a enojarte, Jessie. Merezco todo lo que me digas. Pero créeme, por favor: te amo a ti, sólo a ti.

—En ese caso, no dejes que me case con otro —susurró ella.

—Montgomery no puede hacerte el amor.

Jess tardó un momento en comprender lo que él estaba diciendo.

—¡Qué cerdo! Dejas que me case con Alex porque él no puede darme lo único que tú me das.

—No soportaría que otro hombre te tocara. Te amo, Jessie.

Ella lo empujó con fuerza, pero él la retuvo en el heno, pese a sus miradas fulminantes.

—Alexander tenía razón al decir que no eras gran cosa como Corsario. Ahora me doy cuenta de que tampoco eres gran cosa como hombre.

—Hace un momento no dudabas de mi virilidad —apuntó él, indignado—. No discutamos, Jessie.

Y empezó a besarla en el cuello.

—Y mañana dejarás que me casen con otro —dijo ella, en voz baja.

—No tengo alternativa. Westmoreland ha hecho de esto un ultimátum y yo no puedo casarme contigo. Montgomery es la mejor alternativa. Al menos no te tocará.

Ella relajó el cuerpo. En cuanto él dejó de sujetarla, rodó por el suelo para apartarse.

—Tú tampoco me tocarás.

—Jessie —protestó él, alargando las manos.

Jessica recogió su ropa. Un rayo de luna tocó el cuerpo desnudo del Corsario y ella estuvo a punto de flaquear. Pero recordó lo que acababa de oír y se afirmó en su enojo.

—¿Creías que iba a casarme con otro para venir por las noches subrepticiamente, a hacer al amor contigo? —preguntó mientras se vestía.

—Tú no amas a Montgomery.

—Tal vez no, pero él ha tenido para conmigo bondades que tú, con toda tu bravura, jamás comprenderás. —Permaneció muy quieta bajo el claro de luna, en ropa interior—. Quiero que algo quede muy claro: ésta es tu última oportunidad. Una: no habrá más. Si mañana me caso con otro, lo de esta noche no volverá a repetirse.

Un momento después el Corsario estaba de pie, apretando su cuerpo desnudo contra ella.

—¿Tú, vivir como una monja? ¿Cómo te sentirás dentro de una semana, cuando yo me deslice hasta tu cuarto?

—Nuestro cuarto. Será también el de mi esposo.

Él sonrió.

—¿Quieres apostar algo a que Montgomery no querrá dormir contigo? Podrías aplastarlo sin querer.

—Alexander es un hombre bueno. No lo metas en esto. ¿Ésa es tu decisión definitiva? ¿No te casarás conmigo?

—No puedo. Si hubiera algún medio de hacerlo, lo haría. Te visitaré, Jessica, y tú puedes visitarme aquí.

Ella se puso el vestido, furiosa.

—No. Mañana haré una promesa y tengo intención de cumplirla.

Él sonrió con aire experto.

—No podrás.

—No conoces a los Taggert.

# 15

El día de la boda amaneció lluvioso, triste y gris. El mundo parecía tan desdichado como Jessica. Ella mantenía la cabeza en alto, negándose a pensar en las predicciones del Corsario. Pero no pensaba convertirse en una heroína trágica, que se casaba con un hombre estando enamorada de otro. Desde ese día apartaría al Corsario de sus pensamientos.

Pero mientras se decía mentalmente esas palabras, una parte de ella reía, incrédula.

Eleanor la ayudó a ponerse un vestido de seda azul marino que había pertenecido a la madre de Alex. Después le ordenó que permaneciera quieta mientras atendía los preparativos para el desayuno de esponsales.

No trató de hablar con su hermana sobre el inminente casamiento. Jessica supuso que estaba demasiado enfadada con ella.

Mientras esperaba, sola en el cuarto de Adam, se sintió inquieta y tuvo deseos de conversar con Alex. Se asomó a la ventana y comprobó que no había nadie a la vista. Entonces cruzó los terrenos del lateral, entre hierbas, hasta llegar al cuarto de Alex. Al pasar por la habitación de Sayer vio que Nate estaba ayudando al anciano a vestirse. El pequeño hizo ademán de acercarse a su hermana, pero Sayer lo sujetó por el brazo y saludó con la cabeza a la muchacha. Ella respondió al saludo y continuó su marcha.

Llamó a la ventana de Alex con toda la cortesía que las circunstancias permitían. Como él no respondía, entró por la ventana y llamó:

—¡Alex!

No hubo respuesta. Mientras tanto, se sentó en una silla a esperar. El joven entró por una puerta que comunicaba con la habitación contigua, luciendo una chaqueta de color escarlata brillante, bordada con flores en un tono más oscuro. Esa prenda no concordaba en absoluto con el sencillo vestido de la novia.

Al ver a la muchacha, la cara de Alex se encendió fugazmente de placer, y rápidamente se transformó en fastidio.

—No deberías estar aquí. ¿No has oído decir que trae mala suerte ver a la novia antes de la boda?

—Quería contarte que anoche estuve con el Corsario.

Alex se dedicó a acicalarse frente a un espejo.

—Sin duda fue una reunión agotadora. Me extraña que estés aquí a estas horas. ¿Te secuestró a lomo de su caballo negro, para llevarte a su castillo dorado?

—He venido a conversar contigo, Alex, no a reñir. Quiero decirte que respetaré mis votos matrimoniales. No voy a... —Tragó saliva con dificultad—. No voy a verlo nunca más.

Alex la miró fijamente por un momento, sin que Jess pudiera adivinar lo que pensaba.

—Acompáñame, Jess —pidió, abriendo una puerta—. Mi cuarto era, en otros tiempos, la habitación infantil. Mis hermanos mayores se fueron yendo uno a uno y yo quedé en él. Mi madre solía dormir en este cuarto cuando uno de nosotros estaba enfermo. Lo hice amueblar para ti. De ese modo tendrás tu propio cuarto.

Jessica contempló aquella pequeña habitación, decorada con buen gusto: una cama pequeña, un armario, una cómoda y una silla. Por primera vez en su vida tendría un espacio sólo suyo.

—Eres muy bueno conmigo, Alex. Más de lo que merezco. Te juro que seré buena esposa.

—¿Pescado fresco todos los días? —preguntó él, con ojos risueños.

Ella sonrió.

—Y un niño en cada cuarto. ¿Me permites probarme tu chaqueta, Alex? Me gusta el rojo.

Él, riendo, se quitó la prenda.

Era demasiado grande para Jess, pero el rojo daba aún más brillo a su pelo y más color a sus mejillas. Mientras ella se contemplaba en el espejo, Alex se acercó por atrás y le puso las manos en los hombros.

—Jess —dijo, suavemente—, voy a comprarte un guardarropa digno de una princesa. —Hizo una pausa—. Un guardarropa digno de mi esposa. Seré un buen marido para ti, el mejor que pueda.

Jess sólo podía ver su cara en el espejo; una sombra le oscurecía la peluca y no llevaba ninguna chaqueta vistosa que distrajera la atención de sus bellas facciones. Con toda naturalidad, giró hacia él. Con la misma naturalidad, Alex bajó la cara hacia la de ella.

En el momento en que iban a besarse, Nicholas los interrumpió con una risita sofocada.

Alex se apartó de Jess como si ella fuera venenosa. Nick sonreía con aires de superioridad protectora.

—Tu hermana cree que has huido —dijo a la muchacha.

Jess se quitó la chaqueta. Como Alex no se acercaba lo suficiente para tomarla, la depositó en la cama, cuidadosamente plegada. Había estado a punto de besar a Alexander Montgomery, nada menos. El Corsario había dicho que ella no podría vivir como las monjas. Pero con Alexander... Sonriendo porque sus pensamientos eran absurdos, salió de la habitación.

Eleanor se encontró con ella en el pasillo, pálida de furia.

—Ya temía que hubieras decidido no pasar por todo esto.

—¿Qué alternativa me queda? Dime una y la aceptaré.

—¡Hum! —bufó Eleanor—. Has hecho un negocio excelente, pero eres tan terca que no te das cuenta.

—Tal vez cuando Alex duerma pueda probarme todas sus chaquetas.

Eleanor la tomó del brazo para arrastrarla hasta el salón principal, donde se llevaría a cabo la ceremonia. La boda acabó muy pronto. Cuando Jess acercó la mejilla para que Alex la besara, sintió su olor a canela. «Ha estado otra vez con alguno de los niños», pensó.

Pese a que la boda se realizaba por orden del odiado almirante Westmoreland, fue una fiesta digna de los Montgomery, donde la comida y la bebida corrieron en abundancia, para placer de los invitados. Se comentaba en susurros que era horrible sacrificar a la bella Jessica por un hombre gordo, afeminado y decrépito como Alexander. Los hombres murmuraban sobre el poder del dinero; las mujeres afirmaban que el oro no daba felicidad en la cama.

Dos o tres hombres, con intención de aliviar las angustias de Jess, le susurraron que de buen grado le proporcionarían lo que obviamente no iba a obtener de Alexander.

El almirante Westmoreland se presentó para felicitar a los novios, como si no hubiera sido él la causa de ese matrimonio no deseado. Jessica abrió la boca para decir algo al respecto, pero Alex le apretó dolorosamente el brazo y se limitó a agradecer la visita.

—Cobarde —susurró ella, mientras le volvía la espalda para sonreír a dos jóvenes gallardos.

—Jess...

Pero ella se alejó del brazo de los dos apuestos mozos.

Al llegar la noche, Eleanor apartó a su hermana de una enérgica danza con un atractivo rubio y la llevó hacia el dormitorio de Alex.

—¡Pero lo estaba pasando muy bien! —protestó Jess.

—Lo pasarás muy bien sola con tu esposo.

—¿Contando el número de flores bordadas de su nueva chaqueta? Ay, Eleanor, eso duele. Últimamente estás muy irritable.

Eleanor no volvió a hablar hasta que llegaron al cuarto de Alex.

—Esto es un regalo de Mariana —dijo, extendiendo un camisón de algodón blanco, con anchos volantes en los bordes.

—Hará falta más que eso para excitar a Alexander —aseguró la muchacha, poniendo los ojos en blanco.

—¡Vamos, basta ya! —le espetó Eleanor—. Alexander no tiene ningún problema. Se desenvolvería mucho mejor si lo alentaras un poco.

—¿Si lo alentara a qué? —preguntó Jess, horrorizada—. Mira, él y yo hemos resuelto esa cuestión. Nos casamos por conveniencia: tú misma lo oíste. Él necesita a alguien que ponga esta casa en orden. Alguien que no sea ese ruso enorme y entrometi... ¡Ay! Eleanor, lo que quiero es quitarme el corsé, no ajustarlo.

—Las cosas resultarían mejor si recordaras que Alexander es hombre, Jess. Ahora es tu esposo y deberías tratarlo como a tal. A ver, levanta los brazos y ponte esto... Ahora siéntate en la cama, que te cepillaré el pelo.

—Alex me hizo poner una cama en ese otro cuarto.

—Pero no para esta noche. Escúchame, Jessica: Alex sólo necesita que lo alientes un poco. Tendrás que usar algunas artes femeninas. —Miró a su hermana con ojos muy duros—. No le digas que es gordo, que eres capaz de navegar mejor que él ni que detestas sus ropas. Sé amable con él, que ahora es tu esposo.

Jessica estaba ya bostezando.

—Está bien, dormiré aquí. De cualquier modo no me gusta dormir sola.

Eleanor le dio un beso en la mejilla.

—No lo lamentarás —dijo, y abandonó la alcoba. Jess se quedó dormida en pocos minutos, pero despertó en cuanto Alex entró en el cuarto. Mientras él se movía de un mueble a otro, lo observó. Su grueso vientre disminuía ante la escasa luz. Él encendió una vela y aspiró hondo al ver a Jessica.

—¿Qué haces aquí? —dijo, con los ojos muy abiertos.

Ella había decidido no enojarse.

—Nos hemos casado, ¿recuerdas?

—Supuse que estarías dormida... en tu propia cama.

Ella cruzó las manos con una dulce sonrisa. No le gustaba ser tratada como una intrusa.

—Alexander, ésta es nuestra noche de bodas.

—Lo sé —le contestó él—, pero estoy cansado, me duele la cabeza y quiero dormir.

En realidad parecía cansado. Tenía los ojos enrojecidos y su cara empezaba a sudar. Ella arrojó a un lado las mantas y se puso de pie en la cama para apoyarle las manos en los hombros.

—Puedo frotarte la cabeza hasta que te sientas mejor. Ven a la cama y...

Se interrumpió, porque Alex la estaba empujando para que se bajara.

—Vete a tu cuarto —ordenó, furioso—. Te digo que quiero dormir. Solo. ¿Comprendes?

—Sí —respondió ella, tan desconcertada por su enojo como por todo lo demás—. No era mi intención recordarte el pasado. Es decir, recordarte los tiempos en que aún podías...

—Vete, Jessica. Vete —repitió, con voz ronca.

Ella fue a su propio cuarto, con el ceño fruncido, y se acurrucó bajo los edredones de su cama. Se durmió inmediatamente, pero algo la despertó.

—¿Alex? —preguntó, incorporándose.

—Soy yo —anunció una voz grave, de acento extraño, que ella conocía demasiado bien.

El Corsario estuvo sobre ella de inmediato, quitándole la ropa, escondiendo las manos en su pelo y besándola. Era como un animal muerto de hambre: la necesitaba, la quería.

Por un momento Jessica se aferró a él, con la misma ansiedad. Pero cuando estuvo medio desnuda recobró el sentido común.

—No, no, no —canturreó, apartándolo de sí—. Ahora soy una mujer casada. Aléjate de mí.

—Jessie —susurró él, con la voz cargada de anhelos—, vine para que tengas tu noche de bodas.

Ella lo empujó con todas sus fuerzas.

—No participaste en la ceremonia y no puedes participar ahora. Ya te lo dije. ¿No me habías creído? Vete de aquí antes de que despiertes a Alex.

—Ronca tanto que no oirá nada. Por favor, Jessie.

—¡Vete de aquí! —ordenó ella, con voz demasiado alta, pues sabía que estaba a punto de ceder—. Voy a gritar hasta que todos me oigan. Si te atrapan será a ti a quien ahorquen.

—No lo dices en serio, Jessie. Ese tonto de Montgomery jamás se acostará contigo. ¿Vas a pasar la vida sola en esta cama?

—Si es preciso. Pero no la pasaré coronando a mi esposo. Si dentro de treinta segundos no has salido de aquí, gritaré.

Él se puso de pie. Las ropas negras lo hacían casi desaparecer entre las sombras.

—Veremos qué piensas dentro de una semana o dos. ¿Podrás resistirte a mí cuando ese marido deforme te rechace noche tras noche?

—Aunque me rechace año tras año.

Él se echó a reír y Jess se dio cuenta de que en su voz no había logrado poner mucha convicción. Después de acariciarle apresuradamente la mejilla, él se deslizó por la ventana y desapareció.

Ya amanecía cuando Jess dejó de dar vueltas en la cama y concilió el sueño.

Fue la manaza de Nick, apoyada en su hombro, lo que despertó a Alex.

—Tu padre me mandó llamar. Quiere que lo lleve al salón. Tu hermana dice que piensa visitarte en este dormitorio. Quiere ver juntos a los recién casados.

Alex asintió, soñoliento, y salió de la cama antes de que Nick cerrara la puerta a su espalda. Estiró el cuerpo desnudo hasta casi tocar el techo. Luego se puso un largo camisón y la más grande y vistosa de sus pelucas.

Se detuvo al recordar la difícil experiencia del día anterior. Primero había estado en un tris de besar a Jess, con el riesgo de revelarlo todo. Por suerte Nick los había interrumpido. Después de la boda sólo pudo pensar que Jessica era suya para siempre; nunca en su vida había experimentado tal necesidad de posesión. Quería llevársela lejos de la casa, envolverla en velos y reservarla sólo para sí. No soportaba que otros la vieran o le dirigieran la palabra.

Como tenía miedo de no soportar el impulso de secuestrarla, se mantuvo a cierta distancia de ella, donde no le llegara siquiera la fragancia de su pelo.

Pero tuvo que estar presente y verla bailar con un hombre y con otro. Era su esposa, pero no lo era. No podía abrazarla, no podía tocarla; estaba obligado a fingirse cansado e indiferente, aunque deseaba demostrarle las energías que le desbordaban.

Cuando Eleanor se la llevó, él dejó escapar un suspiro de alivio. Pero su imaginación estuvo a punto de matarlo al presentarle la escena: estaban preparando a Jessica para su lecho.

Cuando la muchacha se retiró, él permaneció en el salón hasta mucho después de que todos estuvieron acostados. No había tomado siquiera un vaso de cerveza ligera por miedo a perder el dominio de sí. Se repetía que cuanto estaba haciendo era por el bien de América y merecía un sacrificio personal.

Pero al entrar en su alcoba y encontrar en su cama a Jessica, adormilada y suave, estuvo a punto de hacerse traidor. Comprendió que debía alejarla de inmediato si quería dominarse.

Su intención era compensarla por su brusquedad cuando se presentara con la máscara del Corsario, pero la condenada gatita era demasiado terca. Lo expulsó de su cuarto sin demasiadas angustias.

Y ahora debía enfrentarse a otro tormento. Su padre quería ver a los recién casados en el lecho conyugal. Alex, con una mueca, se acomodó la peluca. El padre quería asegurarse de que su hijo debilucho hubiera cumplido con su deber marital. Alex clavó el puño en la manga de la camisa de dormir. El viejo nunca habría hecho eso con Adam o Kit, sus hijos mejores.

Furioso, abrió la puerta de Jessica.

Al ver aquella cabeza que apenas asomaba bajo los edredones olvidó a su padre y a su patria.

Jess abrió los ojos.

—Alex, ¿qué...? ¿Qué haces aquí?

El miedo de su voz apagó considerablemente los ardores del joven, que inclinó la espalda y dio a su voz un tono quejumbroso.

—Nick acaba de decirme que mi padre quiere visitar a los recién casados en la alcoba. Quiere nietos propios y no me gustaría dejarle entrever que quizá no los haya jamás. ¿Me harías el favor de venir a mi cama?

Dicho esto, giró sobre los talones desnudos y volvió a su propio cuarto.

Jessica se quedó parpadeando. Por un momento había temido que él fuera consciente de la visita del Corsario. Fue un alivio comprobar que nada sabía.

Permaneció inmóvil, pensando en Alex tal como acababa de verlo. Siempre parecía mucho mejor cuando no usaba esas chaquetas absurdas. En realidad, al verlo caminar con esa camisa larga no se notaban las piernas gordas ni el vientre enorme. La muchacha se extrañó de no haber reparado nunca en lo ancho de sus hombros.

Se levantó de un salto para ir al cuarto de su marido, pero algo la impulsó a mirarse en el espejo. Recogió el peine para arreglarse la melena, pero no lo hizo. Así, con el pelo revuelto alrededor de la cabeza y los ojos brillantes de expectativa, estaba mucho mejor.

Alex estaba tendido en la cama, mirándola. Su vientre formaba una montaña bajo las mantas. Hasta entonces ella no había reparado en sus largas pestañas.

—¿No vas a invitarme a tu lecho? —preguntó en voz baja, sonriente.

Él pareció vacilar un instante, pero apartó los edredones para que ella se tendiera a su lado. Permaneció en su costado, lo más lejos que pudo. Ella se movió un poco en el colchón.

—Creo que tu cama es mucho más cómoda que la mía —comentó.

Se volvió hacia él, pero Alex permanecía rígido como un mástil, con los ojos fijos en el techo.

—Deberíamos actuar como una pareja enamorada —sugirió Jess, acercando el cuerpo.

Alex se puso aún más tenso. Ella se incorporó sobre un codo.

—Oye, no eres nada feo. —Le apoyó un dedo en la mejilla—. ¿Recuerdas aquella vez en que apuntaste a Pitman con dos pistolas para impedir que nos incendiara la casa? Esa noche estuviste muy valiente.

Alex mantenía los brazos pegados a sus flancos, sin mirarla. Ella se acercó hasta oprimirlo con su cuerpo.

—Alex —dijo con suavidad, deslizándole un dedo por el mentón—, has sido buenísimo conmigo y con mi familia. Mira, es asombroso, pero con esta luz se te ve casi tan apuesto como tus hermanos.

Él la miró por el rabillo del ojo.

—Sabía que con eso te haría reaccionar un poco —rió.

Afuera, ante la puerta, se oyeron voces. Alex no se movió.

—Vamos —exclamó ella—, ponme el brazo alrededor de los hombros. Al menos finjamos que estamos casados.

Alex obedeció, pero como si fuera de madera. Jess se curvó contra su cuerpo, apoyándole una rodilla en el vientre, acurrucada contra él. Pensó en lo sólido de aquel cuerpo, en lo grande de sus hombros y lo duro de sus muslos en contraste con la blandura del estómago. Suspiró, satisfecha.

Cuando sonaron los golpecitos a la puerta ella no los oyó. Fue Alex quien respondió, con voz tortuosa.

Nick entró en el cuarto llevando en brazos al endeble Sayer. Había envejecido muchos años en el breve tiempo transcurrido desde el accidente.

—Padre —exclamó el joven, con voz tensa.

Trató de incorporarse, pero Jessica estaba pegada a él como una lapa. Sólo abrió los ojos el tiempo suficiente para sonreír a su suegro.

—¡Jess! —susurró Alex.

El anciano le hizo callar con un gesto de la mano.

—Déjala dormir. No era mi intención molestaros, pero no supuse que aún estaríais en la cama —mintió—. Nicholas, llévame a desayunar.

Nick salió con el anciano. Antes de cerrar la puerta dedicó un guiño a su amigo.

Alex, medio incorporado, con Jessica envuelta en su cuerpo, tenía la frente sudorosa.

—Alex —susurró ella.

Levantó la cara dando a entender con toda claridad que deseaba un beso. Él se apartó.

—Jessica, me parece que estarías dispuesta a copular. Y creo que sería posible. Si me susurras palabras groseras al oído y... ah, sí, también debes contarme cuentos sucios y bailar, desnuda, por supuesto. Cuanto más sugestiva sea la danza, mejor. De ese modo, en una o dos horas me sería posible actuar. Claro que tú tendrás que estar arriba y ser muy, pero muy rápida. La procreación me parece bastante aburrida... y embarazosa. Pero si estás decidida a usar mi cuerpo, puedes hacerlo.

Jessica tardó un momento en recobrarse. Luego se echó a reír.

—Oh, Alex, qué imaginación tienes. —Se apartó de él para salir de la cama—. Algún día tendré que hablarte de los hombres de verdad. Pobre Sally Henderson.

Un ruido sordo, tras ella, la hizo volverse. Al parecer, Alex se había caído de la cama, como si hubiera tratado de dar un manotazo a algo fuera de su alcance.

Ella quiso ayudarlo, pero el joven la miró, furioso.

—Si me tocas lo lamentarás.

Jessica se echó atrás.

—Caramba, Alex, te pones más histérico que las mujeres —comentó antes de salir.

—¿Qué le has hecho a Alexander? —susurró Eleanor, cortante, una hora después.

—Absolutamente nada. Está tan intacto como cuando lo encontré —aseguró Jess, con la boca llena, sentada ante su desayuno.

—Pues tengo la sensación de que ha estado llorando, pero no puede ser, ¿verdad?

—Yo no he hecho nada que le hiciera llorar. ¿Dónde están las cuentas de la casa, Eleanor? Quiero echarles un vistazo.

# 16

Hacia mediodía de la jornada siguiente a la boda, en la casa de los Montgomery todos tenían perfecta conciencia de que había allí una nueva ama. Jessica se encaró a la vieja y desorganizada mansión como si fuera un barco y trató a los sirvientes, gordos y perezosos, como a la tripulación. Se fregaron suelos, techos y todo cuanto había en el medio. Nicholas recibió órdenes de sacar los toneles del sótano para que ella pudiera hacer inventario de provisiones y llamar al fumigador.

John Pitman se atrincheró dentro de su despacho; Mariana decidió visitar a los enfermos de Warbrooke; Sayer, en cambio, ordenó que lo trasladaran al salón, para observar a Jessica en plena acción. Según todo el mundo, nunca se le había visto tan feliz.

Alexander desapareció apenas terminado el desayuno; hacia el anochecer aún no había regresado. Por entonces casi todos los hombres de Warbrooke se estaban felicitando por no haber obtenido la mano de Jessica. Por todas partes se expresaba compasión por el pobre Alexander, quien debía huir de su propia casa tan poco después de la boda.

—Si esa mujer hubiera pasado la noche conmigo, esta mañana no tendría tantas energías —decía cada uno de los pretendientes rechazados. Y todos reían entre dientes, ufanos.

—¡Siéntate! —ordenó Eleanor a su hermana—. Ya nos has agotado a todos. Es hora de descansar. ¿Dónde está tu marido?

—¿Qué marido? Ah, Alex.

—Alex, sí. ¿Dónde está?

—No tengo idea. —Al mirar por la ventana, Jess vio a John Pitman que bajaba la colina hacia la ciudad.

—¿Adónde va?

—A una reunión con el almirante. Volverá más tarde.

—¿Eso significa que no estará durante la cena?

—¡Jess!

Pero la muchacha ya iba por el pasillo.

—¿Podrías llevarme algo de comer a la habitación de Alex? —pidió por encima del hombro.

Una hora después Alex abrió la puerta de su dormitorio, haciendo que ella levantara la vista. Estaba sentada en la cama, con las piernas cruzadas, rodeada por los libros de contabilidad que Pitman guardaba con tanto celo. La cama estaba sembrada de migas, una porción de pastel de manzana a medio comer, un trozo de queso, tres ciruelas y un jarrito de cerveza ligera.

—Hola, Alex. ¿Dónde estuviste?

Él había quedado inmóvil en el vano de la puerta y la miraba con fijeza. La muchacha tenía el pelo desaliñado y las ropas medio desprendidas, como si se hubiera interrumpido en el proceso de desvestirse; había migas en su mentón. Estaba hermosa... y Alex recordó tristemente que no debía tocarla.

—¿Qué demonios estás haciendo? —preguntó, fastidiado.

—Encargándome de tu casa. ¿O no se nota? ¿Quieres comer algo? —Le alargó algo así como un cuarto kilo de queso—. Siéntate y deja de poner mala cara. Quítate la chaqueta y la peluca. Los zapatos también. Ponte cómodo.

—El hecho de que tú circules por ahí más o menos desvestida no significa que yo deba hacerlo también —replicó él, mojigato, mientras le entregaba un espejo de mano.

—Bueno, como gustes —concedió, volviendo a sus libros—. ¡Otra! Tu cuñado no sabe sumar. Casi todas las columnas están mal sumadas.

Alex se sentó en el borde de la cama, tan lejos de ella como le fue posible.

—A ver... déjame echar un vistazo a eso. —Tardó apenas unos minutos en adivinar lo que Pitman estaba haciendo—. Jess, ¿cuántos pares de zapatos has comprado para ti misma desde nuestro compromiso?

—Ninguno, por supuesto. ¿Para qué quiero zapatos nuevos? Tengo un par que sólo ha sido remendado una vez.

Alex hizo una mueca.

—Mañana nos encargaremos de eso. Sin embargo, según estas cuentas has comprado tres pares de costosos zapatos de satén durante la semana pasada.

—¿De satén? Eso sí que sería malgastar dinero. Con un paso entre las rocas no servirían más.

—¿No leíste estas columnas?

—Sumo mejor de lo que leo. Mira esto, Alex. Aquí dice que Eleanor compró tres pares de zapatos para cada uno de los niños. —Miró a su amigo—. ¿Por qué miente así?

—Porque presenta estas cuentas a mi padre, semana a semana, y mi padre autoriza a su mayordomo a entregar el dinero necesario. ¿Los totales también están mal?

—Los totales correctos no llegan a estas sumas, aunque la diferencia no es mucha. Se ajustan después de algunas páginas. Se diría que tu cuñado está distrayendo fondos. —Apartó los libros de su regazo y se levantó—. Alex, será mejor que comas algo. —Recogió los restos de la comida y los puso en una mesa, ante él—. Si quieres iré a buscar algo caliente.

—No, gracias. ¡Jess! ¿Qué haces?

—Me desvisto para acostarme.

—Pero no puedes hacer eso.

—Prometo no empujarte mientras duermas. No ronco, no rechino los dientes y ni siquiera ocupo mucho espacio. Tampoco pienso bailar desnuda, de modo que no estarás obligado a cumplir con tus deberes maritales. Eso sí: esta noche pienso dormir aquí, contigo. No quiero estar sola en el otro cuarto.

—No puedes dormir conmigo, Jessica —afirmó Alex.

—No creo que tengas fuerzas suficientes para sacarme de aquí en vilo.

—¿Qué tiene de malo la otra habitación?

—No me gusta la ventana.

Jessica apiló los libros contables en el suelo. En el momento en que comenzaba a sacarse el vestido, Alex le sujetó la mano.

—Es por el Corsario, ¿verdad? Entra por la ventana. Y quieres quedarte conmigo porque no puedes resistirte a él.

Jessica gruñó.

—Me quedo contigo para poder dormir toda la noche y porque no me gusta dormir sola. Y ahora desvístete, por favor. Si esa chaqueta sigue lanzando destellos jamás podré dormir.

Alex se sentó a observarla mientras ella se quitaba el vestido. Cuando la vio desatar los cordones de su ropa interior, apartó la cara.

Ella le puso una mano fría en la frente.

—¿Te sientes bien, querido? Estás sudando. No recaerás con esa fiebre, ¿no? Vamos, desvístete. Prometo no mirar.

Para Alex, aquella noche fue larguísima. Yacía en la cama junto a Jessica, que dormía como un niño acurrucada a su lado, sin poder tocarla. Sentía cada movimiento de sus pechos contra él. El camisón se envolvió hacia arriba y las largas piernas de la muchacha lo tocaron. Había ido a otro cuarto para desvestirse y ponerse el camisón. Al regresar, con la peluca puesta, ella ya estaba dormida, pero le había buscado con las manos para estrecharlo contra sí, como a un osito de felpa.

Alexander trataba de explicarse qué estaba haciendo. No podía revelar a la muchacha que él mismo era el Corsario; bastaba con ver lo que había hecho con los libros contables, que Pitman consideraba territorio exclusivamente suyo. Jamás se conformaría con dejar que Alex continuara con sus batallas cuando fuera necesario, sin entrometerse en ellas. Jessica no dejaría de meter su deliciosa naricita y de participar en todo lo que el Corsario hiciera. Y así se enredaría en problemas... o en algo peor.

Jess apoyó la rodilla en el miembro viril de Alex, haciéndolo reaccionar instantáneamente. «Como para hablar de cuentos sucios y bailes nudistas», pensó. Se hizo de día sin que hubiera podido dormir. La tenía en sus brazos, la observaba en la oscuridad; le acarició el pelo y deslizó la mano a lo largo de su cuerpo hasta llegar al límite de su resistencia. Comenzó a pensar en las cosas más horribles que había visto en sus años de marino, intentó cuanto pudo para no tentarse con el delicioso bulto que dormía entre sus brazos.

Una hora antes del amanecer se quedó dormido, exhausto por las dos noches de vigilia.

Al alba, seis de los siete niños Taggert le saltaron en el estómago. Como de costumbre, la mitad inferior de Samuel estaba jugosamente mojada.

Jessica se puso fuera de la línea de fuego, mientras Alex pronunciaba una cuantas palabras destinadas a disciplinar a los marineros.

—¡Dios! —balbuceó Philip, impresionado.

Sam, riendo, brincó sobre la panza de Alex.

—Quítamelo de encima, Jessica. Me ha mojado hasta la columna vertebral. ¿No puedes dominar a estos críos?

Jess ya había levantado a Sam, pero ante esas palabras lo dejó caer. Sus pañales emitieron un ruido de chapoteo, pero Alex no se dio cuenta: al inclinarse, el camisón de la muchacha había dejado paso a la vista en toda su longitud.

—Ah, estaban aquí —comentó Eleanor, abriendo la puerta. Y ordenó—: ¡Afuera todo el mundo! ¡Dejadles un poco de intimidad! Alex, no me digas que dormiste con esa peluca.

—¡Intimidad! —gruñó él—. En esta casa nadie sabe qué significa esa palabra.

Eleanor cerró la puerta. Mientras Alex observaba la escena boquiabierto de estupefacción, Jess se quitó el camisón para vestirse.

—¡Qué mala cara tienes, querido! ¿Has dormido bien? Quédate en la cama y te traeré tostadas con leche. Pensándolo bien, no hueles como es debido. Podría prepararte un baño. Te lavaré el pelo, la espalda y los pies. No creo que puedas lavarte bien los pies con esa panza.

—Sal de aquí, Jessica —murmuró él, con los dientes apretados.

—¿Siempre te despiertas de mal humor?

—¡Fuera! —fue cuanto él pudo decir.

Jessica recogió los libros amontonados en el suelo y le dejó en paz.

Al terminar el segundo día de casados, la muchacha ya estaba dispuesta a darse por vencida. Estaba haciendo lo posible por ser buena esposa, tal como había prometido, pero no lograba más que disgustarlo.

Ante todo le había llevado una bandeja con comida, cuidadosamente elegida para que él no se viera obligado a masticar mucho. Ante su intento de darle de comer en la boca, él la había mandado al centro de la habitación de un empujón. Dijo que no quería ser tratado como un inválido. Jess expresó su opinión de que era un inválido, puesto que no podía caminar más de unos metros sin que ella se viera obligada a darle apoyo. Afirmó que se había casado con plena conciencia de que debería ser enfermera y estaba dispuesta a serlo. Él, gruñendo, le ordenó llevarle un kilo de carne o cualquier cosa que se pudiera masticar.

Después de eso abandonó la casa. Al volver encontró a Jess restregando a Samuel en una tina puesta ante el fuego de su alcoba. Sam había decidido jugar con los lechoncitos, pero la cerda lo había perseguido por el barro y el estiércol hasta que Nick lo sacó por el cuello de la camisa. Mientras el ruso consolaba a la llorosa Eleanor, Jess arrojó varios cántaros de agua sobre el niñito antes de llevarlo a la habitación conyugal, para darle un baño completo.

Alex, de pie en el vano de la puerta, la miró boquiabierto por un instante. Luego le volvió la espalda, diciendo:

—Jessica, no estás decente.

Ella echó un vistazo a la húmeda ropa interior, que se le adhería al cuerpo.

—No quería mojarme el vestido. Tienes que superar esa timidez, Alex. Después de todo estamos casados, ¿recuerdas? Quédate quieto, Sam, para que te seque. Alex, dime, ¿te hago pensar en cuando eras hombre?

Él se dio la vuelta para hacerle frente.

—Ahora mismo soy un hombre. Por Dios, Jess, pareces...

Sam se arrojó a sus brazos y lo abrazó con todas sus fuerzas, apretando sus bracitos húmedos. Alex, sonriendo, estrechó aquel cuerpecito desnudo y le hundió la nariz en el cuello mojado.

—Por una vez en la vida hueles bien, Sam. ¿Quieres que te lea un cuento?

Sam rió como respuesta. Jess se hizo cargo del niño.

—Dámelo antes de que tu fina chaqueta sufra un accidente.

—Jess, cúbrete, por favor. Hay hombres en toda la casa.

—Ah, sí, disculpa. No estoy habituada a vivir en una casa llena de hombres.

Minutos después estaba de regreso, agachada sobre la tina para limpiarla. Alex preguntó:

—Jess, ¿qué harías si te hubieras casado con tu Corsario?

Ella hizo una pausa en su tarea.

—Ayudarlo. Sabría dónde estaría en un momento dado y estaría allí para cubrirle las espaldas. Cabalgaría a su lado.

—¿Y si él se negara a decirte dónde debía ir?

Ella sonrió.

—Oh, me lo diría. Yo podría convencerlo.

—Sí, creo que podrías. Y de ese modo, cuando dispararan contra él también dispararían contra ti, ¿verdad?

—Hay que compartir lo bueno y lo malo.

—Pues me alegro de que no te hayas casado con el Corsario.

Jessica no respondió.

Tres días después de la boda, casi todos los habitantes de la ciudad estaban de pie en el muelle, con los ojos vueltos hacia el almirante y sus soldados, que se erguían de pie en la proa de un barco.

Durante un minuto completo después del anuncio nadie pudo pronunciar palabra. Todos permanecían de pie, con la boca abierta, parpadeando como si no pudieran creerlo: el almirante acababa de anunciar que tres de los jóvenes de Warbrooke serían embarcados para que sirvieran a Su Majestad. Los tres eran mozos fuertes, saludables y apuestos; los tres, inteligentes y con cierto aire de independencia.

Uno de ellos era Ethan Ledbetter.

—Cree estar embarcando al Corsario —dijo Jessica, por lo bajo.

Un segundo después el ambiente se hacía tenso con los gritos de Abigail. Todo el mundo se volvió hacia Ethan, que se llevaba a su esposa, rodeándola con los brazos. Jessica hizo ademán de seguirlos, pero Alex la retuvo, diciendo:

—Déjalos solos.

Y la apartó de allí. Ella forcejeó para liberarse, pero Alex la retenía con fuerza, llevándola hacia el bosque.

—Alex, ¿quieres dejar de hacer el papel de madre conmigo? Quiero acompañar a Abigail.

—¿Con qué motivo? Tienes que mantenerte fuera de esto, Jessica. El almirante cree tener en sus manos al Corsario o estar obligando al hombre a rescatar a estos muchachos.

Ella se desasió con un movimiento brusco.

—Y el Corsario los rescatará. Toda la ciudad lo sabe.

Alex puso los ojos en blanco y apretó los puños contra los muslos.

—El almirante tendrá a esos tres jóvenes custodiados por veinte soldados, Jess. Ni siquiera tu Corsario puede atacar con tantos factores en contra.

Ella le sonrió con aire protector.

—Los cobardes no saben lo que es pensar sin cobardía. El Corsario está obligado a salvarlos por su honor.

—¿Su honor? ¿Y qué me dices de la sangre? Esa cosa roja que se vierte cuando uno recibe una herida.

La muchacha se dio la vuelta.

—No tengo tiempo para hablar contigo. De cualquier modo no lo entenderías.

Él la sujetó por el brazo y la obligó a mirarlo.

—Entiendo mejor que tú. Estás cegada por el aspecto romántico del Corsario y no puedes apreciar las consecuencias. En cuanto a mi cobardía, permíteme señalarte que he sido yo quien ha salvado repetidas veces tu pellejo.

Jessica se inclinó hasta que su nariz quedó casi tocando la de Alex. Aunque él le sacaba varios centímetros, estaba tan encorvado que ambos solían tener la misma estatura.

—El Corsario vendrá. Estoy segura. No puede permitir semejante injusticia. Veinte hombres, cien, mil, para él da lo mismo. No piensa en su propia seguridad, porque antepone la de otros. Es capaz de bailar delante del enemigo porque sabe que tiene la justicia de su parte. ¡Alex! ¿Te sientes bien? Siéntate, siéntate. Estás un poco pálido.

Alex se sentó en un mojón de árbol, mientras Jess le tocaba la mejilla, preocupada. La atrajo hacia sí y le apoyó la cabeza en el pecho.

—¿Tanto significa ese hombre para ti?

—No sólo para mí, sino para toda la ciudad. Sin él no tenemos esperanza. Quizás algún día todos nosotros tengamos el valor de enfrentarnos a los ingleses, pero hoy somos sólo unos pocos escogidos.

Jess lo sostenía contra su pecho, acariciándole la espalda como a un niño.

—¿Nosotros? —repitió Alex—. Yo creía que sólo tu Corsario desafiaba las balas inglesas para defender a América.

—Alex, no empieces otra vez con tus celos.

—¿Celos? Mi esposa se deshace en elogios hacia otro hombre, lo idealiza, lo pinta como superior a los dioses del Olimpo y después me dice que tengo celos.

—Me estás haciendo daño.

—¡Me alegro! —exclamó él, sin soltarle los brazos—. Esto no es nada con lo que sentirás si continúas con tu «nosotros» y te involucras en la liberación de esos hombres.

—Yo no he dicho que... ¡Ay! Suéltame, Alex.

—Que Dios me perdone, pero si cometes alguna estupidez te haré poner un collar para encadenarte.

Ella iba a decirle que pensaba actuar como le diera la gana, pero se lo impidió la expresión de sus ojos.

—A veces te pareces mucho a Adam.

De inmediato Alex encorvó otra vez los hombros y la estrechó contra sí para ocultarle el fulgor de sus ojos.

—Júramelo, Jessica. Júrame que no participarás en esto.

—No puedo, Alex, porque...

Se interrumpió. Él la estaba apretando tanto que no le permitía respirar.

—No soportaría que te pasara algo malo, Jessica.

Ella, completamente sorprendida, levantó la cara para mirarlo.

—¿Por qué me pediste que me casara contigo, Alex?

—Porque te amo —respondió él, simplemente.

—¡Oh!

Dejó que él volviera a apoyarle la cabeza en el seno. Dos hombres la amaban; uno de ellos era un demonio viril y apuesto, que se negaba a desposarla. Ahora Alex decía amarla. Y Alex era lo opuesto al Corsario: allí donde el Corsario usaba el coraje, Alex empleaba el cerebro.

—No haré ninguna tontería —prometió con suavidad—. No saldré dañada. El Corsario...

—¡Maldición! —protestó él, fulminándola nuevamente con la mirada—. Él no podrá ayudarte. Morirá ante los disparos de los soldados que estén custodiando a los reclusos. ¿Y quién salvará a tu preciosa ciudad si el Corsario queda lleno de agujeros?

Ella se alejó un paso.

—Tu amor por mí no justifica esta desagradable exhibición de celos. Yo, por lo menos, puedo pensar en algo más grande que una sola vida. América necesita... Suéltame.

Alex ya la llevaba a empujones a la ruta.

—No te apartarás de mi vista hasta que tu precioso Ethan haya salido de la ciudad.

—¡Ethan! ¿También estás celoso de él? ¿Todavía? ¿Después de lo que hiciste a ese pobre hombre? Creo que tienes una extraña idea de lo que es el amor, Alex.

—Y tú no tienes idea alguna de lo que es la muerte. Voy a salvarte, por mucho que te esfuerces en ablandarme. Ahora acompáñame. Ya buscaremos algo para mantenerte ocupada.

—¿Me estás escuchando, Jessica? —preguntó Abigail Wentworth, con voz colérica.

Tenía los ojos hundidos y ojerosos por la preocupación.

Jess se irguió en la silla. Habían pasado dos días desde que el almirante anunciara el reclutamiento. Durante ese tiempo ella había pasado veinte horas diarias trabajando. Alex había enfermado súbitamente, de gravedad, obligándola a atenderlo y además, había tenido que dirigir la desorganizada casa de los Montgomery. Además, su esposo le había encargado revisar las cuentas domésticas correspondientes a los años que él había pasado en el mar. La pobre muchacha corría en busca de un libro, daba a una criada instrucciones de fregar el suelo, trepaba al techo porque Alex creía ver una gotera y trataba de sumar columnas de cincuenta cifras mientras él le hablaba.

La invitación a tomar el té de la señora Wentworth provocó una disputa. Alex recobró inmediatamente la salud, y de un modo tan vigoroso que Eleanor fue a advertirles que los gritos de ambos estaban atrayendo a una multitud.

Cuando ella amenazó con fugarse en medio de la noche, Alex accedió permitirle que visitara a la señora Wentworth. Después de todo, se trataba de una dama muy respetable, ¿no? ¿Y en qué problemas podía meterse Jess por ir a tomar el té a su casa?

—Allí está otra vez —anunció Abigail, mirando por la ventana.

Jess echó un vistazo y vio pasar a Alex... por cuarta vez en media hora. Levantó la taza de té y lo saludó con la mano.

—¿Cómo soportas eso? —exclamó la jovencita, en tono melodramático—. ¿Cómo haces para soportar a ese hombre presumido y perezoso, tan...?

—¡No metas a Alex en esto! —le increpó Jess—. Ya sé que no es muy apolíneo, pero sí buen hombre. Y ahora sólo está preocupado por mi seguridad. Ethan puede tener muchos músculos, pero Alex tiene más inteligencia en el dedo meñique que...

—¿Vamos a seguir perdiendo tiempo en comparar maridos? —le preguntó la señora Wentworth—. Tenemos mucho que hacer y hay que darse prisa. Me gusta tu idea de las gitanas, Jess.

—Las mujeres siempre pueden distraer a los hombres, sobre todo si se trata de soldados que están muy lejos del hogar.

—El Corsario los rescatará —aseguró Abigail.

—Sólo dejándose matar —adujo Jessica—. Ethan y los otros estarán muy custodiados; los ingleses esperan al Corsario. Vosotras tendréis que distraer a los soldados mientras yo libero a los hombres.

—Oh, puedo distraerlos perfectamente. Mamá me ha hecho un disfraz delicioso. Cuando Ethan lo vea...

Jessica no toleraba una sola referencia más a la virilidad del herrero. Llevaba mucho tiempo sin estar a solas con el Corsario. Dejó la taza en el platillo, con un tintineo.

—Esperemos que los soldados se interesen.

No pudo dejar de echar una mirada a la cintura de Abby, que ya estaba engrosando. En tan poco tiempo de casada, ya con un embarazo... Jess se negó a pensar que probablemente no tendría hijos jamás; al menos, hijos de Alex. ¡No! No quería pensar en el modo en que él la expulsaba de su lecho, diciendo que no podía dormir junto a ella y que prefería tenerla tan lejos como fuera posible. La idea que Alex tenía del amor era muy diferente a la suya.

—Será mejor que me vaya —dijo, poniéndose de pie—. En un par de minutos Alex vendrá a buscarme. ¿Tendréis todo cosido para mañana por la noche?

La señora Wentworth le apoyó una mano en el brazo.

—Estaba segura de poder contar contigo, Jessica. El resto de la ciudad parece dispuesto a sentarse y esperar a que el Corsario los rescate, pero yo me sentía obligada a hacer algo.

—Yo también suponía que odiabas al almirante tanto como nosotras, porque te obligó a casarte con Alexander —agregó Abigail.

Jessica apretó los dientes para no contestar algo desagradable.

—¿Odias a Alex porque te obligó a casarte con Ethan, en cierto modo?

La cara de Abigail tomó una expresión enamorada.

—Todo lo contrario, creo que le debo un favor.

—¿Podrás salir de tu casa? —preguntó la señora Wentworth a Jess.

—Eso será lo más difícil. Tal vez tenga que pedir ayuda al padre de Alex.

—¿A Sayer? No hará nada a espaldas de su propio hijo, supongo.

Jessica frunció el ceño.

—El señor Montgomery está muy... desilusionado con su hijo menor y le interesa mucho lo que nos están haciendo los ingleses.

La señora Wentworth asintió.

—Ahora vete, que ya está Alexander otra vez. Mira, querida, en un matrimonio hay mucho más que lo que ocurre por la noche. Alex parece preocuparse mucho por tu bienestar.

Jess miró por la ventana. Alex, ceñudo, estaba subiendo los escalones del porche.

—Sí, en efecto. Os espero mañana a las diez de la noche. Tenedlo todo listo.

Abrió la puerta de la casa en el momento exacto en que Alex llamaba a la puerta.

—¿De qué hablabas tanto? —inquirió.

—Buenas tardes, Jessica —se burló ella—. ¿Te divertiste? ¿La torta estaba rica? —Le clavó la mirada—. Estuvimos planeando derrocar al gobierno inglés por nuestra propia cuenta e instalarnos en el poder. ¿De qué crees que se puede hablar con la señora Wentworth? Me mostró algunas sedas que había comprado, se quejó de los sirvientes y ponderó al almirante, diciendo que es un huésped muy agradable.

A Jessica le sorprendió poder mentir con tanta facilidad, probablemente porque lo hacía por una buena causa.

Alex la miró de reojo, como si no supiera si creerla o no. Después enlazó su brazo con el de ella.

—Ven, vamos a casa. Hay mucho que hacer.

Jessica gruñó.

—Alex, ¿no podríamos dar un paseo? Hasta la ensenada Farrier, por ejemplo.

Él le estudió el pelo, la cara y los dedos apoyados en su brazo. Pensó en la pequeña y discreta ensenada.

—No sobreviviría a semejante experiencia —aseguró, iniciando el regreso a la casa.

Jessica lo acompañó, preguntándose hasta qué punto estaría mal de salud. Estaba cobrando mucho cariño a ese hombre. En realidad, a veces le parecía realmente atractivo.

Alex se quitó la pesada chaqueta de satén y la colgó en una percha, en la pared de la alcoba. Después de echar un vistazo a su reloj, lo guardó en el arcón, junto a la ventana. Habían pasado tres minutos desde la medianoche. Su padre lo había tenido jugando al ajedrez hasta esa hora, pese a sus repetidas indirectas sugiriendo que deseaba acostarse. Los últimos días pasados, siguiendo a Jessica, lo habían dejado exhausto. Estaba constantemente alerta, seguro de que ella iba a hacer alguna gran tontería, y no había podido escapar a isla Fantasma para ejercitarse un poco. Además, la proximidad de Jessica le estaba arruinando la salud, lo excitaba con su modo de inclinarse y de moverse, sin darse cuenta de eso. Había tenido que expulsarla de su cama para poder dormir un poco.

En resumidas cuentas: no sabía por cuánto tiempo más podría soportar ese tormento. Pero cada vez que decidía revelarle su secreta identidad de Corsario ocurría algo, como el forzado reclutamiento de Ethan. Entonces veía en los ojos de Jess esa luz de gesta, esa luz de cruzado, y comprendía que no podía dejarla entrever cuánto poder tenía sobre el Corsario. De lo contrario jamás podría negarle nada. Lo enfermaba imaginarla cruzando el campo a caballo, vestida de negro, con la cabellera suelta al viento. Los ingleses la arrestarían en pocos minutos.

Durante varios días, tras el anuncio del reclutamiento, no la había dejado apartarse de él, salvo para consolar a la señora Wentworth y a Abigail. Ni siquiera eso habría querido permitirle, pero ella se lo había pedido con mucha gentileza, inclinándose hasta perder la chalina, y él había consentido sin saber lo que decía.

Hizo una mueca al recordar lo segura que ella estaba de convencer al Corsario de cualquier cosa. No le gustaba pensar en lo que Jess trataría de hacer si se enteraba de que su marido era el Corsario. Se quitó el chaleco y empezó a abotonarse la camisa, pero de pronto le pareció mejor echar un vistazo a Jessica. Al responder a la llamada de su padre la había dejado dormida. Pero esa mañana Jess había pasado dos horas encerrada con Sayer y en dos oportunidades se había oído al anciano levantar la voz en una protesta. Al abandonar el cuarto del inválido, Jessica llevaba una expresión sumisa, pero también un brillo triunfal en los ojos. Más tarde Sayer mandó buscar a su hijo para que jugara al ajedrez con él. Alex se irritó, seguro de que la muchacha había malgastado dos horas en convencer a su padre de que pasara más tiempo con su propio hijo.

Él habría preferido rechazar la invitación, pero al final, se puso la más grande de las pelucas, una chaqueta de satén rosado y un anillo de esmeralda en el dedo meñique. Hasta tomó un falso lunar en forma de corazón del dormitorio de su hermana para ponérselo en el mentón, justo a la izquierda de la boca. Mariana, al verlo, estuvo a punto de romper a llorar.

En las cuatro horas pasadas en el cuarto de su padre, Alex no habló mucho. Se limitó a ganar partida tras partida; si Sayer dudaba de su virilidad, ahora al menos no dudaría de su inteligencia.

Puso la mano en el pomo de la puerta que comunicaba su cuarto con el de Jessica y la descubrió cerrada con llave. De inmediato comprendió que algo andaba mal. Un minuto después salía por la ventana de su alcoba; la de Jessica estaba abierta de par en par. La habitación estaba desierta.

Por un momento maldijo a su padre por haber colaborado involuntariamente en la fuga de Jess; maldijo al Corsario; maldijo a Nick, por haberlo llevado de regreso a América; maldijo a Jessica; se maldijo a sí mismo y a los importadores de paño negro. Antes de terminar con las maldiciones ya había echado a correr. Tenía que remar hasta la isla, cambiarse y partir, con su disfraz de Corsario, para salvar a Jessica.

# 17

—¡Quita de aquí esa reliquia! —chilló el joven soldado. Detrás de él, cinco o seis hombres comenzaron a despertar.

La vieja, arrugada la cara, oliendo a pescado nada fresco, bajó de la carreta, llevándose la mano a la espalda como para calmar el dolor.

—No negarás un poco de calor a una vieja, ¿verdad?

—No puedes quedarte aquí. Obedecemos órdenes de Su Majestad, el rey.

La anciana apartó el caño del fusil que le apuntaba y caminó hacia el fuego, estirando las manos hacia su calor.

El joven abrió la boca para protestar, pero en ese momento asomó de la carreta una criatura celestial: una belleza generosa, cuyos pechos asomaban como a tumbos por una blusa holgada.

—¡Dios mío! —dijo la joven, estrechando los brazos contra el cuerpo, con lo que sus pechos ascendieron un poco más.

Por entonces todos los hombres del campamento estaban despiertos; casi todos ellos, de pie.

La joven trató de bajar de la carreta, pero su falda se enganchó en algo. Para liberarse tuvo que subirse el vuelo hasta por encima de las rodillas. Cuando estuvo en condiciones de descender, todos los soldados estaban de pie ante ella, con los brazos extendidos para ayudarla, descontando a los dos que montaban guardia.

—Qué amables sois —exclamó la joven, pudorosamente—. Pero me parece haber oído decir que mi madre y yo debemos seguir viaje.

Los hombres, con un agudo gemido de protesta, miraron al joven capitán que los comandaba. Pero los ojos del oficial brillaban tanto como los de sus hombres.

—Tenemos poco fuego y comida vulgar —dijo, adelantándose—, pero son vuestros.

Abigail se dejó ayudar por el joven oficial; sus pechos le rozaron la cara cuando deslizó el cuerpo hacia abajo, hasta tocar el suelo.

Jessica, entre las sombras, observaba la pequeña escena, que se desarrollaba al resplandor de la fogata. Por un momento, la actuación de la muchacha la fascinó tanto como a los hombres. Por lo visto, Abigail disfrutaba sinceramente de su papel.

Ante la mirada de Jessica, Abby se inclinó varias veces hacia adelante aprovechando la menor excusa. Cada vez que la blusa holgada se abría por el escote, los hombres quedaban petrificados, sin poder mover un músculo. Hasta entonces Jess no había sospechado que una mujer tuviera tanto poder sobre los hombres.

Disimulada entre las sombras por las prendas oscuras que le había hecho la señora Wentworth, esperó hasta oír los primeros compases de música. La madre de Abigail había cargado varios instrumentos musicales en la vieja carreta, pues su plan consistía en distraer a los soldados tanto como fuera posible, para que Jessica pudiera liberar a los prisioneros.

—La voy a matar —dijo la voz de un hombre, a la izquierda de Jess.

Era la voz de Ethan, que observaba las primeras ondulaciones de su esposa, en los comienzos de la danza.

—¡Silencio! —le ordenó un guardia.

Jess rezó para que Ethan no arruinara los planes. Aún era demasiado pronto para actuar, pues la danza de Abby no concentraba todavía toda la atención. De cualquier modo, ella se deslizó por la oscuridad, detrás de los tres hombres amarrados junto al roble grande. Llegó sin problemas hasta el árbol y, por suerte, el primer hombre cuyas sogas tocó tuvo el buen tino de no apartar la vista de la lúbrica danza de Abigail. Cuando se vio libre, su única señal fue una breve inclinación de cabeza. El segundo resultó igualmente fácil de desatar.

Pero Ethan era otra cosa. Las actitudes de su mujer le estaban haciendo mover tanto las cuerdas que los nudos se habían ajustado mucho. Jessica retiró un puñal de su bota y comenzó a cortarlos.

Algo (quizás un movimiento del muchacho, quizá sus propios gestos precipitados) llamó la atención del guardia, que giró la cabeza y vio un destello de luna en la hoja del cuchillo. Los dos hombres que ya estaban libres actuaron con celeridad; uno de ellos golpeó al soldado en la cabeza con los puños juntos; el otro lo sujetó antes de que llegara al suelo.

—Estaba seguro de que usted vendría —susurró uno de ellos.

La música y los vítores de los soldados eran cada vez más ruidosos. Jessica seguía a la sombra del árbol, cortando las sogas de Ethan. Por lo visto, esos hombres la tomaban por el Corsario.

—Idos —dijo, dando a su voz el tono más grave que pudo.

Los hombres escaparon de inmediato hacia la oscuridad.

—¡Jessica Taggert! —susurró Ethan, por encima del hombro—. Debí adivinar que eras tú. Eres la instigadora de todo esto, ¿verdad?

Ella se detuvo, sorprendida.

—¡Sigue cortando! —protesto él—. Bien sé distinguir a una mujer de un hombre.

Y volvió la mirada hacia Abigail, que saltaba sobre dos palos en llamas, sostenidos por sendos soldados.

—La voy a matar —repitió.

—Lo está haciendo por ti —susurró Jess—. ¡Listo!

En cuanto quedó libre, Ethan se deslizó por las sombras. Jess permaneció en donde estaba, lista para impedir que el muchacho cometiera alguna tontería. Como estaba atenta a la actuación de Abigail, no vio que el soldado tendido en el suelo estaba reaccionando. El hombre cayó sobre ella, inmovilizándola contra el suelo. Jess logró esquivar el puñal que él blandía, pero no antes de que le rozara el flanco. En el momento en que ella rodaba para apartarse, la mano del soldado le tocó el pecho.

—¡Una mujer! —exclamó.

Un momento después tenía sus piernas entre las de ella y la buscaba con su boca húmeda y caliente.

Jessica forcejeó, pero el hombre era demasiado fuerte y le inmovilizó las manos mientras se desabrochaba los pantalones.

De pronto, súbitamente, quedó inmóvil.

La muchacha aún forcejeaba cuando sintió que el hombre se apartaba de ella, como empujado. Parpadeó en la oscuridad. Allí estaba El Corsario, de pie ante ella, con la espada desenvainada.

Sin decir una palabra, le ofreció la mano y la ayudó a levantarse. Los ojos tenían un brillo duro detrás de la máscara.

—Yo... Quisimos... —balbuceó ella.

El enmascarado la tomó de la mano y la llevó a empujones hacia su caballo. Jess se tocó el costado y palpó sangre, pero no quiso quejarse.

Él la subió a la montura, medio a empujones. Luego montó tras ella y partió al galope.

El viento fresco en la cara empezó a reanimarla. Aquello era una cabalgata a la luz de la luna, con el hombre a quien amaba, encerrada en sus brazos. Fue un momento de entusiasmo... pero también de extraña inquietud. Algo la preocupaba, sin que ella pudiera determinarlo con seguridad. La aventura había tenido éxito... siempre que Abby y la señora Wentworth lograran llegar a su casa. Aun así, algo andaba mal.

De pronto giró en la silla, ahogando una exclamación de dolor ante la punzada en su costado.

—¡Detente! —exigió—. Tienes que detenerte.

El Corsario la miró a la luz mortecina de la luna y frenó al animal. Un momento después sus labios le buscaban la cara y los ojos.

—No, por favor —susurró ella, sin dejar de arquear el cuello para facilitarle los besos—. ¿Adónde me llevas?

—A casa. A nuestra casa. A la Ensenada Farrier, donde podremos hacer el amor toda la noche. Y después ajustaremos cuentas por la locura que has...

—No, por favor, no quiero discutir contigo.

—Discutir no entra en mis planes, amor mío.

—Debes llevarme a casa.

—A casa te llevo.

—Me refiero a la casa de Alexander.

El Corsario sintió que una hoja de acero le atravesaba la columna. Su voz tuvo la misma rigidez que su cuerpo.

—¿Alexander? ¿Quieres volver a la compañía de ese cerdo cobarde, quejoso y lleno de puntillas, cuando acabo de salvarte la vida?

Jessica se sentía desgarrada por la mitad. Quería acompañar al Corsario, aun sabiendo que él trataría de seducirla (y bien sabía Dios que ella deseaba dejarse seducir), pero al mismo tiempo necesitaba a Alex.

—No está bien de salud. Si descubre que no estoy en casa se afligirá.

Los ojos del Corsario se clavaron en los de ella.

—¿Estás enamorada de ese hombre, Jess?

—¿De Alexander? No, no creo. Es que él se preocupa y no tiene el corazón muy fuerte. Por favor, llévame a casa.

Sentía que la sangre le goteaba por el costado. Tal vez era la herida la que le hacía cometer esas cosas extrañas. En esos momentos, lo último que deseaba era debatirse entre los brazos del Corsario. Lo que necesitaba era que Alexander se ocupara de ella.

El enmascarado desmontó y la dejó en el suelo.

—Creo que conoces el camino —dijo, muy frío—. Ojalá nadie te descubra con ese disfraz.

Así diciendo, giró con su caballo y la abandonó allí.

Jess aspiró hondo para contener el dolor de la herida. La asustaba la perspectiva de caminar tres kilómetros hasta la casa de los Montgomery. Cada movimiento volvía a abrirle la herida, que sangraba lentamente.

El Corsario la había dejado ante un viejo sendero indio que la llevaría hasta la parte trasera de la mansión. Caminó a tropezones. Se detuvo a descansar contra un árbol y anduvo un trecho más cuando vio la casa de los Montgomery y su ventana abierta, los ojos se le llenaron de lágrimas. Le costó trabajo entrar. Estaba a horcajadas sobre el marco cuando vio a Alex sentado en la habitación, con los ojos llameantes de cólera.

—No volverás a salir de este cuarto —empezó—. Que Dios me perdone, pero te voy a encadenar, te mataré de hambre, te...

—Ayúdame, Alex, que estoy herida —fue cuanto ella pudo decir.

Y cayó al interior de la alcoba.

Él la sujetó antes de que llegara al suelo y la llevó a la cama.

—Alex —susurró ella.

Alexander, sin responder, comenzó a desvestirla desgarrando la ropa.

—Como el Corsario —murmuró ella, sonriente. Por fin se sentía a salvo.

Él la dejó, desnuda desde la cintura hacia arriba, y fue a su cuarto en busca de una lámpara, vendas limpias y una vasija con agua. Se había quitado la chaqueta.

Con mucha suavidad, comenzó a limpiarle la herida.

—¿Estás enojado conmigo, Alex? —preguntó ella, con una mueca de dolor.

La puso de costado para limpiarle la sangre de la espalda y la cadera.

—Teníamos que hacerlo, ¿comprendes? No podíamos permitir que se llevaran a esos hombres. El almirante habría empezado a llevárselos a todos. Probablemente el próximo habría sido Nathaniel.

Alex seguía limpiando, sin contestar.

—Comprendes, ¿verdad? Todo salió como lo habíamos planeado. No tuvimos el menor problema. —Un ruido, afuera, la hizo callar—. ¿Qué fue eso?

—Un disparo —respondió él, seco.

Después la puso de espaldas. Pese a su obvio enfado actuaba con mucha suavidad. Por fin la ayudó a incorporarse y empezó a vendarle las costillas.

—Al menos podrías admirar nuestro plan, Alex. La señora Wentworth se había puesto... —Se interrumpió, pues Alex le había vuelto la espalda para buscar un camisón limpio en su arcón—. Alex, por lo menos di algo. Cuando entré parecías tener mucho que comentar.

Él le pasó el camisón por la cabeza, la acostó en la cama y empezó a desvestirle la mitad inferior del cuerpo.

—No me parece muy amable que no me dirijas la palabra. El Corsario se presentó cuando ya terminábamos la operación y quiso que me fuera con él, pero yo preferí volver a casa, contigo.

Él le clavó una mirada que Jessica no comprendió. Luego la cubrió con la frazada, recogió la lámpara y la vasija con agua sanguinolenta y salió de la habitación, cerrando la puerta detrás de sí.

Jessica permaneció un momento en la oscuridad, demasiado atónita para pensar con claridad. Su primer pensamiento fue: «¿Qué importa que Alex esté enfadado conmigo?». Gracias a ella, toda la ciudad estaría mejor.

Volvió a repasar el plan, felicitándose por sus resultados. Pero entonces recordó cómo había mentido a Alex sobre su conversación con Abby y la madre.

Pensó en los tres hombres apresados por la tiranía de los ingleses y ahora libres otra vez. Pensó en Alex, diciendo que la amaba y que se preocupaba por ella.

Pensó en el Corsario, que la había salvado. Pero había sido Alexander quien le atendiera la herida, tal como ella esperaba. Había hombres llenos de pasión y entusiasmo, pero también otros que la cuidaban a una cuando se sentía mal.

Se acercó a la puerta intermedia, sujetándose la zona de la herida para que no volviera a sangrar, y abrió con mano trémula.

Alex estaba sentado ante la ventana, con las mangas recogidas hasta los codos; fumaba un largo cigarro, mirando fijamente hacia adelante, y no se volvió ante la entrada de Jess. Ni siquiera la miró cuando ella se interpuso entre él y la ventana.

—Lo siento de verdad, Alex —dijo, suavemente—. Pero estaba convencida de que era necesario hacer esto. ¿Comprendes este tipo de cosas? A veces una no puede pensar sino en lo que es preciso hacer. No quería salir herida, ni desobedecerte y causarte preocupaciones. Tu padre trató de disuadirme, pero yo tenía que hacerlo. ¿Comprendes?

Le estaba rogando que entendiera. Él era como Eleanor, que se ofendía cuando su hermana no actuaba como ella habría querido.

—Por favor —susurró.

Cuando Alex levantó la vista, por fin, Jessica le vio en los ojos el dolor que le había causado. Ese hombre tenía sentimientos tan delicados como su salud.

—Alex —rogó, tendiéndole las manos.

El joven, con una mirada de resignación que Jess reconoció como perdón, le abrió los brazos. Ella se instaló en su regazo como una niñita. En algún momento de sus relaciones Alex se había convertido en su amigo. No era su amante, tampoco su esposo, pero sí su amigo. Pese a todos sus gritos y sus alborotos, cuidaba de ella.

—Fue horrible, Alex. Tuve tanto miedo... Las manos me temblaban tanto que apenas pude cortar las cuerdas de Ethan. ¿Te has enterado de algo? ¿Qué se sabe de Abigail y la señora Wentworth? ¡Si hubieras visto bailar a Abby!

Alex la estrechó tanto como pudo sin abrirle la herida.

—Eleanor fue a casa de los Wentworth. Cuando el almirante golpeó la puerta del dormitorio de la señora, Eleanor respondió por ella.

—¿Eleanor? —exclamó Jess—. ¡Pero si no le dije lo que pensaba hacer! No me atreví, porque es más autoritaria que tú.

—Es inteligente y sensata, cosa que no puedo decir de ti.

—Vine a casa, volví a ti, ¿no es cierto? Sabía que el Corsario no podía ayudarme y vine a ti.

—Para que te remendara —objetó Alex, suavemente.

—Oh, por favor, no te ofendas. El Corsario quería que lo acompañara, pero me negué.

La boca de Alex se convirtió en una raya.

—Te negaste porque él no dispone de vendas para cuando cometes estupideces. ¿Conoces la reacción del almirante?

—No —vaciló ella.

—Como uno de los soldados fue asesinado, supongo que por tu Corsario, él está decidido a descubrir al asesino. Dijo que el muerto tenía un puñal ensangrentado en la mano. Está convencido de que la sangre es del Corsario, mientras que yo, equivocadamente, la atribuía a Ethan. Para descubrir al asesino está llevando a todos los mozos de la ciudad a la alcaldía para obligarlos a desvestirse. En cuanto descubra a cualquiera que tenga una herida reciente, lo matará.

—¿Y las mujeres? —preguntó Jess.

—Todos los soldados ingleses juran poder identificar a las gitanas.

Jessica empezó a ponerse rígida.

—Si descubren a Abigail y a la señora Wentworth...

—Deberías haber pensado en eso antes de meterte en estos aprietos. Bien, me encanta tenerte abrazada, pero quiero que duermas.

—¿Adónde irás?

—A ver en que puedo ser útil.

Jessica se levantó de su regazo.

—Deberías descansar, Alex. Tu salud...

Él no le permitió terminar. Inclinado hacia adelante, nariz contra nariz, le reprendió entre dientes apretados:

—¿Y ahora te preocupas por mi salud? Convences a mi propio padre para que conspire contra mí; me haces pasar las de Caín esperándote aquí sentado; vienes a casa con una herida sangrante y ahora te preocupas por lo que pueda pasar con mi salud. El ejército inglés no es nada comparado con lo que me haces sufrir, Jessica Taggert.

—Jessica Montgomery —corrigió ella, suavemente—. Recuerda que me he casado contigo.

Alex se apartó de ella.

—Me he casado contigo, pero no te he cambiado. Ahora quiero que me escuches. Vas a meterte en la cama y a dormir un poco. Diré a los de la casa que estás enferma y encargaré a Eleanor que te atienda.

—Espera, Alex. ¿No querrá el almirante hablar conmigo? Sin duda piensa que quien liberó a los reclusos fue un hombre, pero tal vez suponga que yo era la bailarina.

Alex miró significativamente la pechera de su camisón.

—Hay cosas que ninguna mujer puede fingir. No se te interrogará.

Así diciendo, abandonó la habitación.

Jess bajó la vista a su pecho y notó que, comparado con el de Abigail, era casi plano. Se acostó en la cama de Alex, con el ceño fruncido. ¿Qué importaba lo que Alex pensara de su físico? De cualquier modo él no podía hacer nada.

# 18

—Jessie...

Jessica se negaba a escuchar aquellas llamadas. Estaba segura de que sólo eran producto de su imaginación. Y estaba segura porque nadie le dirigía la palabra desde la aventura de dos días atrás. Alex estaba tan furioso que la miraba con las cejas negras reunidas en un grueso pliegue. Eleanor le dirigía interminables sermones. Nathaniel trepaba a su regazo y le rogaba que no se dejara matar. Jess no lograba averiguar cómo se había enterado el niño de su escapada.

Por lo tanto, una vez más Eleanor la había enviado a cumplir con tareas de niño... y a meditar sobre lo que había hecho a su familia. Por otra parte, Eleanor prefería que Jess no se enterara de lo enojados que estaban los habitantes de Warbrooke. El almirante estaba desahogando su cólera contra los armadores. Ya había confiscado dos cargas.

Ese día Jessica empleó unos minutos en visitar a la señora Wentworth. El almirante se negaba a permitir que interrogaran a Abigail.

—Abby le ha convencido de que se alegra de haber perdido a Ethan. Le ha hecho creer que se casó con él por obligación y que, en realidad, prefiere a los hombres mayores —explicó la señora Wentworth—. Ese viejo esperpento cree todo cuanto ella dice. Mientras Ethan permanezca oculto en los bosques, Abby podrá mantener la comedia.

—Al menos así salva el pellejo. ¿Cómo está el señor Wentworth?

La señora palideció.

—En casa ocurre lo mismo que en la tuya. Oh, no... Aquí viene Alex.

Las dos mujeres se separaron apresuradamente.

Jessica había ido a la Ensenada Farrier casi corriendo, aconsejada por Eleanor, que pensaba que un día de pesca le despejaría la mente y le impediría meterse en problemas.

—Jessie...

Giró sobre sus talones. El Corsario estaba de pie entre las sombras, cerca del escarpado barranco. Ella lo amenazó con la pala de extraer almejas como si empuñara una espada.

—No te acerques a mí. Todo esto es culpa tuya. Si no hubieras venido a Warbrooke nada de todo esto habría pasado.

—¿Ah, no? —se extrañó el enmascarado, apoyándose contra la pared del barranco—. ¿No te parece que a esta altura John Pitman se habría alzado con todos los capitales de la ciudad?

—¡Aleluya!, has reemplazado a Pitman por el almirante Westmoreland. Es como reemplazar a un niño travieso por el demonio.

—No puedes echarme toda la culpa, Jessie. Si tú no hubieras intervenido, los ingleses me habrían ahorcado hace varias semanas. Y yo no tuve nada que ver con el rescate de Ethan. No era mi intención salvar a esos hombres.

—Es lo que Alex supuso —reconoció ella, con cierta amargura—. Dijo que tú no intervendrías.

—Ahora soy un cobarde, ¿no? —sugirió el Corsario, con una sonrisa en sus labios finos.

Ella volvió su atención a la playa, en busca de respiraderos de almejas.

—Nunca he dicho que fueras cobarde, pero era preciso rescatar a Ethan y a los otros.

—¿Te parece? ¿Porque Abigail no podía pasarse algunos meses sin su viril compañero? ¿Ethan no podía soportar una temporada en la marina?

—Teníamos que demostrar al almirante que no puede aprovecharse de nosotros, que no somos hijos de los ingleses, sino...

—Es que no estás usando el seso. Ahora el almirante está furioso y dispuesto a castigar a Warbrooke como sea.

—¡Seso! ¿Qué sabes tú de sesos? Dice Alex...

—Maldito sea ese marido tuyo. —El Corsario se acercó algunos pasos y la estrechó entre sus brazos. Después la besó hasta que a ella se le aflojó el cuerpo—. ¿Te sientes así con Alex? ¿Te hace gritar de pasión?

—Déjame en paz, por favor —replicó ella, apartando la cara—. No me tortures más.

—No te torturo más de lo que tú lo haces conmigo —aseguró él, apasionadamente—. Me persigues a cada momento, llenas todo mi... —Ella lo apartó de un empujón.

—Pero dejaste que me casara con otro —le increpó.

—Pero no con un hombre de verdad, sino con...

—No metas a Alex en esto.

Los ojos del Corsario, centelleantes tras el antifaz, delataron sorpresa.

—Quisiste que te llevara a su casa. Te estoy perdiendo por un arco iris: todo color y nada de sustancia.

—Alexander tiene mucha más sustancia de la que imaginas. Nos recibió en su casa, a mí y a los niños. Nunca pierde la paciencia con ellos: les lee cuentos, les canta, les venda las heridas. Y también a mí. Cuando arriesgo la vida, se enoja conmigo. Y me...

—¿Te hace el amor?

—¡No, por Dios! —exclamó ella, sin pensar—. Alex es mi amigo.

El Corsario la tomó por los brazos acariciándole la piel con los dedos.

—Pero se diría que tú si quieres hacer el amor con él.

—Suéltame, por favor —rogó ella, insegura de poder seguir resistiendo—. Soy una mujer casada.

—Sí. —Los labios del hombre estaban a un suspiro de los suyos—. Pero estás casada con un hombre que no puede darte esto. Deja que te haga el amor, Jessica. Deja que te haga sentir mujer. Olvídate de esa cacatúa con la que te has casado.

Ella trató de desasirse.

—Estás celoso de él.

—Por supuesto. Él te tiene el día entero. Yo, sólo por algunos minutos de vez en cuando. ¿Cómo son sus besos, comparados con los míos?

—Alexander no me besa —murmuró ella—. Solamente tú lo haces.

Él se apartó, con los ojos muy abiertos por el asombro.

—¿No te besa? Pero tú querrías que lo hiciera, ¿verdad? Quieres irte a la cama con él, ¿cierto?

Jess se acomodó el vestido.

—Estás perdiendo la cabeza. Alexander y yo somos amigos. Sería como hacer el amor con Eleanor. Una mujer me daría tanto placer como Alexander —murmuró ella—. Por favor, vete y déjame en paz. No quiero volver a verte.

El Corsario quedó inmóvil, con las manos en los costados y la boca entreabierta, como si hubiera oído algo horrible. Jess miró hacia el barranco.

—¡Vete! Viene alguien. Quizá sea Alex.

El enmascarado pareció recobrarse.

—Tal vez tu marido salga con otra mujer.

—Ahora sí que estás loco. Si no conseguía que ninguna quisiera casarse con él; ¿quién querría tenerlo como amante? ¡Vete! ¿O quieres que te atrapen?

El Corsario desapareció por el barranco en pocos segundos. Era sólo un venado que se aproximaba por el otro lado de la bahía, pero Jessica se alegró de que su compañero hubiera tenido que irse. Sabía que le sería completamente imposible resistirse a él por mucho tiempo más. Le bastaba verle el cuerpo para vibrar. Y hacía mucho tiempo que no sentía los brazos de un hombre.

Clavó la pala junto a un respiradero. Se refería a un hombre de verdad, por supuesto, capaz de complacer tanto su cuerpo como su mente. Se sentía un poco culpable por haber dicho al Corsario lo de Alex, pero estaba como partida en dos por ellos. Les era físicamente fiel a ambos. No era adúltera, pues no traicionaba a Alex, y tampoco traicionaba al Corsario haciendo el amor con su esposo.

—Estoy vacía —dijo, en voz alta—. Vacía de los dos.

Y clavó la pala con más fuerza.

—¿Quieres dejar de gritarme? —chilló Jessica a su hermana—. Ya te he dicho que no hice nada para ofender a Alexander. Nada nuevo, al menos. Le llevé la comida y hasta se la corté en pedacitos. No puedo ser más amable con él. Hasta le dije que estaba muy guapo, que la chaqueta le daba más color a las mejillas. ¿Qué más se puede hacer?

—¿Por qué está tan malhumorado, entonces?

—No lo sé. No quiere hablarme de su salud. ¿Crees que esté dolorido?

—Sólo por los dolores que tú le causas.

—¿Yo? No he hecho nada...

Las interrumpió Mariana, que entró estrellando la puerta contra la pared, ruborizada y con los ojos encendidos.

—¿Os habéis enterado? Está amarrando un barco italiano y alguien dijo que Adam podría estar a bordo.

—¿Adam? —exclamó Jessica.

—Oh, sí —suspiró Mariana, cerrando los ojos en éxtasis—, mi hermano mayor. Adam, el luchador, el más apuesto. Adam ha venido a salvarnos.

—Con uno más que nos salve, los ingleses quemarán la ciudad hasta los cimientos —gruñó Eleanor.

Jessica bajó la vista a su vestido viejo y gastado.

—No puedo recibir a Adam con esta facha. Ojalá tuviera un vestido nuevo, tan bonito como la chaqueta roja de Alex. No te quedes allí, Mariana, que tu pelo es un desastre.

—Sí, sí, por supuesto. —Y la cuñada echó a andar por el pasillo.

—Que Alex no sepa para quién te pones guapa —aconsejó Eleanor, elevando la voz.

Pero Jessica ya se había ido. Ella se llevó una mano a la cabeza y decidió arreglarse un poco antes de la llegada del famoso Adam.

Jessica abrió la puerta de Alex con la ansiedad pintada en la cara.

Él cerró su libro.

—¿Qué ha pasado?

—Nada. —La muchacha estaba revolviendo un baúl instalado en el rincón—. Oh, Alex, lástima que no me compraras un vestido rojo, como prometiste.

Alex abandonó la silla en cuestión de segundos y la sujetó por los brazos.

—¿Vas a reunirte con el Corsario? —preguntó, dura la mirada.

—Ahora no tengo tiempo para celos. Mariana dice que acaba de llegar un barco de Italia y que Adam podría venir en él.

—¿Adam? ¿Mi hermano?

—Sí, tu hermano, por supuesto. ¿Por qué no vas a decírselo a tu padre?

—¿A decirle que Adam, su hijo perfecto, estará pronto en casa?

Ella cerró el baúl.

—Alexander, ¿quieres decirme qué te pasa, por Dios? Hace varios días que me acosas.

—Un acoso muy poco efectivo, ¿verdad, mi casta mujercita?

—Conque es por eso. Te acuerdas de cuando eras hombre. Te juro, Alex, que no me voy a acostar con el Corsario, ni con Adam, ni con nadie. No hay motivos para que estés celoso. ¿No has visto ese abanico azul que era de tu madre?

—Vas a vestirte de satén para recibir a mi hermano. Vas a bajar a ese muelle sucio y maloliente vestida de satén.

Ella contó hasta diez para serenarse.

—Tú vistes de satén todos los días de la semana, Alex. ¿Te molestaría ayudarme a vestirme?

—No lo pienses —respondió él, mientras salía tempestuosamente de la habitación.

—¡Oh, los hombres! —exclamó Jessica, despectiva.

Y salió en busca de su hermana para que la ayudara con el vestido.

Cuando el barco amarró, por fin, casi toda Warbrooke estaba allí para saludar al mayor de los hijos de Montgomery... pero él no estaba a bordo. El capitán nunca había oído su nombre ni tenía noticias de él.

La muchedumbre quedó decepcionada.

Jessica se apartó tres veces de Alex, porque no soportaba sus murmullos de celos. Sentía lástima por él, naturalmente, pues su hermano recibiría toda la atención que Alex debería haber disfrutado. De Adam nadie se reiría. Jess, desilusionada, vio que los marineros bajaban por la planchada veintitrés baúles de cuero. Cerraban la marcha tres doncellas.

—Quizá deba volver a casa, para que mi padre pueda llorar sobre mi hombro —le dijo Alex, al oído—. ¿O quizá tú también tienes ganas de llorar?

Jessica iba a responder algo cuando se oyó una bonita voz de mujer que decía:

—¿Alexander? ¿Eres tú?

Alex miró por encima del hombro de Jess y sus labios se curvaron en una sonrisa de placer.

— Sophy —susurró.

—Conque eras tú, Alexander.

Jess, al volverse, se encontró ante una menuda y exquisita morena, cuyo sombrero de volantes rosados sombreaba una cara preciosa. La joven miraba a Alex con expectativa y la risa en los labios.

—Hombre, me ha costado reconocerte. ¿Qué haces con esa peluca? ¿Y por qué tienes esa postura? ¿Y esa chaqueta...?

No pudo terminar, porque Alex la tomó en sus brazos y la calló con un beso.

Ante eso la muchedumbre quedó alelada.

—Qué bienvenida —murmuró la tal Sophy.

—Sígueme el juego —susurró Alex—. Pase lo que pase, sígueme el juego.

Y la apartó de sí.

Jessica los miraba a ambos con gran curiosidad. Por cierto, Alex nunca la había besado de ese modo. Claro que ella no lo buscaba, pero tampoco se lo impedía.

—Jessica —presentó él—, la señora es la condesa Tatalini. Sophy, te presento a mi esposa. Sophy y yo nos conocimos antes de mi fiebre.

—¿Qué fiebre? ¿Estás enfermo, Alex? ¿Es por eso por lo que vistes...?

Alex le rodeó la cintura con un brazo y la estrechó con fuerza.

—Estuve enfermo, pero ya pasó. Jess, ¿podrías indicar a algunos de estos curiosos que lleven a casa el equipaje de la condesa? Porque te hospedarás en casa, ¿verdad?

—Vaya, no. Voy camino de...

—No te puedes negar. ¿Verdad, Jess?

Jessica, sin decir palabra, siguió estudiando el modo en que la forastera curvaba su cuerpo contra el de Alex. A ella no parecía importarle que fuera gordo, que estuviera encorvado, que el color de sus mejillas se debiera a los cosméticos.

—Jessica —protestó Alex, con su quejido familiar—, tendrás que ayudarme. Siento que se me van las fuerzas. ¿Puedes encargarte del equipaje mientras la condesa me presta apoyo?

—Es un placer conocerla —dijo la muchacha, por fin—. Y en la casa tenemos espacio de sobra. Voy a encargarme del equipaje.

Alex se apoyó pesadamente en Sophy, que no dijo una palabra hasta que estuvieron en una habitación de la casa de los Montgomery. Entonces se volvió hacia él.

—Exijo saber qué pasa aquí. —Se inclinó hacia adelante para arrebatarle la peluca—. Oh, por un momento pensé que te habrías rasurado la cabeza. ¿En qué te has metido ahora, Alex?

Él sonrió, pasándose las manos por el pelo, y se sentó en una silla.

—No sabes cuánto me alegra oír esa pregunta, Sophy. Ni imaginas lo maravilloso que es verme acusado por una mujer de no ser lo que aparento.

—Pues me alegra que te alegre. —La condesa, impaciente, daba golpecitos en el suelo con su pequeño pie—. Pero yo no estoy recibiendo el mismo placer. Se supone que dentro de dos semanas estaré en Boston para ver a mi esposo y a nuestros hijos. Se enojará mucho si no llego.

—¿Como la última vez, cuando me descolgué por tu balcón?

Sophy sonrió.

—Bajo la lluvia, sin nada puesto. Y cuando él se fue no se te hallaba por ninguna parte. Me puse frenética. Pensé que te habían atrapado los perros. Y en realidad...

—... la que me había atrapado era una criada. ¿Cómo dejar de agradecerle el que se compadeciera de mí? Y puesto que yo iba desnudo, mi gratitud se demostraba sola.

—¡Qué hombre! —exclamó ella, riendo—. Mi esposo jamás creerá lo que yo diga si descubre que he estado aquí contigo.

—Conmigo, con mi esposa y con una casa llena de gente ruidosísima.

—Tu esposa es toda una belleza. Algo lenta de entendederas, quizá, pero ¿qué importancia tiene eso en una mujer? Lo que cuenta es su belleza. ¿Es por ella por lo que vistes así? Alex, no me digas que ese asco es una panza de verdad.

Alex acarició con cariño la protuberancia.

—Está compuesta de algodón, un poco de cordel, una pistola, un puñal y muy poco de mi persona. —Echó un vistazo a la puerta, pues había oído un ruido—. Viene Jess.

Tomó la peluca y se la puso en la cabeza con un gesto práctico. De inmediato asumió otra vez su postura de S.

—Aquí —indicó Jess a los hombres que traían los baúles de la condesa—. Ya imaginaba que le asignarías el cuarto de tu madre.

Y siguió de pie allí, aún después de que los baúles estuvieron apilados. Alex, con voz muy cansada, sugirió:

—¿Podrías dejarnos solos, Jessica? Somos viejos amigos y tenemos mucho de que conversar. Tal vez puedas terminar con la contabilidad de hace cuatro años. O encargarte de que las doncellas de Sophy tengan el alojamiento debido.

Jess miró al uno y a la otra. Por fin, con un gesto de asentimiento, salió de la habitación.

Sophy se volvió hacia él.

—¡Pero...! Si mi esposo me hablara de ese modo le cortaría las orejas y el...

Alex se inclinó para besarla.

—No lo dudo. Y lo mismo haría Jess si me creyera un hombre.

—¿Hombre? ¿Y qué espera de un hombre que tú no puedas cumplir?

Alex volvió a besarla.

—Haces que me sienta mejor a cada minuto, mujer. ¿Viste cómo te miraba Jessica? Oye, si no tienes que llegar a Boston hasta dentro de dos semanas, podrías hacerme un favor. Me gustaría que pasaras aquí algunos días y pusieras celosa a mi mujer.

—En general, una trata de no poner celosa a la mujer de un amigo.

—Es, que no conoces la historia completa.

Sophy se sentó en una silla y acomodó sus faldas alrededor.

—Me encanta escuchar.

—¡Qué triquiñuela vil y despreciable! Alexander Montgomery —dijo apasionadamente, al terminar el relato—. Esa pobre mujer tiene dos hombres tras sus faldas, pero los dos no hacen uno completo.

—Ella también tiene sus triquiñuelas. Dice al Corsario que no debería haber llegado nunca a Warbrooke y después manifiesta ante Alex que el Corsario es la única esperanza de la ciudad. Ella misma no sabe qué quiere.

—A mí me parece que lo sabe muy bien. Como ama a su país, ayuda al Corsario; como ama a su familia, se casa con el hombre que puede ayudarlos, aunque no pueda hacerle jamás el amor. La pobrecita ha hecho un voto de castidad para salvar a su familia. Y tú la condenas a esto. ¡Triste muchacha!

—Ella fue la que comenzó. Nunca tuve la intención de presentarme aquí como el Corsario, pero Jessica se rió de mí e hizo que mi apariencia gorda y afeminada convenciera a todos.

—No los culpo. Estás horrible. No me extraña que ninguna mujer quisiera casarse contigo.

—Pero tú no te dejaste convencer.

—Es que no hace mucho tiempo tú y yo... —Sophy se interrumpió para mirarlo fijamente—. ¿Qué quieres de esa muchacha, al fin y al cabo?

Alex le tomó las manos.

—Estoy enamorado de ella, Sophy. Creo que siempre la amé. Cuando ella era niña la veía seguir a uno de mis hermanos mayores y le jugaba malas pasadas. Cuanto ella hacía me ponía furioso. Mi madre decía que Jessica era maravillosa, que era la fuerza de los Taggert. Yo quería hacerles ver que, en una situación similar a la de ellos, yo también sería la fuerza de mi familia, pero era el benjamín, con mi padre y dos hermanos mayores por delante de mí. Jessica no me miraba por mucho que yo hiciera para llamarle la atención.

Sophy le tocó la mejilla.

—No puedo decirle que soy el Corsario —prosiguió él—. Estoy seguro de que cometería cualquier estupidez.

—Según me parece, ya las estás cometiendo —observó la condesa, mirando a Alex de soslayo—. ¿Cuál es el verdadero motivo de que no le descubras tu secreto?

Alex, sonriente, le besó las manos.

—Quiero que me ame. A mí, a Alexander. Que me ame como soy, no porque lleve una máscara y monte un caballo negro. El amor de Jessica es muy importante para mí y quiero asegurármelo. Quiero saber que seguirá amándome aun cuando sea demasiado viejo para montar a caballo. Quiero saber que, si acabo como mi padre, mi bella Jessica no se fugará con cualquier personaje deslumbrante que se le presente.

—Le estás pidiendo que ame sólo a medio hombre, Alex.

—Creo que sí. Lo cierto es que abandonó al Corsario para venir a mí. Claro que estaba sangrando y necesitaba ayuda, pero eso fue mejor que nada. Aun así, dijo al Corsario que prefería acostarse con una mujer y no conmigo.

—Pides demasiado de las mujeres, Alex. Primero, de tu Jessica; ahora, de mí. Si quieres que Jessica te ame más allá del atractivo físico, ¿de qué servirán los celos?

—Pasa algún tiempo conmigo. Jess sólo se me acerca cuando uno de los niños necesita atención o cuando está sufriendo. Tal vez si viera que a una mujer hermosa, inteligente y sabia le gusta pasar el rato en mi compañía, tal vez se le despertaría la curiosidad.

Sophy se echó a reír.

—Creo que yo podría amar a Alexander, si ella no lo hiciera. Pero no te he visto en tu papel de Corsario, claro está. ¿Eres muy arriesgado y romántico?

—Intrépido. Para el Corsario no hay peligros excesivos. Excepto Jessica, por supuesto. Anda, di que te quedarás a ayudarme.

—De acuerdo —suspiró ella—. Creo que esa mujer debe presentir que su esposo es también su amante. Te ayudaré a darle celos.

# 19

—Jessica —dijo Eleanor, tratando de mantener la calma—, esa mujer te está haciendo pasar por tonta.

—Alex es feliz con ella.

—Demasiado feliz. ¿No te importa que pasen horas encerrados en su habitación?

—Es nuestra habitación. De Alexander y mía.

—Ah, conque te importa.

—Dime, Eleanor, ¿qué harías si una mujer coqueteara con ese ruso tuyo?

—Le arrancaría cualquier parte del cuerpo que me cayera a mano.

Jessica jugaba con la comida.

—Pero la condesa es una dama muy simpática. Ayer se hizo cargo de Samuel durante toda la tarde.

—Y de este modo dejó en libertad a Nathaniel para que hiciera travesuras. ¿Sabes de dónde ha sacado ese bote pesquero?

—¿Qué bote pesquero? —inquirió Jess, inquieta.

Eleanor se sentó ante su hermana, con la mesa entre ellos.

—Esa mujer te preocupa, ¿verdad?

—No, en absoluto. Ya sabes que Alexander y yo no somos, realmente, marido y mujer. Él dijo que...

—¿Qué?

—Que me amaba, pero tal vez fue antes de recordar su amor por la condesa.

—¿Por qué no peleas por él, Jess? ¿Por qué no te plantas ante Alex y le dices que lo amas, que prenderás fuego al pelo de esa mujer si no sale de tu casa en treinta segundos?

—¿Yo, amar a Alex? Qué idea ridícula. Se queja todo el día y...

—Te salva la vida, te espera levantado, te cuida y...

—Y me grita a cada rato. ¿Dónde está ahora la condesa? Tal vez pueda deshacerme de ella de otro modo.

—Hace un rato estaba sentada en la huerta. ¿Qué piensas hacer, Jessica?

—Ayudar a mi país —respondió la muchacha, antes de abandonar la casa.

Jessica no estaba dispuesta a permitir que Eleanor ni nadie supiera cuánto la preocupaba la presencia de la condesa. ¿Cuándo había llegado a enamorarse de Alexander? El amor, sin duda, era ese palpitar enloquecido del corazón. El amor era, antes bien, lo que ella experimentaba por el Corsario... o al menos, eso había creído hasta hacía poco. Pero en los últimos tiempos la hacía más feliz estar con Alex que con el Corsario.

El enmascarado había acudido a su ventana en dos ocasiones desde que ella recibiera la herida, pero Jessica se sentía cada vez menos inclinada a acompañarlo. Sabía que en sus brazos pasaría una noche estupenda, pero nada más. Por la mañana se preguntaría qué demonios le había dado y buscaría la proximidad de Alex.

Desde el regreso del joven a Warbrooke ambos habían pasado mucho tiempo juntos. Al principio, a Jess le había molestado que él quisiera tenerla siempre cerca; poco a poco había llegado a disfrutar con su compañía. Y ahora, cuando deseaba tenerlo con ella, él no estaba.

No se podía culpar a la condesa por ansiar el diálogo con Alex, pues sabía ser encantador. Leía los cuentos de marinos con tanta expresividad que una sentía el viento en la cara. Y cuando leía novelas románticas una llegaba a ruborizarse.

Poco a poco iba reparando los perjuicios que Pitman había causado en los bienes de los Montgomery. En las pocas semanas transcurridas desde la boda, ella y Alex habían logrado poner la casa en orden. Formaban un buen equipo.

Pero allí estaba ahora la condesa, pendiente de las palabras de Alex, mirándolo como si fuera el más viril y maravilloso de los hombres. Y él actuaba como si los Taggert no existieran. Sólo dedicaba su atención a la hermosa italiana.

Jess, de pie en un extremo de la huerta, observaba a la condesa. Estaba sentada bajo un árbol, con un grueso chal sobre los hombros y un libro abierto en la falda. Jess quería ordenarle que abandonara la ciudad y dejara en paz a su esposo, pero no podía. En primer lugar, Alex se reiría hasta la muerte si ella hiciera semejante estupidez. Por otra parte, no le dejaría olvidar sus celos. Se jactaría del asunto como lo hacen los hombres cuando creen haber ganado la partida.

No: había que ser más astuta. Debía de haber un modo mejor para librarse de la condesa.

—Hola —saludó.

La italiana levantó su bonita cara.

—Espero que esté disfrutando de su estancia en Warbrooke. Yo no he tenido mucho tiempo para atenderla, pero creo que Alex se ocupa de usted.

—Sí —reconoció la condesa, cautelosa—. Me atiende muy bien, gracias.

Jess, sonriendo, se sentó en una valla baja, ante la silla de la condesa.

—¿Le ha contado algo de lo que pasa en Warbrooke? ¿Sabe usted qué opresiones estamos soportando?

Sophy dilató los ojos.

—No, creo que no. Me parece que mencionó algo, pero...

Jess se inclinó hacia adelante. La forastera se echó bruscamente hacia atrás, como si temiera recibir un golpe.

—Quizás usted pueda ayudarme —dijo la muchacha—. Porque es muy hermosa. Y necesito la ayuda de una mujer hermosa.

—¿Sí? —exclamó la condesa, obviamente interesada—. ¿Para qué?

—¿Ha oído usted hablar del almirante Westmoreland? Los ingleses lo enviaron para que acabara con el Corsario, pero hasta ahora no lo ha conseguido. —Jess sonrió—. El Corsario ha recibido alguna ayuda de nuestra parte.

—Alexander me ha hablado de su participación en una operación, Jessica. Los soldados ingleses... —Se interrumpió ante la expresión de su interlocutora—. En realidad, no me dijo gran cosa.

«¡Ajá!», pensó Jess. «Conque Alex te habló de aquella noche.» Y no dejó de sonreír.

—Sí, hacemos cuanto podemos para ayudar al Corsario. Desde entonces el almirante castiga a la ciudad apoderándose de los cargamentos. En cierta oportunidad confiscaron un barco y creo que está por volver a ocurrir. Necesito de su ayuda para averiguarlo.

—¿Mi ayuda? ¿Y qué podría hacer yo?

—El almirante se hospeda en casa de la señora Wentworth, que me ha invitado a tomar el té. Ese hombre recibió ayer un documento sellado desde Inglaterra. Me gustaría saber qué dice.

—Pero ¿cuál sería mi papel?

—Al almirante le gustan las mujeres hermosas. Usted es hermosísima. Quiero que lo distraiga mientras yo reviso su despacho.

Sophy sonrió ante el halago, pero su expresión cambió inmediatamente.

—¿Y si te atrapan? ¿Y si ese hombre descubre que te he ayudado?

—Nos ahorcarían.

—Oh... —Sophy tardó algún tiempo en digerir eso.

—Sophy... Te llamaré así, ya que me has tuteado... Tú eres capaz de hacerlo. Basta ver lo que has conseguido de Alex.

—¿A qué te refieres? Alex y yo somos viejos amigos.

—Sí, y me alegro de que así sea. También es amigo mío. Y me gusta que mis amigos sean felices.

—¿No estás un poquito celosa?

—En absoluto. Él merece ser feliz, y tiene tan poco de qué disfrutar...

—Tal vez te guardas a algún otro hombre —sugirió la condesa, inclinándose hacia adelante.

—Estoy casada con Alex.

Sophy sonrió.

—¿Y qué me dices de ese Corsario tan famoso? ¿Es tan viril y apuesto como dicen?

—Más —aseguró Jessica, muy sonriente—. ¿Estarías dispuesta a ayudarnos con lo del almirante?

—El Corsario no se parece en nada a Alexander, ¿verdad?

—Ni remotamente. Si esto te da miedo, dilo y comprenderé. Si me detienen no voy a denunciarte.

—Hummm, qué agradable sería combinar la inteligencia de Alex con la virilidad del Corsario, ¿verdad? Tendrías a un hombre como pocos.

—Hombres así no existen. Los hay con sesos y los hay con belleza; pero no con ambas cosas a la vez. ¿Quieres ayudarme o no?

Sophy miró a Jess con aire crítico.

—Con una condición: que te hagamos coser un vestido adecuado. ¿En qué piensa tu marido, que no tienes un solo vestido decente?

—Alex me ha dado toda la ropa de su madre.

La condesa dijo algo muy enfático, pero en italiano.

—Y una vez me prometió un vestido rojo.

—¿Sí? ¿Y aún no lo tienes? Acompáñame, Jessica. Tenemos mucho que hacer. Vamos a buscar a las seis mejores modistas de la ciudad.

—¿Para qué seis?

—Para que el trabajo esté terminado cuanto antes. ¿Cuándo iremos a ese té?

—Mañana a las cuatro de la tarde.

—Será difícil, pero no imposible.

Jessica y Sophy pasaron por el salón. La condesa iba parloteando a mil palabras por minuto. Jess miró a su hermana con un guiño.

—¿Qué has hecho con Sophy? —acusó Alexander.

—No sé de qué hablas, Alex —replicó Jessica, inocente—. Sólo la invité a tomar el té en casa de la señora Wentworth. Como no confías en mí se me ocurrió que tu bella amiga podía servir de vigilante.

—No, no confío en ti, y tengo buenos motivos. Tampoco creo que Sophy deba salir contigo. No se puede calcular lo que podría ocurrir.

Jessica abrió los ojos.

—No sé a qué te refieres. Sólo invité a tu amiga a una reunión social. Nada más.

Alex la miró de reojo.

—Desconfío de ti.

—¡Mira que decir eso de tu propia esposa! ¿Has visto el vestido que me hizo coser? Es de seda roja.

Alex se frotó la parte posterior del cuello, donde el sudor y el polvo, como siempre estaban componiendo una pasta irritante.

—Iré con vosotras.

—¿Qué? —exclamó Jessica—. Quiero decir, ¡qué bien!

—Te traes algo entre manos, Jess, y quiero estar allí para impedir que participes.

Treinta minutos después Jess preguntaba a su nueva cómplice:

—¿Podrás mantener distraídos tanto al almirante como a Alex?

—Por supuesto —afirmó la condesa, muy segura de sí—. Puedo concentrar la atención de todos los hombres presentes en un salón.

—Menos mal. —Jessica soltó un suspiro de alivio.

Pero la condesa no había tenido en cuenta a su compañera. Cuando sus doncellas acabaron de peinar la espesa cabellera de Jessica y le pusieron el escotado vestido rojo, se presentó la posibilidad de que los hombres presentes no repararan en nadie más.

Ella fue a exhibirse ante Alex.

—¿Te gusta?

Él no dijo una palabra.

—Alexander, ¿te sientes bien?

Alex cayó en una silla.

—Vamos, mujer, que se hace tarde —protestó Sophy, empujándola hacia la puerta. Luego se volvió para susurrar a Alex—: Domínate y no hagas el tonto. Es tu aburrida esposa: no lo olvides. —Y echó una mirada al perfil de Jess, que esperaba ante la puerta—. Una belleza como la de ella podría inspirar odio. No permitiré jamás que mi marido conozca a tu esposa. Vamos, vamos, domínate. Elegiste el celibato. No me extraña que te fallen las rodillas.

Jess tuvo algunas dificultades en el té de la señora Wentworth. Alex, que había pasado varios días pendiente de Sophy, ahora parecía ignorar su existencia. No dejaba de observar a su esposa, con ojos vidriosos, de una manera que fastidiaba a la muchacha. Sophy hilvanaba relatos divertidos, pero Alex no le prestaba atención. En realidad, no prestaba atención más que a Jess.

La muchacha dirigió a Sophy una mirada de exasperación y lo señaló con la cabeza.

—¡Alexander! —exclamó la italiana, presta—. ¿Por qué no cuentas aquella anécdota de la pesca en los canales de Venecia?

Alex no se mostraba muy dispuesto, pero ella se inclinó hacia el almirante, exhibiendo su seno, y el inglés pidió conocer la anécdota en cuestión. En cuanto Alex comenzó el relato, Jess se disculpó ante la dueña de la casa y se encaminó hacia la parte trasera.

Una vez que estuvo fuera de la vista de los invitados, subió la escalera y buscó el cuarto del almirante. Sabía que sólo contaba con unos pocos minutos para buscar, por lo que trató de actuar con rápida minuciosidad. Cuando iba a abandonar la búsqueda vio un papel blanco que asomaba entre dos libros. Tiró de él, le echó un vistazo e iba a abrirlo cuando oyó una voz a su espalda.

—Estaba seguro de encontrarte aquí.

Jess se dio la vuelta. Uno de los tenientes del almirante estaba de pie en el umbral.

—Como tardabas tanto en regresar, supuse que me estarías esperando.

Jess ocultó el papel entre los pliegues de su vestido. No recordaba haber visto antes a ese hombre, pero él parecía muy convencido de su propio atractivo. Jess se mordió la lengua para no hacer un comentario punzante sobre la vanidad masculina. En cambio le sonrió.

—Iba hacia el lavabo cuando vi esta ventana abierta. Y como creo que amenaza lluvia, entré para cerrarla.

El teniente cruzó la habitación en segundos.

—Entre nosotros no debe haber secretos. Hace tiempo que me deseas. He notado cómo me miras cuando nos cruzamos por la calle. He visto el anhelo en tus ojos. ¡Cuánto has de necesitar de un hombre, estando casada con ese debilucho!

Jessica se apartó de él, retrocediendo alrededor del escritorio, pero el oficial se acercaba segundo a segundo.

—Dime dónde podemos vernos.

Jess buscó algo a tientas y halló un cortapapeles. No dejaría que ese hombre le pusiera una mano encima.

—Haré de ti la mujer más feliz de la tierra. Te daré lo que tu marido no puede darte.

—Yo me encargo de darle lo que necesite, gracias —dijo una voz, desde la puerta.

Alex estaba apoyado contra el marco, con su chaqueta rosada y una peluca hasta los hombros. Pese a su aspecto blando, sus ojos lucían muy duros. El teniente se apartó de Jessica.

—No tenía intención de faltar el respeto a la señora, caballero.

La expresión de Alex no cambió. Jess notó que el teniente empezaba a sudar profusamente.

—El almirante me necesita —murmuró, escurriéndose hacia la puerta.

Alex se apartó para darle paso, sin quitarle los ojos de encima. Jess cruzó la habitación en dos o tres segundos.

—¡Cómo lo asustaste, Alex! —elogió.

Trató de salir al pasillo, pero él alargó el brazo para detenerla.

—¿Qué hacías aquí? —preguntó, sin humor.

—La ventana estaba abierta y...

Alex le levantó la mano y tomó el cortapapeles que ella aún tenía entre los dedos.

—No me mientas, Jessica. ¿Entraste para encontrarte con ese hombre?

Una parte de ella se sorprendió. En la otra parte hubo alivio.

—Es atractivo, ¿verdad?

Alex le apretó con fuerza el antebrazo.

—Si llego a encontrarte con otro hombre voy a...

—¿Qué vas a hacer? ¿Pasar más tiempo con la condesa? —Jess bajó la vista al vientre que le bloqueaba el paso, indignada por el hecho de que él la acusara de lo mismo que había estado haciendo durante toda la semana—. ¿Quieres quitar ese bulto del paso?

—Jessica...

Pero ella lo apartó de un empujón y salió del cuarto. Cuando llegó hasta el pie de la escalera se guardó en el escote el arrugado documento y volvió a la reunión.

Esa noche, en casa de los Montgomery, Sophy arrinconó a Jessica, que estaba revisando la contabilidad.

—¿Qué dijiste a Alex, que se ha portado como un verdadero oso toda la tarde?

—Mientras yo estaba en el despacho del almirante, uno de sus tenientes, un joven muy atrevido, quiso que le diera una cita. Alex llegó antes de que las cosas fueran demasiado lejos, pero me acusó de haber provocado a ese hombre. ¡Como si yo no tuviera nada que hacer! ¡Yo, andar tonteando con los ingleses!

—Los celos hacen bien —aseguró la italiana—. Deberías vestirte así todos los días.

—¿Para escarbar en la playa? ¡Hasta las almejas se reirían de mí!

—Una señora puede hacer otras cosas, además de juntar almejas.

—¿Coser, coquetear con los muchachos apuestos y conspirar a espaldas de su marido?

—Menos mal que tú no conspiras —comentó Sophy, sarcástica—. ¿Me prestas tu manto negro, Jess? Debo salir.

—Por supuesto —dijo Jess, sin apartar la vista de sus cuentas.

La condesa se echó el manto sobre los hombros y subió el capuchón. Iba a medio camino hacia el lavabo cuando, en la oscuridad, surgió una silueta oscura. Una voz de acento extraño, que ella no reconoció dijo:

—Te estaba esperando.

Sophy comprendió inmediatamente que se trataba del famoso Corsario. Sin duda la había tomado por Jessica. Aún sabiendo que ese hombre era, en realidad, Alexander disfrazado, le costó recordarlo. Sus ojos, ocultos tras la máscara negra, chispearon de un modo peligroso. Ella abrió la boca para explicar el error, pero de inmediato sintió la punta de una espada contra el cuello.

—Ni una palabra —murmuró él, con una voz grave que le hizo correr un temblor por el cuerpo—. Quítate la ropa.

La italiana iba a protestar, pero él le oprimió un poco más la punta de la hoja contra la piel.

—No quiero discutir, Jessica. Esta noche tomaré lo que es mío.

El modo en que lo dijo hizo que Sophy obedeciera de inmediato. Lo miró a los ojos y sintió deseo por ese hombre. Con manos temblorosas, comenzó a desatar las cintas de su vestido. Había olvidado que no era ella la mujer que ese enmascarado buscaba. Su vestido estaba ya abierto hasta la cintura cuando Alex comprendió su error.

—¡Sophy! —exclamó, apartando la espada.

La condesa no recordaba haberse dejado llevar nunca por un enojo tan incontenible. Ante sí tenía a un hombre encantador, que después de hacerle exigencias deliciosas se presentaba, un momento después, como si fuera un niño travieso sorprendido por su madre.

—¡Alexander! —exclamó ella, en el mismo tono—. ¿Qué diablos estabas haciendo aquí, acechando en la oscuridad?

Él sonrió con toda la cara y estuvo a punto de hacerla sucumbir a su encanto. Aquella máscara negra lo volvía asombrosamente atractivo.

—Esperaba a Jessica.

—Quítate esa máscara, hombre —ordenó ella, pensando que podría controlar mejor las cosas si volvía a verlo con su aspecto familiar.

—No —rehusó él, siempre con la sonrisa en los labios—. ¿Jess está adentro?

—¿Qué piensas hacer con ella? ¿Lo mismo que acabas de hacer conmigo? Esto debe terminar, Alex. Primero le das celos; ahora la atacas con este disfraz. Tienes que decirle la verdad.

—Le tienes simpatía, ¿verdad?

—Sí, por cierto, y me arrepiento de haber conspirado contigo contra ella. Pasado mañana tendré que seguir mi viaje. Si para entonces no le has dicho la verdad, lo haré yo.

El Corsario bajó la espada y se apoyó contra un árbol.

—Se enojará conmigo.

—Con todo derecho.

Él irguió un poco la espalda.

—Pero ¡qué recompensas, cuando ya no deba ocultarle el secreto! —murmuró con voz lejana, como si estudiara la posibilidad—. Podré ser Alex durante el día y el Corsario por la noche, cuando estemos solos los dos.

—La envidio —suspiró la italiana. Luego volvió a la cuestión—. ¿Se lo dirás?

—Sí, Sophy, creo que es hora de decírselo. Mañana la llevaré a pasear y le mostraré quién es el Corsario.

—Bien. Ahora vete antes de que alguien te vea.

Él la besó dulcemente en la boca y se perdió en el bosque.

Cuando Sophy volvió a la pequeña sala donde Jessica había estado trabajando en sus libros, la habitación estaba desierta. Encontró a la muchacha en la pequeña alcoba, contigua a la de Alex. A su alrededor todo estaba revuelto.

—Desapareció —fue su único comentario.

—¿Qué cosa?

—El papel que hallé en el cuarto del almirante. Quise esperar a que Alex saliera para leerlo, pero ya no está aquí.

—¿Lo perdiste por alguna parte?

Jessica levantó la vista, con los ojos muy abiertos.

—No. Lo escondí.

Sophy tardó un momento en comprender.

—En ese caso, alguien lo ha robado. Alguien sabe lo que el almirante planea hacer. Supongo que no tuviste tiempo de leerlo.

—Alex me rondaba. Si Pitman lo encontró y sabe que fui yo quien se apoderó de él...

—Pronto lo sabremos. Siéntate y haremos planes. Bien pudo ser que lo tomara uno de los niños para hacer muñecos de papel, pero si lo tiene el señor Pitman tendrás que salir de Warbrooke antes de que te ahorquen.

—Sí —susurró Jess, y se dejó caer en una silla.

# 20

—Alex, ¿no es muy tarde para estar afuera? Me parece que, por el bien de tu salud, deberías estar en casa, descansando. Dice Sophy que...

—No me interesa lo que Sophy diga.

Jess sonrió en la oscuridad, mientras se aferraba al asiento del coche. Alex había tenido a la bonita condesa para sí durante varios días, pero ahora Sophy pasaba más tiempo con Jessica y los niños que con él. Aunque había hablado de marcharse, esa misma mañana había anunciado su intención de quedarse por un par de días más. «Sólo hasta ver qué pasa», dijo, sin explicar el sentido de sus palabras.

—¿Estás bien abrigada? —preguntó Alex.

Jess ciñó al cuerpo su largo manto negro de capucha.

—No soy yo la enferma, Alex. Creo que deberíamos volver.

—¡Soo! —ordenó Alex a los dos caballos, tirando de las riendas—. Ya hemos llegado. —Descendió y se acercó a Jess para ayudarla, pero la muchacha ya estaba en el suelo—. Desde aquí se ve todo Warbrooke —agregó, mientras desuncía a los animales.

—Son las diez de la noche, Alex. Me parece que deberíamos volver a casa. No los desenganches.

Él, sin prestarle atención, continuó con su tarea. Temía que Jess se enojara un poco al enterarse de que su marido y el Corsario eran la misma persona. No había motivos para enojarse, por supuesto, pero con las mujeres nunca se sabía. Existía la posibilidad de que se mostrara sensata y comprendiera que él sólo había actuado así por su país y por protegerla.

Ató a cada uno de los caballos. No, no existía la menor posibilidad de que actuara con sensatez. Lo más probable era que se mostrara tan irracional y difícil como siempre.

Alex sonrió a la luz de la luna. Él sabría calmarla, por supuesto. La acariciaría y...

—¡Qué sonrisa extraña, Alex! ¿Quieres decirme para qué me trajiste aquí? ¿Qué deseabas decirme? Así podremos volver a casa cuanto antes. Se te arruinarán los zapatos nuevos en esta hierba húmeda.

Él le deslizó un brazo por los hombros.

—Acércate al barranco para que podamos contemplar el paisaje.

Jess estaba impaciente.

—Me he pasado la vida viendo Warbrooke de noche. Lo he visto desde aquí cientos de veces. ¡Espera! ¿Has comprado un barco nuevo? ¿Era eso lo que deseabas decirme?

Él la puso frente a sí, de espaldas a la aldea.

—Quería hablarte de algo mucho más importante que un barco.

—Hay un lugre en venta que podríamos usar para...

Él le apoyó un dedo en los labios.

—Escúchame, Jessica. Sentémonos aquí y charlemos de hombres, mujeres, confianza, deber y honor.

—Está bien, pero si se te hielan los pies o algo así...

—A veces las personas hacen algo porque lo consideran su obligación. Tal vez para otra persona no parezca una obligación, pero...

La mente de Jessica empezó a divagar. Mientras escuchaba a medias a su marido, contemplaba la escena de la ciudad, allá abajo. Ante ella desfilaban antorchas inquietas. Alguien debía de estar descargando un barco por la noche.

—... y aprendemos a perdonarnos y a aceptarnos, pese a lo que nos parecen defectos. De ese modo...

Jess seguía contemplando la escena de abajo. El grupo de antorchas se movía ahora más de prisa, alejándose del muelle. Con el ceño fruncido, la muchacha comenzó a estudiar el grupo con más atención. Cada vez llegaban más antorchas calle abajo.

—... claro que tú iniciaste todo esto, Jessica. Si no hubiera sido por ti, muchas cosas no habrían pasado. No es que esté enojado contigo, pero debes recordar que cuanto te diga...

A la luz de la luna Jessica empezaba a distinguir una silueta móvil. Al principio no pudo saber de quién se trataba, pero el personaje avanzaba en dirección a ellos, tomándose más nítido.

De pronto la muchacha se puso de pie.

—Es él —exclamó.

Alex, aún sentado, levantó la cara hacia ella.

—¿Quién?

—El Corsario. Esa muchedumbre está persiguiendo al Corsario.

Alex se levantó, con una sonrisa de suficiencia.

—Puedo asegurarte, Jess, que esa persona no puede ser el Corsario. Probablemente se trate de algún polizón que acaba de desembarcar o de...

—¡Allí! —gritó Jessica, señalando hacia los árboles—. ¡Junto a los tribunales! Te digo que es él y... Oh, Dios, lo tienen cercado... —Se recogió las faldas y echó a correr hacia los caballos—. Tengo que ayudarlo.

Nunca había visto que Alex se moviera con tal celeridad; ni siquiera soñaba que él pudiera hacerlo. El joven corrió tras ella, le arrancó la capa negra del cuerpo y se la echó sobre los hombros. Luego se acercó a los caballos, quitó las ataduras a uno y lo montó a pelo, todo en una fracción de segundo, mientras Jess lo miraba todo, petrificada.

—Vuelve a la casa —le gritó, alejándose al galope.

El caballo de tiro nunca había llevado ese paso.

Jessica estaba enmudecida. Por un momento no pudo comprender lo que estaba pasando. Alex, dedicado a perorar sobre el amor y el patriotismo, había partido a todo galope con una capa negra.

Jess volvió lentamente al barranco, como si caminara en sueños, para contemplar lo que ocurría. Vio a Alex descender la colina tan rápido cono se lo permitía el caballo, encaminándose en línea recta hacia la multitud con antorchas. Luego lo perdió en la oscuridad. A su izquierda lograba apenas distinguir los movimientos del Corsario.

—Mis dos hombres —susurró, con un suspiro. Sus dos hombres, perseguidos por todo un batallón de soldados ingleses.

Distinguió otra vez a Alex cuando lo alcanzó la luz de las antorchas. Hubo un momento de confusión en que los hombres se volvieron para correr detrás de Alex, dejando al Corsario un sitio por donde escapar al segundo grupo de soldados.

Después todos desaparecieron de su vista.

Jess se sentó en el suelo, con la cara entre las manos. ¿Por qué hacía Alex algo tan tonto? ¿Por qué arriesgaba su salud para ayudar a un hombre a quien tenía por idiota?

Permaneció una hora en el barranco, mientras las antorchas aparecían y volvían a desaparecer en el bosque. Vio que las luces se alejaban de dos en dos por las calles, por los callejones, rumbo al muelle.

—Le han perdido de vista —susurró, mientras emprendía el regreso a su casa.

Tenía que llegar a tiempo para ayudar a Alex. El Corsario se evaporaría en su escondrijo, tal vez entre los brazos de su amante esposa, pero Alex la necesitaba.

No fue fácil conducir la carreta con un solo caballo enganchado con arneses para dos, colina abajo, pero Jessica no prestó atención a las dificultades. Sólo le preocupaba estar en la casa cuando Alex volviera.

Como había estado observando a los grupos de búsqueda desde lo alto, tenía cierta idea de dónde estaban y evitó esos lugares. No deseaba encontrarse con los soldados y tener que explicar por qué su esposo se había llevado el otro caballo.

Llegó a casa de los Montgomery sin cruzarse con mucha gente. Después de dejar la carreta al criado que trabajaba en el establo, echó a andar hacia su dormitorio. Pero Sayer la llamó. Antes de que pudiera darse cuenta de lo que ocurría, Jess se encontró llorando contra el hombro del anciano y contándole todo lo ocurrido.

—Lo amas, ¿verdad? —dijo Sayer, acariciándole el pelo—. Amas más a mi hijo que a tu apuesto y viril Corsario.

—Sí —sollozó la muchacha—. Alex se queja, lloriquea y da muchísimo trabajo, pero es realmente un buen hombre. Presta tanta ayuda como puede, teniendo en cuenta lo mal que está de salud. Pero lo de esta noche fue demasiado. No puede cabalgar así. Su cuerpo no lo resistirá.

Sayer la estrechó con fuerza.

—Es tu propia salud la que me preocupa. Creo que ha llegado el momento de acabar con esta comedia. —La apartó de sí—. Ve a tu cuarto y espera a Alex. Mañana vendrás con él a las cuatro en punto, para tomar el té conmigo. No permitas que él se excuse. Tráelo.

—Siempre que se sienta bien —arguyó ella, sollozando—. Será mejor que caliente un poco de agua para sus pies fríos.

Sayer acarició el pelo de su nuera.

—Mímalo esta noche, sí. Tal vez mañana no te sientas tan bien dispuesta a hacerlo.

—¿A qué se refiere usted?

—Te lo diré mañana. Ahora ve a cuidar de tu esposo. Nos veremos a la hora del té.

—Sí, señor.

Jessica le dio un beso en la mejilla y se retiró.

—¿Quién era? —preguntó Alex a Nick.

Había logrado a duras penas escapar de los soldados del rey para volver a casa de los Montgomery. Ahora estaba con Nick en la oscuridad, detrás de los establos.

—No tengo idea —respondió Nick, bostezando—. Me han dicho que tu almirante estaba enterado de la llegada de un barco con contrabando y pensaba inspeccionar el barco por la noche.

—Pero alguien disfrazado de Corsario distrajo a los soldados —manifestó Alex, disimulando su enfado—. Alguien se hizo pasar por mí.

—¿Dónde está tu Jessica? Ella suele...

—Estaba conmigo —le espetó Alex—. La llevé al Cerro McGammon para decirle que yo era el Corsario, pero miró hacia abajo y allá estaba el Corsario, cruzando la ciudad a caballo, rodeado de soldados. Apenas llegué a tiempo, antes de que lo atraparan. Yo jamás habría hecho nada tan estúpido.

—Conque vas a decir a Jessica que eres el Corsario, ¿eh? —Nick sonrió cínicamente—. Esa pequeña te dirá bien claro lo que piensa de ti.

—¿Por qué crees que la llevé tan lejos de la ciudad para decírselo? No quiero que Pitman oiga lo que me diga. —Alex sonreía pese a sus palabras—. En verdad, será un alivio que lo sepa. Así no habrá más secretos entre nosotros.

—Ni más camas separadas.

—Vamos a casa —indicó Alex, acomodándose la peluca—. Mañana llevaré a Jess de paseo para decírselo. Mientras tanto trataré de averiguar quién era ese impostor.

Jessica tuvo que esperar un par de horas antes de que Alex entrara por la ventana. Su aspecto era horrible. Traía la ropa mojada y lodosa, la peluca torcida y muy mala cara.

—¡Jess! —exclamó al verla—. Deberías estar acostada.

—También tú.

Ella le ayudó a pasar por la ventana. Luego lo condujo a la cama y lo obligó a sentarse. Un instante después estaba a sus pies, quitándole los zapatos y los calcetines para envolver sus pies fríos en una toalla caliente.

—Jess —exclamó él, con voz divertida—, ¿qué pasa? ¿Qué haces?

Ella levantó la vista con aire suplicante.

—No debiste huir de ese modo, Alex. Podría dañarte la salud. Tu corazón no soporta escapadas como la de esta noche.

Él la observaba con atención.

—¿Te preocupas por mí?

—Por supuesto. A ver, quítate esa ropa. Está bien, no miraré. Y acuéstate. Aquí tienes una peluca seca, por si no quieres que te vea la calva. Y tengo sopa caliente para ti. Te la daré en cuanto estés acostado.

Alex se quitó las prendas en un abrir y cerrar de ojos. Se puso la camisa de dormir y la peluca seca y se metió bajo los edredones, adoptando una pose de inválido. Luego anunció a Jess que estaba listo.

Ella se sentó en la cama con un plato de sopa caliente, le puso una servilleta bajo el mentón y empezó a darle cucharadas en la boca.

—¿Por qué galopaste de ese modo? —lo regañó.

Él la miró por encima de la cuchara.

—No quería que atraparan a tu Corsario. Tiene demasiada importancia para ti.

Los ojos de Jess se llenaron de lágrimas por un momento.

—¿Arriesgaste la vida sólo para salvar al hombre que me gusta?

Alex se encogió de hombros, como diciendo que no habría podido hacer otra cosa.

Ella se inclinó hacia adelante, con una sonrisa, y lo besó en la frente. Luego continuó dándole la sopa.

—Ha sido muy bondadoso de tu parte, pero doy más importancia a tu salud que a la del Corsario. Él puede arreglarse solo y no necesita... ¡Alex! ¿Te sientes bien?

Él la tomó del brazo y la obligó a sentarse otra vez en la cama.

—Repite lo que acabas de decir.

—Dije que el Corsario me parece muy capaz de salir de los problemas en que se mete. No quiero que arriesgues...

—No. Repíteme que mi salud te importa mucho.

Le retenía las manos. Sus ojos eran como los de un halcón. Jess bajó la vista, ruborizada.

—Bueno, Alex, tal vez he dicho algunas cosas sobre tu manera de vestir, tu pereza... pero me gustas mucho, de verdad.

—¿Cuánto?

Ella no levantó la vista.

—¿Tanto como para amarme?

Jess se acomodó en la cama para abrazarlo con los brazos y las piernas. Luego le apoyó la cabeza en el hombro.

—El Corsario no es real, Alex. Es sólo algo físico. Tú me gustas más y por eso estaba tan asustada hace un rato. Tal vez no pueda conservarte por mucho tiempo, pero haré lo posible por mantenerte con vida durante tanto tiempo como pueda. Júrame que no volverás a salir tras el Corsario.

—Creo que puedo jurarlo —dijo Alex, acurrucándola junto a sí.

—¿Qué era lo que pensabas decirme esta noche?

—No creo que éste sea buen momento. No quiero arruinar la ocasión. Te lo diré mañana.

—Después de tomar el té con tu padre —murmuró ella, soñolienta.

Alex le acarició la cabellera y la retuvo contra sí. Permaneció sentado en la cama, sin dormir, contemplando la salida del sol y pensando en lo agradable que podía ser la vida. En esos momentos tenía lo que más deseaba: el amor de Jessica. Estaba seguro de que ella lo amaría siempre: en la enfermedad, con enormes pelucas y pese a algunas mentiras inocentes sobre la verdadera forma de su cuerpo y sus actividades nocturnas. No muchos hombres tenían la oportunidad de verificar el amor de sus esposas como él lo había hecho.

Con una sonrisa, la estrechó contra su cuerpo. A la noche siguiente le contaría todo y ella comprendería. Si era capaz de amarlo pese a su físico poco atractivo, sería también capaz de comprender.

Por si acaso, se dijo con una sonrisa, sería mejor esconder todo lo que se pudiera romper. Tal vez Jess tardaría algo en comprender. Pero él la domaría, claro que sí.

—Estás encantadora, Jessica —ponderó Sayer Montgomery—. ¿Es ése el vestido rojo que te hizo coser la condesa? ¿Verdad que está encantadora, Alex?

El joven no respondió. Ella se echó a reír.

—Sí, creo que le gusta el vestido —comentó.

Sayer paseó la vista entre ellos.

—Hoy se os ve muy felices. ¿Ha ocurrido algo?

Jess dejó la taza de té.

—Me alegra que anoche no atraparan al Corsario. ¿Ha recibido usted alguna noticia?

—Sólo que él escapó y que el contrabando fue salvado a tiempo.

Jessica llenó la taza de Alex, mientras él holgazaneaba en el asiento. Ella sabía que le gustaba fastidiar a su padre.

—Me gustaría saber cómo supo el Corsario lo del barco —musitó Sayer.

—A mí también. Supongo que lo supo por el mensaje que recibió el almirante, pero yo no se lo entregué. Me lo robaron antes de que hubiera podido leerlo siquiera.

—¿Crees que fue el Corsario quien lo robó de tu habitación? —preguntó el anciano.

—¿A plena luz del día? Lo dudo.

—¿Qué? —gritó Alex, saliendo de su languidez—. ¿Tú tomaste un mensaje del despacho del almirante? ¿Era eso lo que estabas haciendo en su cuarto?

—Tranquilízate, por favor.

El joven se levantó de un salto, tiró su silla y estuvo a punto de volcar el té.

—¿Lo sabía Sophy? ¿Te ayudó? Os retorceré el cuello a ambas. ¡Tú y ese maldito vestido rojo! De no haber sido por eso me habría dado cuenta de lo que planeabais. Que Dios me perdone, Jessica, pero...

—¡Siéntate! —bramó Sayer, interrumpiendo eficazmente la parrafada de su hijo—. No voy a permitir que se hable de ese modo a una dama en mi presencia.

Alex se hundió en la silla, mohíno. Sus ojos dijeron a Jess que ya arreglaría cuentas más tarde.

—Quiero que beses a tu mujer y le pidas disculpas por tu mal genio. Lo ha heredado de su madre, Jessica. Los Montgomery jamás hemos gritado a una mujer.

Alex seguía sentado, y apretando los dientes.

—Me gusta la idea —celebró Jess, en absoluto preocupada por el arrebato de su marido. Su única preocupación era que el enojo pudiera alterarle el corazón.

Sayer mantuvo la vista clavada en su hijo hasta que Alex tomó la mano de Jess, le besó el dorso y murmuró algunas palabras incoherentes.

—Oh... —murmuró la muchacha, obviamente desilusionada.

—¡Maldito seas! —aulló Sayer, sin prestarle atención—. ¡No puedes ser hijo mío! Te he visto besar a esa coqueta italiana, que no vale la mitad de Jessica. ¿Qué clase de hombre eres, que no sabes besar a tu propia esposa?

Alex intercambió una mirada colérica con su padre.

Luego tomó a Jessica y la abrazó con brusquedad. Aunque tenían la mesa de té entre ambos y las tazas salieron rodando entre las tortas, la besó con toda la pasión que acumulaba desde hacía varias semanas.

—¡Ya está! —chilló luego a su padre, mientras sentaba a Jessica de un empujón—. Aunque no pueda complacerte de otro modo, al menos verás que sé besar a mi esposa.

Y se retiró de la habitación, colérico.

Sayer observaba a Jessica, que permanecía en su silla, totalmente aturdida.

—Ve, mujer, ve con él —le dijo, suavemente.

La muchacha se levantó para acercarse a la puerta. Recorrió el pasillo con la mirada perdida y se detuvo allí donde oyó voces.

Eleanor y Sophy estaban sentadas en el cuarto de la huésped.

Jess cerró la puerta, se apoyó contra ella y, en cuanto se hubo repuesto, dijo con voz tensa:

—Alexander es el Corsario.

—Sí, querida. En efecto —confirmó Eleanor.

Jess tomó asiento. Por la mente le pasaban muchos pensamientos. Estaba casada con el Corsario. Alexander, el débil, el lento, era el Corsario.

—¿Soy la última en enterarme? —preguntó.

—La última no, sin duda —dijo Sophy.

Jess tomó aliento.

—¿Quién más lo sabe?

Su hermana levantó la vista de su costura.

—Veamos: lo saben Nicholas, Nathaniel, creo que también Sayer, Sam y...

—¡Sam! ¡Pero si sólo tiene dos años! ¿Cómo es que soy la última en enterarme?

—Probablemente Alex pensó que te arriesgarías demasiado.

Jessica guardó silencio por un instante, tratando de dejar que esa novedad se asentara en su interior. ¿Cómo había logrado él guardar semejante secreto? ¿Y cómo era posible que ella no se hubiera dado cuenta?

—Y tú —preguntó a su hermana—, ¿de qué modo lo descubriste?

Eleanor sonrió.

—A quien te lava la ropa no puedes ocultarle nada. Los hombres parecen creer en la existencia de duendecitos verdes que les lavan la ropa y la guardan en su lugar. Alex no se ha dado cuenta de que le he sacado dos veces el atuendo de Corsario para lavarlo y esconderlo nuevamente en su lugar. Tuve que secar esas prendas colgadas dentro de mi camisón.

Jess, parpadeando, se volvió hacia Sophy.

—¿Y tú?

—Lo conocí en Italia. Nunca enfermó de fiebres.

—¿Y Nate?

—Por lo que he podido averiguar —respondió Eleanor—, Sayer pidió a Nate que averiguara quién era el Corsario. El niño siguió a Alex. Ya sabes que siempre se las compone para estar donde uno menos lo imagina.

—Creo que por eso Nate y Sam adoran a Alex —comentó Jess, que nunca en su vida se había sentido tan estúpida—. Pero Sayer siempre trata a Alex con desprecio —agregó, con la esperanza de no ser la única engañada.

—Alex no sabe que su padre está enterado y el señor Montgomery nunca ha dicho nada. Quizá piensa que, puesto que Alex no confía en él, él no puede confiar en su hijo. Al menos los Montgomery saben ocultarse cosas entre sí, ya que no a sus mujeres.

Eleanor se echó a reír, mientras su hermana pensaba: «Confianza. Todo se reduce a la confianza».

Su mente empezaba a funcionar otra vez. Comenzaba a recordar cosas.

La noche de bodas: Alex le había ordenado que saliera de su habitación y el Corsario había entrado por su ventana. Alex, diciéndole que el Corsario era incompetente; el Corsario, furioso contra ella por repetir lo que Alex decía. Al estallar la pólvora, cuando ella estaba preocupada por verse en las manos la sangre del Corsario, Alex había acudido en su rescate y, viendo sus temores, había preferido dejarla sufrir en vez de decirle la verdad. También había sido Alex quien arreglara el matrimonio entre Ethan y Abigail.

—¿Cómo empezó esto? —preguntó. ¿Cómo era posible que Alex la hubiera hecho pasar por tantas cosas? El Corsario decía que la amaba; Alex decía que la amaba. Pero ambos... no, él, el único... la había hecho vivir en el infierno.

Sophy y Eleanor le contaron cuanto sabían de la transformación de Alex en el Corsario y el modo en que se había ocultado de sus vecinos.

—El Corsario no quería casarse conmigo —susurró ella—. Le supliqué, pero él me rechazó. Dijo que Alex no podía hacerme el amor.

—¿Qué? —preguntó Eleanor—. No oí bien.

—¿Quién era el Corsario anoche, cuando Alex y yo estábamos en la colina?

¿Y cómo era posible que ella no hubiera reparado en las energías con que Alex montaba a caballo, cuando ella sólo pensaba en su salud?

—Yo me encargaré de su salud —murmuró.

—Nadie sabe quién era ese Corsario —respondió Sophy—. Supongo que Alex se estará volviendo loco.

Jessica se levantó.

—Pues yo me haré cargo de enloquecerlo por completo —aseguró.

Y salió de la habitación.

# 21

A una hora ya tardía, Jess irrumpió en el cuarto matrimonial, con el corazón palpitante y falta de aliento. Alex perdió de inmediato la expresión presumida y sapiente que lucía.

—¿Qué te ha pasado?

—No puedo decírtelo. Sería demasiado para tu pobre corazón.

—¡Al demonio con mi corazón! —exclamó él, tomándola por los brazos—. ¿Qué ha pasado, Jessica?

Ella aspiró profundamente antes de responder.

—El Corsario.

A la cara de Alex volvió la expresión ufana.

—Sí, querida. Ya sé que te has enterado de todo.

Jess se llevó una mano a la frente. Era el epítome de la mujer afligida.

—¿Es posible que una mujer ame a dos hombres al mismo tiempo? ¿A ti por tu inteligencia y al Corsario por besos como los de hace un rato, en el bosque?

Alex sonrió con aires de saberlo todo.

—Por supuesto que sí, querida, si sus besos son... ¿En el bosque? ¿Hace un rato? ¿Cuándo?

—Hace apenas un momento. Estuve en sus brazos. Oh, Alex, eres tan buen amigo para mí... Puedo contarte mis sentimientos más íntimos, ¿verdad? Detesto andarme con secretos. ¿Y tú?

—¿Qué secretos? ¿Hablas de nuestro beso, esta tarde? Puedo explicarte todo, Jess. Actué con buenos motivos. —La miraba con ojos suplicantes.

—No, no, me refiero a los besos de él —exclamó ella, ciñéndose el pecho con los brazos—. Hablo de sus abrazos, de su cuerpo. Esta noche, cuando me tocó...

—¿Quién te tocó?

Ella lo miró, sorprendida.

—Caramba, Alex, no es habitual que seas tan lerdo de entendederas. Te estoy hablando de los besos del Corsario, por supuesto. Hace un rato, cuando me tocó...

—¿Dices que el Corsario te besó hace un rato? ¿Alguien te besó además de mí, cuando lo hice en el cuarto de mi padre?

—Ya me extrañaba que no comprendieras. Lo que hay entre el Corsario y yo va más allá de la simple pasión. Es una comunión de mentes. Oh, Alex, quisiera poder olvidarlo. ¿Me besarías otra vez para ayudarme a olvidar?

Al cabo de un momento, Alex la tomó en sus brazos y la besó con pasión.

Jessica permaneció en sus brazos por un instante, con los ojos cerrados. Luego se irguió con aire enérgico.

—¿No podrías esforzarte un poco más, por favor? —pidió, con cierta exasperación—. Es importante, Alex.

Él parpadeó un poco. Luego la besó en la cara, en el cuello, en las orejas, mientras dejaba correr las manos febrilmente por el cuerpo de su mujer.

Jess se apartó con un suspiro.

—No, no es lo mismo. Creo que soy mujer de un solo hombre. Siempre seremos amigos, Alex, pero físicamente no es igual.

Él parecía incapaz de pronunciar una palabra. Jess bostezó.

—Bueno, me iré a la cama —dijo, volviéndole la espalda. Alex la tomó de un brazo y la hizo darse la vuelta. Se arrancó la peluca, dejando al descubierto una espesa melena oscura, y dijo con toda solemnidad:

—Jess, el Corsario soy yo.

Ella abrió los ojos, sorprendida.

—Caramba, Alex, ha vuelto a crecerte el pelo.

—No es que haya vuelto a crecer. Siempre estuvo allí.

—Déjame ver. —Él inclinó la cabeza para que ella lo inspeccionara—. Aún está algo ralo en partes, pero no te preocupes. Probablemente lo recuperes por completo en poco tiempo. Sin duda lo debes a mis buenos cuidados. Ahora, si me disculpas, me gustaría descansar. —Y giró nuevamente hacia su alcoba.

—¿Me escuchaste, Jess? Te dije que el Corsario soy yo.

—Claro, sí, por supuesto, querido. No sabes cuánto me complacen tus celos. —Le sonreía con cariño.

—¿Cómo voy a tener celos de mí mismo? Yo soy...

Ella le puso un dedo contra los labios.

—Recuerda tu salud, Alex. No te exijas demasiado. Eres muy amable al tratar de complacerme, pero recuerda que no se puede engañar a la mujer que ha besado a ambos. Esta noche os he besado al Corsario y a ti. Y créeme que hay diferencia entre los besos de uno y otro.

Él volvió a besarla con fervor.

—¿El Corsario besa mejor que esto?

Jess tardó un momento en recobrarse. Por fin dijo:

—Sí. Buenas noches, Alex.

Y le cerró la puerta en la cara.

Una vez dentro de su cuarto se sirvió un vaso de agua. Iba a tomarla, pero lo pensó mejor y se lo arrojó a la cara.

—Esto va a ser más difícil de lo que yo pensaba —murmuró.

Aún estaba trémula cuando se acostó. Después de recitar sus plegarias, agregó:

—Dios bendito, perdóname por mentir, pero nunca nadie mereció tanto lo que va a pasarle como Alexander Montgomery.

Tardó largo rato en conciliar el sueño. Por dos veces la despertaron los pasos de Alex, que se paseaba por el cuarto vecino. «Estoy casada con el Corsario», pensó, sonriente, y volvió a dormirse.

Al llegar la mañana se desperezó, feliz, y caviló sobre lo que había descubierto el día anterior. No lograba convencerse por completo de que sus dos hombres fueran, en realidad, el mismo, pero la idea resultaba muy agradable de tener en cuenta.

Naturalmente, no permitiría que Alex compartiera su felicidad, al menos por un tiempo. Él no le había revelado su identidad de Corsario por creerla demasiado estúpida para guardarle el secreto... o demasiado alocada, quizá.

Al recordar todas aquellas veces en que Alex la había obligado a defender al Corsario y las cosas terribles que el enmascarado decía de Alex...

Oyó que se movía el picaporte de la puerta intermedia y se arrebujó entre las mantas, fingiéndose dormida.

—Jessie...

Se volvió hacia él, soñolienta. Alex no se había puesto la peluca, pero sí las almohadillas. Tenía los ojos enrojecidos por la falta de sueño y una expresión devastada. Nunca el demonio había parecido tan angelical. Jessica le dedicó la más dulce de sus sonrisas.

—¿Dormiste bien, Alex?

Casi ronroneaba, sin dejar de pensar en las veces que el Corsario la había hecho llorar.

—Me gustaría hablar contigo.

Ella se incorporó en la cama.

—Oh, cuando quieras, Alex. Siempre estoy dispuesta a escucharte cuanto quieras decirme.

Él se sentó en un banquillo junto a la cama, con los brazos apoyados en el colchón, y se estudió las manos.

Jess dijo con suavidad:

—Comprendo lo de anoche. Seguramente lo provocó la desilusión de tu padre. Pero ya le he estado hablando de todo el bien que haces en la ciudad. No te preocupes. Tarde o temprano comenzará a comprender que tienes cierto valor. No hace falta que finjas ser el Corsario para que él o yo te amemos.

Alex no levantó la vista.

—Jess, ¿qué pensarías si descubrieras que yo era, realmente, el Corsario?

Ella esperó a que él la mirara. Entonces respondió con toda la sencillez y la inocencia que pudo:

—Mira, te odiaría. No podría volver a dirigirte la palabra, mucho menos seguir viviendo contigo. Es una posibilidad demasiado horrible. Significaría que tú mismo me dijiste que el Corsario era incompetente y después te enojaste cuando repetí esa opinión al Corsario, es decir, a ti, y me hiciste sufrir con tu enojo. Significaría que me humillaste cuando te rogué que te casaras conmigo, sabiendo que en realidad iba a casarme contigo. No,

Alex, no puedo creer que un hombre fuera capaz de una actitud tan abyecta, falsa, traidora, engañosa y cobarde. Si un hombre actuara de un modo tan detestable, lo odiaría con todo mi corazón, porque habría jugado con mis sentimientos y con mi vida.

De pronto se interrumpió con una sonrisa.

—No, Alex, tú eres un hombre bueno. Por eso te amo. Sé que en otras circunstancias, en otro estado de salud, habrías sido tan viril como el Corsario, pero no puedo creer que fueras tan falso como para presentarte en el doble papel de Alexander Montgomery y el Corsario. ¿Responde eso a tu pregunta?

Alex asintió, muy pálido.

—¿Piensas seguir usando tu peluca ahora que te ha vuelto a crecer el pelo?

—No lo... no lo había pensado —respondió él, ronco.

Ella le susurró contra la mejilla.

—Todavía está un poco ralo. Sería mejor que lo mantengas cubierto y reces pidiendo que crezca más. En realidad, por el momento te queda mejor la peluca.

Durante tres días, Jessica hizo todo lo posible para amargar la vida a Alexander. Y lo hizo de tal modo que nadie (con excepción de Eleanor) pudo echárselo en cara. Lo atendía como si fuera un bebé, le hablaba como a un niño retrasado y hacía todo lo posible para tentarlo sexualmente.

Encargó otro vestido, de satén verde esmeralda, y cubrió el gran escote con un trozo de encaje que había sido de su suegra. Cuando estuvieron solos en la habitación, se quitó el encaje y se agachó delante de él varias veces, aprovechando cualquier excusa. Acabó con dolor de espalda, pero valía la pena por verlo sudar.

Durante la cena le cortaba la carne, lo regañaba si no comía las verduras, no permitía que los niños se le subieran encima y, en general, demostraba de mil modos que lo consideraba debilucho. Eleanor la observaba con furia. Sophy, en cambio, chispeaba de placer; hasta anunció que se quedaría algunos días más.

Ni Mariana ni Pitman parecían ver nada extraordinario en la conducta de la muchacha.

Y Jess no perdía oportunidad de manifestar a Alex su alegría de que él no fuera el Corsario. Al minuto siguiente le aseguraba que, si él fuera el Corsario, le pediría el atuendo negro y lo acompañaría en sus cabalgadas. Creaba largas fantasías sobre la romántica pareja: el señor y la señora Corsario. Si los ahorcaban, sería en horcas gemelas.

Cada vez que ella hablaba así, Alex palidecía y Jess se enfurecía más y más. ¿Era posible que la creyera tan estúpida?

En la tarde del tercer día dijo a Alex, con toda intención, que iba a la Ensenada Farrier. Su marido estaba tan deprimido que hizo falta repetir el aviso dos veces para hacerlo reaccionar. Luego Jess fue al salón, donde Eleanor estaba inclinada sobre el fuego.

—Ya deberías acabar con esto —la regañó su hermana—. Ese hombre te adora y lo estás haciendo sufrir mucho.

—Él también me ha hecho derramar unas cuantas lágrimas. —Jess clavó una raíz de zumaque en una broqueta y se dedicó a tostarla.

—¿Qué estás haciendo?

—Un poco de «remedio» para mi esposo.

Muy sonriente, dejó caer la raíz chamuscada en un jarrito de agua hirviente. Retiró los trocitos más horribles de la superficie y llevó la preparación a Alex.

—Aquí tienes, queridito —dijo, como si hablara con un anciano inválido—. Con esto te sentirás mejor.

Alex lo olfateó con una mueca.

—Vamos, vamos, debes tomar tu remedio. Toma todo como buen niño. Hazlo por mamá.

Y le volvió la espalda, aunque no tanto que no pudiera vigilarlo por el rabillo del ojo. Cuando vio que arrojaba el asqueroso líquido por la ventana, fingió darse la vuelta distraídamente y recogió el jarrito.

—Así me gusta. Ahora descansa, que mamá tiene uno o dos recados que hacer.

No tardó en salir de casa de los Montgomery y corrió a la Ensenada Farrier. Estaba segura de que Alex remaría hasta Isla Fantasma para cambiarse y acudiría a la ensenada. El Corsario no dejaría de presentarse allí. Y ella estaba dispuesta a recibirlo.

Se alegró tanto de verlo que dudó poder llevar a cabo lo que había planeado. Mientras lo veía correr hacia ella se maravilló de no haber notado el parecido entre el Corsario y Alexander: tenían las mismas manos y los mismos labios. El enmascarado caminaba como todos los Montgomery, con los hombros hacia atrás y pisando con ligereza.

Le abrió los brazos. ¿Cómo había podido desear esos labios y no los de Alex?

El Corsario la abrazó de inmediato y Jess comprendió que debía pronunciar de inmediato el discursito preparado. De lo contrario perdería su decisión.

—Le está creciendo otra vez el pelo, pero tan escaso que me da pena. Y tiene un aliento horrible, como si se estuviera pudriendo por dentro.

—¿Qué? —murmuró el Corsario, mordisqueándole el cuello.

—Temo que mi esposo se está muriendo. Abrázame, por favor. Qué reconfortante es estar entre brazos fuertes... Alex es tan débil que debo sostenerle los brazos en torno a mí. Oh, por favor, hazme el amor.

Él estaba desatándole los lazos del vestido, pero se detuvo.

—¿Hacerte el amor? ¡Pero si eres una mujer casada! Estás casada con otro.

La apartó de sí con un empujón.

—Creo que Alex comprendería —sugirió ella, aferrándose a él.

—¿Comprendería que otro hombre hiciera el amor con su esposa? No hay ningún hombre que comprenda semejante cosa.

Y se alejó un paso.

—Pero él no es un hombre de verdad. Es decir, no es bien del todo hombre —adujo Jess, volviendo a abrazarlo.

El Corsario se desasió.

—Podría venir a buscarte.

—No. Le di una poción para dormir. Pasará la noche roncando.

—¿Lo drogaste? —se horrorizó el enmascarado.

—Quería estar a solas contigo. Estaba segura de que vendrías. Vuelve a mí, por favor. Disponemos de toda la noche para estar juntos.

—Jessica Taggert, te creía honorable, pero ya veo que no lo eres.

—¿Y quién habla ahora de honor? Tú, que me instaste a casarme con otro. Tú, que entraste por mi ventana en la noche de bodas, cuando mi pobre y débil esposo estaba a un par de metros de distancia.

—Para nosotros, los hombres, es diferente.

—¡Diferente, un bledo! —chilló ella, espantándolo un poco más—. Anda, vete, vete. Prefiero mil veces a mi esposo maloliente y calvo. No sabe besar, pero al menos tiene sesos.

Y abandonó la ensenada.

Cuando llegó a la casa de los Montgomery se sentía algo culpable. Después de todo, Alex estaba sufriendo porque la amaba. Temía revelarse en su identidad de Corsario por miedo a su odio.

Pero volvió a recordar las malas jugadas que él le había hecho, en cualquiera de sus dos identidades, y se endureció.

A la mañana siguiente recibió el acoso de su hermana.

—Jessica, debes terminar con ese juego. Alexander está cada día peor. Ahora se pasa el día lanzando el aliento en la mano para olfatearse. Y esta mañana me ha preguntado si usar peluca perjudica el pelo natural.

Jess sonrió.

—No estoy haciendo más que lo que merece. Cuando pienso en las que me ha hecho pasar...

—Los dos habéis jugado muy sucio. Ahora deberías contárnoslo todo.

—Aún no.

—Si no se lo dices pronto, Jessica, no quedará mucho de él. Últimamente se niega a comer las cosas que tú tocas.

Jessica se echó a reír.

—¿No habrás dicho al Corsario que estabas envenenando a Alex?

—Más o menos.

Aún sonreía cuando la detuvo John Pitman. En general, hacía lo posible por evitarlo, agradecida por que la casa fuera amplia y le permitiera esquivar su presencia.

—Jessica, quiero comprarte tu ensenada.

—¿Qué? —preguntó Jess, creyendo haber oído mal, pues la ensenada donde se alzaba la ruinosa casa de los Taggert valía muy poco.

Pitman repitió su pedido, acompañándolo de una buena suma de oro.

«Si tienes algo dentro de esa cabeza, ha llegado el momento de usarlo», se dijo la muchacha. Y concedió con una sonrisa:

—Trato hecho. Es tuya.

«Ya me encargaré de averiguar para qué la quieres», dijo para sus adentros.

# 22

Jessica observó subrepticiamente a Pitman durante dos días y dos noches antes de seguirlo. Se había cuidado bien de no decir nada a Alex sobre lo que planeaba, para que él no se sintiera en la obligación de «salvarla».

Después de salir por la ventana, empezó a seguir al hombre, manteniendo una buena distancia, puesto que sabía hacia dónde iba.

Él se detuvo ante la vieja casa de los Taggert. Miró a su alrededor y sacó bajo su abrigo una red liviana, que arrojó al agua desde la orilla de la bahía.

«¿Para qué pesca por la noche?», se preguntó Jess, extrañada.

Un minuto después, un gran peso aterrizó sobre ella. Una mano le devoró la boca.

—Quieta —susurró la voz de Alex, a su oído.

Jess forcejeó un poco. Apenas se vio libre, exclamó:

—¡Casi me has sofocado! ¿Qué haces aquí?

Él se tendió a su lado. Llevaba la peluca más pequeña y una simple chaqueta parda.

—Oí que te movías mucho en tu cuarto y fui a investigar.

—¿No estabas dormido?

Él la miró desde muy cerca, con tanto calor que Jess sintió cierta quemazón en la piel.

—Últimamente no duermo muy bien.

Jessica trató de dominarse.

—Esta humedad te hará daño, Alex. Debes...

—¡Silencio! —ordenó él, sin dejar de observar a Pitman entre los árboles—. Cuéntame qué está pasando. Y no quiero mentiras.

Ella sonrió en la oscuridad, nuevamente asombrada de no haberse dado cuenta de que Alex y el Corsario eran una misma persona.

—Pitman me ofreció todo un saco de oro por mi tierra.

—¿Por esa tierra? —exclamó Alex.

Ella le arrojó una mirada de disgusto.

—¿Qué hace ese hombre?

Jess se estiró para mirar.

—Acaba de sacar la red llena de ostras. Las está abriendo. Ahora las arroja otra vez al mar.

Alex se incorporó un poco.

—Me parece que se está guardando una ostra en el bolsillo, ¿no?

—Ostras con salsa de pelusa —comentó Jess, muy sonriente.

Él hizo una mueca.

Jess volvió a sentarse, contemplando a su marido, que la rondaba. El acolchado de algodón en los pantalones disimulaba sus muslos fibrosos, pero sus grandes pantorrillas no tenían cojines: eran puro músculo, adquirido durante años de caminar por las cubiertas bamboleantes.

—Si viniera el Corsario... —suspiró Jess, melancólica—. Él sabría qué hacer.

Alex se sentó junto a ella, sin perder a Pitman de vista.

—¿No decías que era más valeroso que inteligente?

—Cuando se trata de valor, intuye lo que es preciso hacer. Como por instinto.

Alex entornó los ojos.

—¿Has vuelto a verlo, Jess?

—Del modo que tú piensas, no. Trata de convencerme de que vaya a su cama, pero me resisto. Soy tu fiel esposa.

—¡Oh, grandísima...!

—Se va —anunció Jess, acurrucándose contra el cuerpo de Alex para buscar su calor. Una cosa, al menos, sabía hacer muy bien: silenciar a Alexander.

Alex, olvidado de Pitman, se tendió junto a ella y empezó a besarla. Jess iba perdiendo las fuerzas.

—¿No deberíamos observar a Pitman? —propuso.

—Sí, dentro de un momento —murmuró él, buscándole los labios.

—¡Alex! —Lo empujó con todas sus fuerzas—. Primero no podía lograr que me besaras. Ahora no puedes dejar de hacerlo. Salgamos de aquí, que tengo frío —mintió.

En verdad, estaba sudando por la parte baja de la espalda. Si no interrumpía pronto aquella actividad no podría resistirse.

Logró ponerse de pie, los pechos palpitantes, la cara arrebatada, el cuerpo hambriento de él. Se recogió las faldas, giró sobre sus talones y corrió hacia el agua.

Ya lejos de Alex pudo pensar con más claridad. Sabía que en la parte trasera de la casa habían quedado algunas redes podridas y fue en busca de la mejor. Cuando volvió, Alex estaba de pie en la orilla del agua.

Ella evitó mirarlo para no recibir sus miradas ardientes, anhelosas. De lo contrario acabarían otra vez revolcándose en la arena.

—Jessie.

—Quédate allí, Alex, y busca unas piedras. Voy a recoger algunas ostras y tú las abrirás. Y, por favor, no te atrevas a tocarme. ¡Anda!

Con una leve sonrisa, Alex recogió el primer par de ostras que ella le arrojaba.

—No estoy tan enfermo como tú crees, Jess. En realidad, bajo el claro de luna se te ve tan hermosa que bien podría...

—¿Qué? —inquirió ella, impaciente.

Tal vez ya lo había castigado bastante. Tal vez era hora de reconocer que lo sabía todo.

Alex se acercó.

—Mira esto.

Sus dedos mostraban, a la luz de la luna, una perla gorda y perfecta.

—¿Perlas en estas aguas? —exclamó la muchacha—. Ahora comprendo que quisiera comprar mi ensenada. Será rico, Alex.

Pero él continuaba estudiando la perla.

—Ya me parecía que había desaparecido.

—¿De qué hablas? Toma, abre estas ostras.

—Del collar de perlas de mi madre.

—Del collar... ¿Quieres decir que estas perlas fueron puestas aquí?

—¿Te parece que Pitman verá los agujeros abiertos en las perlas? Con tan poca luz no lo veo, pero diría que lo han rellenado con una pasta.

—¿De qué hablas? —exclamó Jess—. ¡Oh, Nathaniel!... Esto es obra de él. Ya verá cuando lo atrape.

Alex la tomó del brazo antes de que pudiera moverse.

—Lo hizo Nathaniel, sin duda, pero el plan no es idea suya. —Se guardó la perla en el bolsillo—. Mi cuñado distrae fondos de los Montgomery y usa el dinero para comprar tierras tuyas. De ese modo, el dinero queda en la familia.

—Idea de tu padre —adivinó ella.

—Exactamente: de mi padre, ese demonio astuto. Al parecer, contra lo que yo pensaba, está enterado de lo que hace su yerno.

—Es capaz de cualquier cosa por proteger a sus hijos —aseguró Jess, aunque Alex parecía no escuchar—. Quizá no quería hacer sufrir a tu hermana.

Él echó a caminar.

—Volvamos.

—Sí, tienes que dormir.

Alex se limitó a apretar el paso y Jess tuvo que apresurarse para no quedar atrás. Ya en la casa, él la dejó en su cuarto con órdenes de no moverse de allí. Jess comenzó otra vez a hablarle de su mala salud, pero bastó una sola mirada para que se sentara en la cama, prometiendo:

—No me moveré de aquí, lo prometo.

Alex fue al dormitorio de los varones, levantó a Nathaniel y lo llevó en brazos, medio dormido, al cuarto de su padre. Allí lo arrojó en el colchón, junto a Sayer.

—¡Qué diablos...! —exclamó el viejo.

Alex encendió una lámpara.

Nate se incorporó en la cama, mientras Sayer manoteaba los edredones, tratando de enderezarse.

—Hola, señor Alex —saludó el niño—. ¿Ha pasado algo?

Alex sacó la perla del bolsillo y se la arrojó al padre.

—¿No te parece conocida?

El anciano miró a Nate. Después, a su hijo.

—Podría ser.

—¿Cuántas pusiste en las ostras, Nate?

Nathaniel parecía tener deseos de huir. No le gustaba verse atrapado entre los dos hombres.

—Creo que nos han descubierto —dijo Sayer—. Pero tardaste mucho, Alex.

El joven tardó un momento en comprender.

—¿Qué sabes tú? —inquirió, en voz baja.

El padre lo miró a los ojos, intensamente.

—Yo no tengo hijos cobardes.

Alex no supo si reír o enfurecerse. Había pasado semanas enteras odiando a su padre, mientras él lo sabía todo.

—Parece que sabes guardar secretos —dijo.

—De ti no se puede decir lo mismo. Si no hubiera sido porque algunos de los que viven en esta casa te hemos protegido, hace tiempo que estarías muerto.

—Jess me ayudó varias veces, pero no ayudaba a su esposo, sino a otro hombre. No sabe que yo soy el Corsario.

—¡Claro que lo sabe! —exclamó Nate. Pero cayó bajo la mirada fulminante de Sayer.

—¿Qué? —chilló Alex—. Nathaniel, si no me dices la verdad te voy a despellejar. ¿Sabe Jessica que soy el Corsario?

El anciano le alargó una mano.

—Por supuesto. Lo sabe desde que la besaste en este mismo cuarto. Me pareció que ya la habías atormentado de sobra y quise ponerle fin al asunto. Jess es una buena muchacha, no merecía lo que le estabas haciendo.

—Pero dijo que yo no besaba... Y que mi pelo... —Se interrumpió, meneando la cabeza—. Ya ajustaré cuentas con ella.

—Están saldadas de antemano —resopló el anciano—. ¿No puedes olvidarte de tu mujer por un momento y concentrarte en las perlas? ¿Habremos convencido a Pitman de que la ensenada está llena de ostras perlíferas?

Alex contó lo que había visto y concluyó:

—Ha ofrecido a Jess el cuádruple de lo que valen esas tierras.

—Es dinero mío —murmuró Sayer—. Di a Jess que pida más. Aún recuperaré todo el dinero de los Montgomery.

—Pensé que no estabas enterado de sus estafas.

El padre lo miró con frialdad.

—¿Qué podía hacer? ¿Acusar a mi propio yerno? ¿Arrastrarlo hasta los tribunales? Quizá tú no seas leal a tu familia, pero yo sí.

Alex se limitó a sonreír. Puesto que su padre ya no le creía cobarde y afeminado, nada podría hacerlo enojar. Mientras jugaba con el encaje de su manga, preguntó:

—¿Cuántas perlas pusisteis y cuántas han sido halladas?

—Descontando ésta y la que Pitman encontró, calculo que quedan tres. Si Jess espera, él mejorará la oferta.

—¿Y qué pasará si descubre que se le está engañando?

—Es demasiado codicioso. No se dará cuenta de nada. Ahora bien, vosotros sois jóvenes y podéis pasaros sin dormir, pero yo no. A la cama, los dos. Y tú, hijo, ve a reunirte con tu esposa y termina con esta comedia. Puedes confiar en ella.

—Es probable —respondió Alex, sin comprometerse—. A la cama, Nate. —Siguió al niño hasta la puerta, pero se volvió impulsivamente para abrazar a su padre y darle un beso en la mejilla—. Gracias por creer en mí.

—¡Hum! —carraspeó Sayer—. Cuando yo hago un varón, sigue siendo varón hasta la muerte.

Alex sonrió.

—¿Soy comparable a Adam y a Kit?

Sayer lo miró como si lo creyera loco.

—Cuando vea a esos dos les diré lo que pienso de ellos, por no haber venido cuando se les necesitaba. No me gusta nada que te hayan dejado solo para salvar a toda la ciudad. —Le tomó la mano, riendo entre dientes—. Y les diré que has hecho un buen trabajo. Hasta has conquistado a una belleza como Jessica sin siquiera quitarte la peluca. Eres todo un Montgomery, hijo mío, y uno de los mejores.

Alex salió de aquel cuarto como si midiera seis metros de estatura.

Eleanor se reía de Jessica, que forcejeaba con dos cántaros de agua caliente, mirándola con maldad.

—La culpa es tuya —acusó la mayor—, pues te empecinas en continuar con este juego. ¿Por qué no le dices a Alex que estás enterada de todo?

Jess cambió de posición los cántaros.

—Él me cree convencida de que se está muriendo. Mientras no confíe en mí lo suficiente para decirme la verdad, no puedo decirle que estoy enterada.

Eleanor levantó las manos, exasperada.

—No puede decirte la verdad porque se lo has hecho casi imposible. Está bien, haz lo que quieras. Atiéndelo hasta que se te caigan los dedos, por lo que a mí me importa...

—Gracias —le contestó Jess, mientras caminaba por el pasillo con el agua caliente.

—Él lo sabe —dijo Sophy—. Alexander sabe que ella sabe.

—¡Por supuesto! —dijo Eleanor—. Pero déjalos con sus juegos de enamorados.

—A propósito de enamorados, ¿dónde estuviste anoche con ese gallardo ruso?

Eleanor se ruborizó.

—Hummm —murmuró la condesa—, creo que voy a postergar mi viaje por un día más. No soporto quedarme sin saber en qué termina todo esto.

—Aquí tienes, Alex —dijo Jess, con ternura, mientras depositaba las vasijas con agua caliente a los pies de Alex. Habían pasado dos días desde que vieran a Pitman en la ensenada de los Taggert. Jessica comenzaba a dudar de que Alex fuera, en realidad, el Corsario. Tenía muy mala cara, parecía demasiado débil para levantarse y no comía.

Se limitaba a permanecer en la cama, con los ojos entrecerrados. La muchacha ya temía haberse equivocado, pues ¿cómo era posible que ese enfermo fuera el Corsario?

Poco antes del anochecer, Alex se quedó dormido y Jessica abandonó la habitación para salir a disfrutar del aire fresco.

Sin darse cuenta de la dirección de sus pasos, pronto estuvo en la Ensenada Farrier.

Mientras contemplaba la puesta del sol, las lágrimas empezaron a correrle por la cara. No podía dejar de tenerse autocompasión. Había amado a dos hombres y ya no tenía a ninguno de los dos.

—Jessie...

El Corsario estaba allí, en la penumbra creciente. Jess dio un paso hacia él, pero le vio retroceder y se detuvo.

—Hace días que te espero. Tengo algo que decirte.

Jess se enjugó las lágrimas. Ahora él le diría que Alexander y el Corsario eran la misma persona. Borraría todos sus temores de que eso no fuera verdad y la tranquilizaría sobre la salud de Alex. Por fin confiaría en ella.

—He estado pensando en lo que ha ocurrido entre nosotros y ahora comprendo que tienes razón.

—Sí —dijo Jess, sonriendo.

Estaba en lo cierto. Era digna de confianza, no era una tonta como él pensaba y merecía conocer la verdad.

El Corsario bajó la vista al suelo, como si le costara mucho expresar lo que tenía que decir. Jess le tuvo compasión.

—No es fácil decírtelo, pero por fin te he escuchado. —Él levantó la cabeza—. Después de todo, es cierto que estás casada y yo debo respetar ese estado. Cynthia Coffin me ha dado a entender que le encantaría recibir mis atenciones por lo tanto, desde ahora en adelante la visitaré a ella y te dejaré en paz con tu esposo.

Y le volvió la espalda.

Por las venas de Jessica corrió la furia. Dio un gran salto y se le colgó de la espalda con una mano, para golpearlo con la otra en cualquier parte que estuviera a su alcance.

—¡Te voy a matar, Alexander Montgomery! ¡Si tocas otra mujer te pondré una almeja viva en el...!

Alex la puso frente a sí para besarla. Ella le arrancó la máscara.

—Eres tú —susurró.

—El de la boca cruel —dijo Alex—. Ese pedazo de alga que te tocó por marido.

La había levantado en vilo. Ella empezó a patalear.

—¡Mira las que me has hecho pasar! ¡Nuestra noche de bodas! La pasé llorando, mientras tú ibas y venías por la ventana.

—¿Y qué me dices de Ethan Ledbetter? ¿Y aquello de que ninguna mujer me querría, de que sólo buscarían mi dinero y de que los Montgomery «buenos», no habían respondido a la convocatoria? ¿Y el modo en que me convertiste en el hazmerreír de todos? Yo tenía una herida de bala y estaba sangrando, pero tú dijiste que venía ebrio.

Ella le estaba besando la cara y enhebraba los dedos en su pelo.

—Pero no dices que te salvé de la pólvora y que me moría de aflicción, con las manos llenas de sangre. Y tú, vivito y coleando, me veías sufrir sin decir nada.

—Pero ¿recuerdas cuando volvimos a vernos, después de aquello? Lloraste contra mi espalda.

Ella lo abrazó.

—Oh, Alex, ¿cómo pudiste mostrarte de dos modos tan diferentes? Alex es delicado y suave. El Corsario, en cambio.. —Se interrumpió para mirarlo—. Menos mal que la máscara te cubría esa narizota. De lo contrario todo el condado te habría reconocido.

—¿Narizota? —protestó él, amenazador—. Ya verás dónde puede meterse mi narizota.

Jessica chilló de placer mientras Alex comenzaba a desatarle el vestido y la acariciaba. Se la cargó a la cadera como si fuera una criatura y siguió desvistiéndola sin dejar de besarla.

—¿No lamentas que se te escapara Adam? —preguntó contra sus pechos.

—No amo a otro hombre que a ti, Alex. Aunque seas mil personas en una, sólo te amo a ti.

Él la depositó en el suelo, dejándole pequeños círculos calientes de su boca en los pechos, el vientre y los muslos. Jess lo buscó con los dedos e hizo un gesto impaciente al tocar la tela.

Alex se apresuró a desvestirse y se tendió junto a ella, pero Jess lo apartó.

—Quiero verte entero. Quiero ver si eres realmente Alexander.

Alex, riendo entre dientes, permaneció inmóvil y se dejó inspeccionar a la luz crepuscular.

Era aquélla la primera vez en que Jess podía verle la cara y el cuerpo al mismo tiempo. Deslizó la mano por un vientre plano y suave y le miró las facciones. Eran, en verdad, las de Alex.

—¿Satisfecha? —preguntó él.

—Ni por asomo —aseguró la muchacha, bajando la mano hasta apresar su miembro viril.

Alex la atrajo hacia sí. Ya no reía.

—El tiempo ha sido muy largo, Jess.

—Sí —fue cuanto ella pudo responder.

El joven le acarició los muslos hasta sentirla impaciente.

—Alex...

Y la unión fue tan suave como el chapoteo del agua contra el casco de un barco.

Él le hizo el amor con suavidad, lentamente, hasta que la pasión llegó a su punto culminante. Jess abrió los ojos por un momento y sonrió, algo confundida. El único hombre con quien había hecho el amor llevaba siempre máscara. Alexander había sido siempre un gordo inválido. Pero enseguida dejó de pensar.

Se aferró a él por un largo instante, reacia a soltarlo, temerosa de que él volviera a desaparecer.

Alex pareció comprender lo que sentía y se apartó para sonreírle.

—¿En quién me convierto ahora? ¿En el Corsario o en Alexander?

Jessica quedó bruscamente seria.

—En público tendrás que seguir siendo Alexander. De lo contrario la gente se dará cuenta de que eres el Corsario.

—Pero ¿te molestaría que me presentara por la noche como Corsario? —inquirió él, hocicqueándole el cuello.

—Puedes abordar todo lo que encuentres en tu cama.

—¿Ah, sí? —rió él—. ¿Ahora vas a dormir conmigo?

—Siempre he querido dormir contigo —protestó ella. Y se echó a reír—. Oh, Alex, por eso no me querías en tu cama. Para que no descubriera...

—Era inevitable que te dieras cuenta. Y lo descubriste cuanto te besé por orden de mi padre, ¿verdad?

—Hum, puede ser.

Alex comenzó a hacerle cosquillas.

—«Caramba, te odiaría, Alexander» —repitió, con voz de falsete—. Me tildaste de mentiroso, falso y abyecto. ¡Justamente tú! ¡Y lo del pelo!

—Es cierto que está algo ralo, Alex.

Él frotó la cara contra su seno desnudo.

—Otra cuenta a ajustar contigo.

—Creo que me llevará toda la vida.

—Por lo menos —aseguró él, con ojos centelleantes—. Volvamos a casa. Tengo que volver a vestirme de Alex para la cena. Y esta noche podré tomarte como si fuera un abordaje.

Jessica rió entre dientes.

Y un segundo después estalló el infierno. Concentrados en el amor, no habían oído a los seis hombres que rodeaban la ensenada, con las lámparas cubiertas por paños negros.

Alguien dio una orden y los paños fueron retirados. Jess y Alex se encontraron en un charco de luz, rodeados por seis hombres lascivos.

Alex la cubrió con su cuerpo cuanto pudo, mientras recogía el vestido para arrojárselo encima. Ante ellos estaba el almirante. Detrás, Pitman.

—Lo arresto en el nombre del rey, Alexander Montgomery —tronó el almirante—, por el delito de traición.

Pitman avanzó, raudo, y recogió la máscara que Alex había dejado caer descuidadamente en la playa.

—Esto te enseñará a jugar conmigo —dijo, enfrentándose a él—. ¿Pensaste que no me daría cuenta de lo de esas perlas?

—Pero si Alex... —comenzó Jess.

Él la interrumpió.

—Apartad esas lámparas y dejad que ella se vista —dijo—. Os acompañaré.

—¡No, Alex! —gritó la muchacha.

El almirante indicó por señas que apartaran las lámparas. Alex se irguió con toda su altura, tan orgullosamente desnudo como siempre.

Ella se vistió en la oscuridad, mientras él lo hacía en el círculo de la luz. La seda negra, su porte, la amplitud de sus hombros y el vientre plano, ya sin acolchados, proclamaban a las claras quién era.

Se alejó con los soldados sin mirar atrás.

—Lo hallé y lo perdí en una sola noche —susurró Jessica.

Y echó a correr.

# 23

—Alex ha sido arrestado —dijo Jessica, entrando con un portazo en el comedor de los Montgomery.

—¡Oh, Dios mío!

Eleanor se echó a llorar, estremecida.

—¿Por qué? —inquirió Mariana—. ¿Por espantar al sol con sus chaquetas?

Jessica dio rienda suelta a su furia y a su miedo.

—Por ser el Corsario —gritó—. ¡Y lo traicionó tu propio esposo!

Nicholas entró en el cuarto antes de que Mariana pudiera hablar. De inmediato se acercó a Eleanor para tomarla en brazos.

—¿Es por Alex?

La muchacha asintió contra su hombro.

—Esto es ridículo —afirmó Mariana—. Si Alexander es el Corsario, yo soy Cleopatra. Moriría de hambre si Jessica no le cortara la comida. Cuando vean el tamaño de su panza lo dejarán en libertad.

Por la cara de Jessica empezaban a correr lágrimas ardientes.

—Es que no tiene panza. No tiene ninguna enfermedad, Mariana. Es perfecto, es... —El llanto no la dejó terminar.

—¿Perfecto, Alexander? ¡Pero si es gordo y...! —Mariana se interrumpió, con los ojos muy abiertos—. ¿Eso significa que Alex es realmente el Corsario?

Nadie se molestó en responder.

—Debo decírselo a su padre —recordó Jess, tratando de dominarse. Corrió por el pasillo e irrumpió en el cuarto de Sayer.

El anciano cambió de cara al verla.

—Alex —exclamó, adivinando.

Y Jess respondió como lo hacía cada vez que estaba alterada: corrió a sus brazos.

—Pitman lo denunció. Descubrió lo de las perlas y se puso furioso. En esta casa debió de serle fácil espiarlo. El almirante ha detenido a Alex.

Sayer le acarició la espalda y la dejó llorar por un rato. Por fin la apartó, diciendo.

—Debemos trazar un plan.

—Lo van a ahorcar. Pobre Alex mío.

—¡Basta ya! —ordenó Sayer—. Ningún Montgomery muere en la horca. Morimos por balazos, por heridas de espada o aplastados bajo toneles, pero nunca en la horca. ¿Has entendido? Ahora deja de lloriquear y pensemos. Antes que nada, trae a Eleanor y al ruso de Alex. También a esa mujercita italiana y al joven Nathaniel. Da a Mariana un vaso de whisky y dile que se acueste. Esta noche trataremos de idear un plan.

Fue Sophy quien pudo pensar con más racionalidad. Eleanor, Jessica y Nathaniel estaban al borde de las lágrimas. Sayer y Nicholas, furiosos.

—¿Qué pruebas tienen de que Alex sea el Corsario? —preguntó la condesa.

—Es hijo mío —aulló Sayer—. Y siendo hijo mío...

Sophy le dio un beso en la frente y guiñó el ojo a Jess. Luego lo intentó otra vez.

—Yo creo que tenemos tiempo. No creo que el almirante piense ahorcar a Alex mañana mismo. —Levantó una mano para acallar las protestas—. El almirante querrá jactarse. Mandará buscar a más ingleses para que vengan a verlo. Cuanto menos, me parece que es vanidoso.

—La señora Wentworth tuvo que darle su espejo francés para que se admirara de uniforme —recordó Eleanor.

—Sí, eso decía yo —continuó Sophy—. Si hubiera otra persona que se hiciera pasar por el Corsario... Si se produjeran nuevas batallas mientras Alex estuviera en la cárcel...

Y miró a Nicholas.

—Es más alto que Alex —apuntó Jess—. La gente se daría cuenta de inmediato.

—Nadie se dio cuenta de nada cuando fui yo la que hice de Corsario —corrigió Eleanor.

Todos se volvieron hacia ella, que se movía en la silla, inquieta.

—Encontré el mensaje que Jess había quitado al almirante. Había caído al suelo y las corrientes de aire lo dejaron bajo un muelle. Así me enteré de que los ingleses pensaban inspeccionar el *Poinciana* cuando casi toda la tripulación estuviera en tierra. Como Alex y Jess habían salido, tomé prestadas las ropas del Corsario y alejé a los soldados del barco.

—Y estuviste a punto de dejarte matar —chilló Jess—. Te salvaste porque yo te vi desde lo alto de la colina y Alex corrió a ayudarte.

—Sí, pero si tú...

Sophy se interpuso entre las hermanas.

—Creo que tengo un plan. Ante todo debemos averiguar qué está pasando. Jess, ¿te parece que las señoras Wentworth ayudarían a Alex?

Jess se mostró solemne.

—En esta ciudad todos morirían por salvarlo. Ha hecho demasiado para ayudarlos.

—Entonces tengo una idea.

—Estaba seguro de atraparlo —decía el almirante, sentado a la mesa de los Wentworth—. Nunca me engañó con esa peluca y ese falso vientre. Sospeché de él desde un principio.

La señora Wentworth puso la copa sobre la mesa. Su esposo le aplicó un leve puntapié en el tobillo.

—Buen trabajo —murmuró la mujer.

Abigail estaba demasiado aturdida por la noticia y no podía hablar. Jessica Taggert había ganado, después de todo. Se había casado con el más rico de la ciudad y con el hombre más deseable de los últimos tiempos. En tanto, ella debía conformarse con una visita semanal al escondite de Ethan, en el bosque. Su marido no estaba en el ejército inglés, pero era fugitivo.

—Sí, y lo ahorcaré por lo que ha hecho. En cuanto lleguen los otros oficiales lo haré ahorcar —continuó el almirante.

—Sírvase otro panecillo, almirante —dijo la dueña de la casa—. Los hice especialmente para usted. ¿Se sabe ya cuándo llegarán los oficiales?

—Al terminar la semana. Y el sábado por la mañana ahorcaremos al traidor.

Abigail parpadeó para contener algunas lágrimas y desvió la cara, para que Westmoreland no las viera. Se preguntaba qué estaría haciendo Jessica en esos momentos. De pronto levantó la cabeza y miró a su madre. Jessica estaba planeando algo. Lo supo con toda seguridad.

—Debemos consolar a los Montgomery —murmuró—. Han de estar devastados.

—Y ahorcaré también a cualquiera que intervenga en esto —se ufanó el almirante—. Dicen que era el viejo Sayer Montgomery quien mandaba en esta ciudad. Ahora Warbrooke tiene un nuevo amo.

La señora Wentworth bajó la vista a su plato.

A la una de la mañana, al volver el barco de Nick, Eleanor esperaba a Nicholas y a Jessica en el muelle.

—¿Y bien? —preguntó, en cuanto el ruso bajó por la planchada—. ¿Lo consiguieron?

—¿No me das un beso? —bromeó él.

Eleanor clavó una mirada significativa en Jessica, que los seguía con aire cansado.

—¿No tuvisteis problemas con el capitán del barco?

—Todos trataban a Nick como si fuera el amo —dijo Jess.

—Es que todos los rusos nos tratamos con mutuo respeto.

—Sólo a nosotros nos tratáis como a escoria, ¿verdad? —observó Eleanor.

—Toma esto —ordenó Jess a su hermana, entregándole un saco de lona.

—Entonces lo conseguisteis.

—Compramos todos los frascos de tintura negra que había en Boston. ¿Están todos listos para distribuirlos? No hay mucho tiempo.

—Estamos listos. —La muchacha puso una mano en el brazo de Jess—. El almirante adelantó el juicio para mañana. Los vientos son favorables y sus oficiales llegaron un día antes de lo esperado.

—Entonces la gente de Warbrooke tendrá que trabajar durante la noche —decidió Jess, con firmeza.

—Pero las cosas no estarán secas —protestó la mayor de las hermanas. De inmediato se interrumpió—. Y bien, se usarán mojadas. ¿Has dormido algo, Jess?

—¡No! —respondió Nick por ella, quejumbroso—. Y como pasó la noche caminando por la cubierta, encima de mi cabeza, yo tampoco pude dormir.

—Pues pareces muy saludable —aseguró Eleanor.

Nick la tomó por la cintura y la atrajo hacia sí.

—Vamos. Hay mucho que hacer.

Durante toda la noche, los niños Taggert corrieron de una casa a la otra, deslizándose entre sombras, susurrando indicaciones y planes.

Los Wentworth cumplieron con su misión de mantener entretenidos al almirante y a sus amigos, los oficiales, con una ruidosa fiesta que les impidió prestar atención a cuanto pasara afuera.

Jessica había dado a Mariana órdenes de mantener ocupado a su esposo.

—Aunque tengas que acostarte con él —indicó.

—Es lo menos que puedo hacer por Alex. Cuánto lamento no haber confiado en él.

—Yo también lo lamento —fue el murmullo de Jess.

Eleanor había tratado de visitar a Alex en ausencia de su hermana, pero los guardias se negaron a permitírselo. El edificio estaba rodeado por una doble hilera de guardias, imposible de atravesar.

Al amanecer Eleanor acostó a los niños, que estaban exhaustos. Siguiendo un impulso, empujó también a la cama a Jess, completamente vestida.

—Quédate con ellos. Y quieta. No los despiertes.

Jess estaba demasiado fatigada para protestar. Se quedó dormida.

El juicio de Alexander por parte de los jueces ingleses fue una verdadera farsa. Lo sabían culpable sin que se hubiera dicho una palabra. Permanecía de pie en el estrado del reo, con sus prendas de seda negra y las manos atadas a la espalda.

En la sala había muy pocos de sus vecinos: sólo unas pocas jovencitas que exhalaban audibles suspiros ante aquella presencia, de hombros erguidos, pecho erecto, piernas separadas y barba crecida en las mejillas cinceladas.

—¡Hacedlas callar! —ordenó un juez.

Un alguacil trajo la máscara del Corsario y la puso contra la cara de Alex, mientras él permanecía impasible.

Las muchachas presentes emitieron un sonoro suspiro.

—A mí me parece que es el Corsario —dijo uno de los jueces.

Los otros asintieron. El almirante hizo un gesto satisfecho dirigido a los hombres que lo rodeaban. Para él resultaba esencial impresionar a esos hombres.

—Que lo ahorquen.

El alguacil tomó a Alex del brazo. Iba a llevárselo, pero un hombre atravesó la ventana como volando, esparciendo trozos de vidrio por todas partes. Vestía enteramente de negro y llevaba una máscara como la del Corsario.

—¡Conque creísteis haberme atrapado! —chilló, feliz.

—¿Qué significa esto? —rugió un juez, dirigiéndose hacia el almirante—. ¡Usted dijo que había atrapado al bandido!

—¡Y lo atrapé! —chilló el almirante—. ¡Ése es un impostor!

En la sala reinaba el caos. En medio de un verdadero barullo, los soldados ingleses iniciaron la persecución del nuevo Corsario, que había trepado a la galería. Las bonitas muchachas, con sus vestidos llenos de cintas y volantes, se interponían una y otra vez, haciendo tropezar a los jóvenes soldados con sus piececitos. Luego había que consolarlas por los daños sufridos en sus faldas.

—¡Detenedlo!

Por la ventana opuesta de la sala surgió otro Corsario.

—¡Y creíais haberme atrapado! —dijo el nuevo Corsario.

Todos quedaron inmóviles por un instante, hasta los dos jóvenes ingleses que rodaban en esos momentos por el suelo, enredados en las faldas de sendas jovencitas.

—¡Atrapadlo!

—¿A cuál, señor?

—¡A cualquiera! ¡A los dos! —aulló el almirante.

Uno de los Corsarios salió por la ventana rota, mientras atrapaban al primero. ¿O acaso era el segundo?

—¡Quitadle la máscara! —ordenó Westmoreland.

Los jueces habían vuelto a sentarse, al igual que los oficiales invitados a Warbrooke con todos los gastos pagados, para que presenciaran su triunfo.

Los soldados arrancaron la máscara al Corsario detenido.

—¡Abigail Wentworth! —exclamó el almirante.

En ese momento se abrieron bruscamente las puertas de la sala que daban al norte.

—Lo detuvimos, señor.

Cuatro soldados sujetaban a otro Corsario. Se detuvieron al ver a Alex, todavía con la máscara puesta y de pie en el estrado del reo, y a Abigail con sus pantalones de hombre. Arrancaron la máscara al nuevo detenido.

—Ezra Coffin —dijo alguien.

Se abrieron las puertas que daban al sur.

—Lo atrapamos, señor.

A esa altura los oficiales se retorcían de risa, felices de presenciar la humillación del pomposo almirante. Los jueces, en cambio, trataban de conservar la dignidad.

—¿Los soltamos a todos o los ahorcamos a todos? —preguntó uno de ellos, solemne.

—Mirad por la ventana —indicó alguien.

A los pocos minutos sólo quedaban en la sala de tribunales los jueces, el almirante y Alex. Todos los demás habían corrido afuera para participar de la diversión.

Warbrooke estaba inundada de Corsarios. Los había en los tejados, en la cúpula de la iglesia, a lomos de caballos algo mojados. Dos Corsarios robustos batían manteca en un porche. Otro, que no superaba el metro y medio de altura llevaba de la mano a un Corsario bebé, que trataba de quitarse la máscara. Cuatro soldados ingleses iniciaron la persecución de un Corsario que delataba cincuenta centímetros de cintura y noventa de caderas. Un enmascarado achacoso, de aspecto sospechosamente senil, arreaba a una vaca provista de la correspondiente máscara negra.

Los jueces, después de mirar por la ventana durante algunos minutos, volvieron a sus asientos.

—Soltadlo —ordenaron, con aire cansado.

Y puesto que no había nadie en la sala para cumplir la orden, el último de la fila se levantó la túnica, sacó un cuchillo y cortó las ataduras del prisionero.

—¡Pero es el Corsario! —dijo el almirante—. Si lo soltáis volverá a desafiarme. No podéis dejarlo en libertad.

Alex se quitó la máscara y salió de la sala. Jessica lo esperaba afuera, con su vestido rojo.

Él la abrazó por la cintura, sonriendo.

—Vamos a casa —propuso.

—Sí —dijo ella, estrechándolo.

# Epílogo

—¿Y visteis a la señora Farnsworth? —rió Jess—. Tiene noventa años, por lo menos. Y todos sus gatos tenían máscaras.

Era el día siguiente. Jessica, Alex y Eleanor estaban sentados a solas en el salón de los Montgomery. En la ciudad se había declarado fiesta y Eleanor había apagado el hogar, diciendo que todos se dedicarían a beber las carretas de cerveza pedidas por Sayer, sin pensar en la comida.

Al terminar el juicio, el almirante había recibido órdenes de volver a Inglaterra, manchada para siempre su hoja de servicios. Westmoreland, que no acostumbraba cargar solo con las culpas, atribuyó la fantochada a John Pitman. Como resultado, Pitman había sido relevado de su puesto como funcionario de aduanas y enviado nuevamente a Inglaterra. Mariana se negó a acompañarlo.

—Conque todo ha terminado —dijo Jess, estrechando la mano de Alex.

No podía dejar de observarlo. Nada de pelucas, nada de chaquetas ridículas, nada de arriesgar la vida. Ahora era todo suyo.

—¿Te lo dijo Jess? —preguntó Eleanor.

—Oh, hermana, disculpa. Me olvidé.

—Nicholas me ha pedido que me case con él. Y he aceptado —informó Eleanor a su cuñado—. Sé que es sólo un criado, pero nos arreglaremos. Tal vez tu padre nos ayude. ¡Alexander, no sé de qué te ríes!

Alex no podía contenerse. Reía a todo pulmón, señalando la ventana abierta detrás de Eleanor.

—¿Y ahora qué pasa? —preguntó Jess.

Se oyó un sonido de trompetas y la puerta se abrió de par en par. Mientras los tres presenciaban la escena en silencio, varios jóvenes apuestos, de bellos uniformes militares desenrollaban una gruesa alfombra roja. Un hombre de uniforme oscuro, resplandeciente de galones, dio un paso adelante y anunció, con voz ensordecedora:

—¡Su Alteza Imperial, el duque Nicholas Ivanovitch, duodécimo en la línea de sucesión de la zarina Catalina de todas las Rusias!

—¡Otro funcionario de aduanas! —se quejó Jess.

Pero el que hizo su entrada fue Nicholas, con un uniforme rojo tan lleno de oro que las chaquetas de Alex desaparecieron de la memoria. La empuñadura de su espada relumbraba de piedras preciosas.

—¡Dios mío, pero si es...! —comenzó Jessica.

Pero se interrumpió, porque Eleanor acababa de caerse de la silla, sin sentido.